海洋基礎科技日語

N4篇

陳慧珍 編著

五南圖書出版公司 印行

海洋基礎科技日語
-N4 篇-

寫給本書的讀者

海大的日文課雖然每週只有2個小時，但身爲海大唯一的日語專任教師，一直以來視爲使命，並且努力想實現的理想是：

幫助每位修過日文課的海大學生，畢業時都能帶著靠自己努力通過的日語能力測驗N2合格證書，增加日後求職時，在社會上與人一較長短的籌碼。

關於日本語能力試驗（JLPT）/日語能力測驗

・日語能力測驗（JLPT / The Japanese-Language Proficiency Test）係由「財團法人日本國際教育支援協會」及「獨立行政法人國際交流基金」分別在日本及世界各地，爲日語學習者測試其日語能力而舉辦的檢定考試。目前考試分N1至N5級共5個級別[1]，N1級難度最高。

本測驗自1991年起在台灣地區舉行，由交流協會主辦，財團法人語言訓練測驗中心協辦及施測，固定於每年12月上旬的週日舉行1次。但自2009年起，除12月仍比照往年實施一至四級的測驗，另於7月在日本國內、台灣、中國大陸及韓國增辦1次（該次測驗級數僅有一級和二級）。

近年來，由於參加日語能力測驗的人數不斷增加，考生應考的目的除了測試自己的日語能力外，有些是爲了留學、求職、升遷等方面的需求。因此，各方對於俗稱日檢的要求和建議，20多年來也累積了許多。有鑑於此，「財團法人日本國際教育支援協會」及「獨立行政法人國際交流基金」於是根據日語教育和測驗方面的學術研究成果，以及20多年來所累積的日本國內外考生的測驗成績數據，針對日語能力測驗的內容進行了改革。

自2010年開始每年舉辦2次，固定於每年7月和12月的第1個星期日，全球同步舉行新版的日語能力測驗。測驗後試卷全部統一送回日本閱卷，9月及3月左右再將成績寄回日本國內外各個考區。此外，自2013年第1次（7月）日語能力測驗起，固定於上午場施測：N3、N4、N5，下午場施測：N1、N2。

---

1 「N」代表「Nihongo」（日語）、「New」（新）的意思。

・日語能力測驗科目（測驗時間）[2]

測驗內容 認定標準				
級別	測驗科目	測驗時間	量尺分數計算項目	量尺分數[3]
N5	言語知識（文字・語彙）	25分鐘	言語知識（文字・語彙・文法）・讀解	0～120
	言語知識（文法）・讀解	50分鐘		
	聽解	30分鐘	聽解	0～60
	合計	105分鐘	總分	0～180
N4	言語知識（文字・語彙）	30分鐘	言語知識（文字・語彙・文法）・讀解	0～120
	言語知識（文法）・讀解	60分鐘		
	聽解	35分鐘	聽解	0～60
	合計	125分鐘	總分	0～180
N3	言語知識（文字・語彙）	30分鐘	言語知識（文字・語彙・文法）	0～60
	言語知識（文法）・讀解	70分鐘	讀解	0～60
	聽解	40分鐘	聽解	0～60
	合計	140分鐘	總分	0～180
N2	言語知識（文字・語彙・文法）・讀解	105分鐘	言語知識（文字・語彙・文法）	0～60
			讀解	0～60
	聽解	50分鐘	聽解	0～60
	合計	155分鐘	總分	0～180
N1	言語知識（文字・語彙・文法）・讀解	110分鐘	言語知識（文字・語彙・文法）	0～60
			讀解	0～60
	聽解	60分鐘	聽解	0～60
	合計	170分鐘	總分	0～180

・N1～N5的及格分數與基準分數[4]

級別	總分		量尺分數計算項目			
			言語知識（文字・語彙・文法）讀解		聽解	
	量尺分數	及格分數	量尺分數	基準分數	量尺分數	基準分數
N5	0～180	80	0～120	38	0～60	19
N4	0～180	90	0～120	38	0～60	19

級別	總分		量尺分數計算項目					
			言語知識（文字・語彙・文法）		讀解		聽解	
	量尺分數	及格分數	量尺分數	基準分數	量尺分數	基準分數	量尺分數	基準分數
N3	0～180	95	0～60	19	0～60	19	0～60	19
N2	0～180	90	0～60	19	0～60	19	0～60	19
N1	0～180	100	0～60	19	0～60	19	0～60	19

2 資料來源：日本語能力試驗官網 http://www.jlpt.jp/tw/index.html

3 量尺分數是根據試題的「題數」、全體考生的「平均答對題數」、統計全體考生的測驗結果後得到的「標準差」，計算考生的原始得分後所得到的分數。這種分數計算方式，比較不會因測驗科目的難度或題型不同，而影響到考生各科成績總和的客觀性。

4 N1～N3的基準分數是以2010年第1次（7月）測驗爲例。
N4・N5的基準分數則是以2010年第2次（12月）測驗爲例。

・N1～N5的認證基準

級別	認證基準 透過【讀】、【聽】的語言行爲來界定各級數的認證基準。
N5	能大致理解基礎日語 【讀】能看懂以平假名、片假名或日常生活中使用的基本漢字所書寫的詞彙、短句及文章。 【聽】在課堂上或日常生活中常接觸的情境中若出現速度較慢的簡短對話，能從中聽取必要的資訊。
N4	能理解基礎日語 【讀】能看懂以基本詞彙及漢字所敘述的日常生活相關話題的文章。 【聽】能大致聽懂速度稍慢的日常會話。
N3	能大致理解日常生活所使用的日語 【讀】・能看懂敘述日常生活相關內容的文章。 ・能掌握報紙標題等的概要資訊 【讀】日常生活的各種情境中若出現難度稍高的文章，換個方式敘述後便能理解其大意。 【聽】在日常生活的各種情境中，當面對稍接近常速且連貫的對話，經結合談話內容與人物間的關係後，便能理解其大意。
N2	除日常生活所使用的日語外，也能大致理解較廣泛的情境下所使用的日語 【讀】能看懂報紙、雜誌所刊載的各類報導、解說、簡易評論等主旨明確的文章。 【讀】能閱讀敘述一般話題的讀物，並能理解其中的脈絡及意涵。 【聽】除日常生活的情境外，在大部分的情境下，也能聽懂接近常速且連貫的對話、新聞報導，且能理解話題的走向、內容及人物間的關係，並掌握其大意。
N1	能理解在廣泛的情境下所使用的日語 【讀】能閱讀話題廣泛的報紙社論、評論等論述性較複雜，且內容較抽象的文章，並能掌握文章的結構及內容。 【讀】能閱讀各種話題內容較有深度的讀物，並能理解其中的脈絡及詳細的意涵。 【聽】在廣泛的情境下，能聽懂常速且連貫的對話、新聞報導及講課，且能充分理解話題的走向、內容、人物間的關係及說話內容的論述結構等，並確實掌握其大意。

本書的特色

- 本書收錄了日語能力測驗N4級考試範圍的文法、句型、詞彙。因此，在仔細研讀本書並勤做練習、考古題後，要通過日語N4檢定考試，對海大學生來說，應該不會是件難事。
- 爲使讀者能透過例句掌握各種詞彙（包括動詞、形容詞、形容動詞、助動詞、補助動詞等）的詞類變化，以及語法、句型的正確用法，儘量配合詞類列舉較多的例句。同時爲提醒讀者能注意容易出錯或產生誤解的用法，視情況會在解說中舉出一些用法錯誤的例句。
- 例句以海大學生爲出發點編寫，先力求能適時應用於日常生活中。日後進入中、高級學習階段，期望海大學生們能將所學的日語文知識應用到個別的專業領域，並在聽、說、讀、寫方面均衡發展。
- 每個單元都附有該單元學習項目的文法註解，供海大學生們在家預習、複習。
- 本書附贈之CD係特別商請海洋大學張清風校長實驗室的日籍博士後研究員：識名信也博士及其夫人就各單元的學習內容錄製的mp3檔光碟。

本書的結構與用法

〈本書的結構〉

單元 →視難易度並配合文法學習進階，將性質相近或相關的學習項目編寫於同一單元，內容多寡以2次授課時間（4小時）內能講解完畢，並讓學生能充分練習爲原則。※某些單元視實際授課情況會連續教授3週。

單字 →每一單元中出現的單字，原則上都是日語能力測驗N4級出題範圍詞彙表中所列出的詞彙[5]，每一個單字都標示有詞類、重音、中文意思。

主要句型 →參考日語能力測驗N4級出題範圍的文法項目表，透過句型由淺入深，依序列舉每一個文法項目的用法。

中文意思 →套用該句型後的中文意思。

---

5 表記（書寫型式）部分：N4級單字以漢字書寫者雖然不多，但有鑑於日本一般文字媒體以漢字書寫的詞彙仍然很多。因此，本書單字的書寫型式以「記者ハンドブック·新聞用語用字集　第10版」（共同出版社）爲準。アクセント（重音）部分：以「大辭林」（三省堂出版）爲準。

用法 →各種詞類與該句型結合時的詞形。

例句 →考量每一個句型的使用情況及經常結合使用的各種詞類，儘量套用日語能力測驗N4級出題範圍的詞彙造句。

文法解說 →針對各單元中每一個學習項目的重要用法加以解說，並視情況補充其他相關用法及句型。

〈本書的用法〉

Step 1 一邊聽附贈的日語發音CD、一邊背誦 單字 。

Step 2 了解 主要句型 的 中文意思 後，牢記 用法。

Step 3 一邊聽日語發音CD、一邊背誦 例句 的具體應用模式。

Step 4 閱讀 文法解說 後，牢記文法重點。

文法相關用語一覽表

爲避免學生在學習日文文法的同時還須記憶文法用語的中譯，在本書每個單元的文法解說中如果提到了以下文法相關用語，除了第1次出現時會附上該用語的中譯，之後一律都只以日文表示。

〈品詞(ひんし)/詞類〉

名詞(めいし)/名詞	連体詞(れんたいし)/連體詞	副詞(ふくし)/副詞
イ形容詞(けいようし)（形容詞(けいようし)）/イ形容詞（形容詞）	ナ形容詞(けいようし)（形容動詞(けいようどうし)）/ナ形容詞（形容動詞）	動詞(どうし)/動詞
助詞(じょし)/助詞	助動詞(じょどうし)/助動詞	接続詞(せつぞくし)/接續詞
感動詞(かんどうし)/感動詞		

〈その他(た)/其他〉

代名詞(だいめいし)/代名詞	五段動詞(ごだんどうし)/五段動詞
指示詞(しじし)/指示詞	上一段動詞(かみいちだんどうし)/上一段動詞

数詞/數詞	下一段動詞/下一段動詞
助数詞/量詞	カ変動詞/カ變動詞
数量詞/數量詞	サ変動詞/サ變動詞
疑問詞/疑問詞	可能形/可能形
イ形容詞の語幹/イ形容詞語幹	受身形/被動形
ナ形容詞の語幹/ナ形容詞語幹	使役形/使役形
自動詞/自動詞	動作主/行使動作者
他動詞/他動詞	

〈文体/文體〉

常体（普通体）/常體（普通形）
敬体（丁寧体）/敬體（客套形）

〈活用形/活用形〉

● 常体（普通体）/常體（普通形）

品詞 / 活用形	名詞＋だ	ナ形容詞（形容動詞）	イ形容詞（形容詞）
辞書形/辭書形	学生だ	静かだ	高い
タ形/タ形	学生だった	静かだった	高かった
テ形/テ形	学生で	静かで	高くて
バ形/バ形	学生ならば	静かならば	高ければ
ナイ形/ナイ形	学生ではない 学生じゃない	静かではない 静かじゃない	高くない

活用形	五段動詞	（上・下）一段動詞	カ変動詞	サ変動詞
辞書形/辭書形	書く	食べる	来る	する
連用形/連用形	書き	食べ	来	し
タ形/タ形	書いた	食べた	来た	した
テ形/テ形	書いて	食べて	来て	して
バ形/バ形	書けば	食べれば	来れば	すれば
ナイ形/ナイ形	書かない	食べない	来ない	しない
命令形/命令形	書け	食べろ	来い	しろ
意志形/意志形	書こう	食べよう	来よう	しよう

● 敬体（丁寧体）/敬體（客套形）

品詞 活用形	名詞＋です	ナ形容詞（形容動詞）
デス形/デス形	学生です	静かです
タ形/タ形	学生でした	静かでした
ナイ形/ナイ形	学生ではないです 学生ではありません 学生じゃないです 学生じゃありません	静かではないです 静かではありません 静かじゃないです 静かじゃありません

品詞 活用形	イ形容詞（形容詞）
デス形/デス形	高いです

タ形/タ形	高かったです
ナイ形/ナイ形	高くないです 高くありません

活用形	五段動詞	（上・下）一段動詞	カ変動詞	サ変動詞
マス形/マス形	書きます	食べます	来ます	します
タ形/タ形	書きました	食べました	来ました	しました
テ形/テ形	書きまして	食べまして	来まして	しまして
ナイ形/ナイ形	書きません	食べません	来ません	しません
命令形/命令形	書きなさい	食べなさい	来なさい	しなさい
意志形/意志形	書きましょう	食べましょう	来ましょう	しましょう

N4篇各單元學習內容一覽表

第一單元

主要句型

1. 名詞$_1$は名詞$_2$より…肯定。【N4】
2. 名詞$_1$は名詞$_2$ほど…否定。【N4】
3. Q：名詞$_1$と名詞$_2$とどちら（のほう）が…ですか。【N4】
   A：名詞$_1$　or　名詞$_2$のほうが…です。
   A$_1$：どちらも…です　or　両方…です。
4. Q：名詞$_1$と名詞$_2$と名詞$_3$（のなか）で疑問詞がいちばん…ですか。【N4】
   A：名詞$_1$　or　名詞$_2$　or　名詞$_3$がいちばん…です。
   Q$_1$：名詞（のなか）で疑問詞がいちばん…ですか。
   A$_1$：どれも…です。　or　（皆(みな)）…です。
5. ために（目的）【N4】
6. イ形容詞さ/ナ形容詞さ【N4】
7. おイ形容詞ございます【N4】

文法項目

【N4】名詞$_1$は名詞$_2$より…肯定
【N4】名詞$_1$は名詞$_2$ほど…否定
【N4】名詞$_1$と名詞$_2$とどちら
【N4】…より…ほう
【N4】ために（目的）
【N4】イ形容詞さ/ナ形容詞さ
【N4】おイ形容詞ございます

第二單元

主要句型

1. 動詞$_1$　ず（に）動詞$_2$。【N4】
2. …まま【N4】
3. 動詞タ形ことがある/あります。【N4】
4. 動詞タ形ほうが…。/動詞ナイ形ほうが…。【N4】
5. 動詞辞書形ことがある/あります。【N4】
6. お動詞ください/ご名詞ください【N4】
7. …までに【N4】

文法項目

【N4】動詞$_1$　ず（に）動詞$_2$
【N4】動詞タ形ことがあります
【N4】動詞タ形ほうが…/動詞ナイ形ほうが…
【N4】動詞辞書形ことがあります
【N4】…まま
【N4】お動詞ください/ご名詞ください
【N4】…までに

第三單元

主要句型

1. 動詞てもいい/動詞てもいいです。【N4】
2. 動詞なくてもいい/動詞なくてもいいです。【N4】
3. 動詞てはいけない/動詞てはいけません。【N4】
4. 動詞なければならない。/動詞なくてはいけない。　or
   動詞なければなりません。/動詞なくてはいけません。【N4】
5. 動詞なければいけない/動詞なければいけません。【N4】
6. 是非…（動詞）。【N4】
7. なかなか動詞（ナイ形）/動詞ません。【N4】
8. …がする/します。【N4】

文法項目

【N4】動詞てもいいです
【N4】動詞なくてもいいです
【N4】動詞てもかまいません
【N4】動詞なくてもかまいません
【N4】動詞てはいけません
【N4】動詞なくてはいけません
【N4】動詞なければなりません
【N4】是非…（動詞）
【N4】なかなか動詞ません
【N4】…がします

第四單元

主要句型

1. 可能表現【N4】
2. 見える/聞こえる/できる/わかる　or
   見えます/聞こえます/できます/わかります【N4】
3. （常体 or 敬体）と言う/言います。【N4】
4. 人は…と言った/言いました。【N4】
5. 人は…と言っていた/言っていました。【N4】
6. …ように（と）言う。/伝える。/注意する。　or
   …ように（と）言います。/伝えます。/注意します。【N4】
7. 動詞かた【N4】

8. とか（…とか）【N4】

文法項目

【N4】動詞こと/名詞ができます
【N4】動詞（ら）れます（可能形）
【N4】…と言います
【N4】…ように（と）言います/伝えます/注意します
【N4】動詞かた
【N4】とか（…とか）

第五單元

主要句型

1. …（常体）と思う/思います。【N4】
2. …（常体）つもりだ/つもりです。【N4】
3. 動詞の意志形【N4】
4. 動詞意志形と思う/思います。【N4】
5. 動詞意志形とする/します。【N4】
6. …通りに…（動詞）。【N4】
7. 疑問詞＋でも…肯定。【N4】

文法項目

【N4】…（常体）と思います
【N4】…（常体）つもりです
【N4】動詞意志形と思います
【N4】動詞意志形とします
【N4】…通りに…（動詞）
【N4】疑問詞＋でも…肯定

第六單元

主要句型

1. 動詞→動詞$_1$ようになる。/する。/動詞$_2$。 or
動詞$_1$ようになります。/します。/動詞$_2$ます。
2. 動詞ことにする/します。【N4】
3. 動詞ことになる/なります。【N4】
4. …ように/よう/ような〈例示·比況〉【N4】
5. …し、…し、それに…。【N4】
6. （原因·理由）し、（原因·理由）し、（結果·判断）。【N4】
7. …ても/…でも（逆接）【N4】
8. 疑問詞…ても…。/疑問詞…でも…。【N4】

文法項目

【N4】動詞ようにします
【N4】動詞ようになります
【N4】動詞ことにします
【N4】名詞にします
【N4】動詞こと/名詞になります
【N4】…ように/よう/ような〈例示·比況〉
【N4】…ても/…でも（逆接）
【N4】疑問詞…ても/でも
【N4】…し

第七單元

主要句型

1. あげる/もらう/くれる　or　あげます/もらいます/くれます【N4】
2. さしあげる（やる）/いただく/くださる　or
   さしあげます（やります）/いただきます/くださいます【N4】
3. 動詞てやる/動詞てあげる/動詞てさしあげる　or
   動詞てやります/動詞てあげます/動詞てさしあげます【N4】
4. 動詞てもらう/動詞ていただく　or
   動詞てもらいます/動詞ていただきます【N4】
5. 動詞てくれる/動詞てくださる　or
   動詞てくれます/動詞てくださいます【N4】

文法項目

【N4】やります
【N4】あげます
【N4】もらいます
【N4】くれます
【N4】さしあげます
【N4】いただきます
【N4】くださいます
【N4】動詞てやります
【N4】動詞てあげます
【N4】動詞てもらいます
【N4】動詞てくれます
【N4】動詞てさしあげます
【N4】動詞ていただきます
【N4】動詞てくださいます

第八單元

主要句型

1. 動詞てしまった/動詞てしまいました【N4】
2. 動詞てみる/動詞てみます【N4】
3. 動詞ておく/動詞ておきます【N4】
4. 動詞てくる/動詞ていく　or　動詞てきます/動詞ていきます【N4】
5. 動詞だす/動詞だします【N4】

6. 動詞はじめる/動詞はじめます【N4】

7. 動詞つづける/動詞つづけます【N4】

8. 動詞おわる/動詞おわります【N4】

文法項目

【N4】動詞てしまいます

【N4】動詞てみます

【N4】動詞ておきます

【N4】動詞てきます

【N4】動詞ていきます

【N4】動詞だします

【N4】動詞はじめます

【N4】動詞つづけます

【N4】動詞終わります

第九單元

主要句型

1. 動詞て来る/動詞て来ます。【N4】

2. …がる…たがる/…がります…たがります【N4】

3. …過ぎる/過ぎます【N4】

4. 動詞やすい/やすいです【N4】

5. 動詞にくい/にくいです【N4】

6. …場合【N4】

7. 命令表現【N4】

文法項目

【N4】動詞やすいです

【N4】動詞にくいです

【N4】イ形容詞/ナ形容詞/動詞すぎます

【N4】イ形容詞/ナ形容詞/動詞がります

【N4】動詞て来る

【N4】命令形

【N4】動詞なさい

【N4】…場合

第十單元

主要句型

1. の（名詞化）【N4】

2. 動詞こと【N4】

3. 文＋ので、…。【N4】

4. …ために（原因·理由）【N4】

5. 文（常体）んだ/んです。 or

文（常体）なんだ/なんです。【N4】

6. どうして…の？/…んですか。　or

どうして…なの? /…なんですか。【N4】

7. 文（常体）んですが、動詞ていただけませんか。【N4】

文法項目

【N4】の（名詞化）

【N4】動詞こと

【N4】…ということ

【N4】…ので

【N4】ために（原因·理由）

【N4】…んです

第十一單元

主要句型

1. …たら（条件）【N4】

2. …ば（条件）【N4】

3. …なら（条件）【N4】

4. 動詞バ形＋動詞辞書形ほど…。【N4】

5. …と（条件）【N4】

6. …のに【N4】

文法項目

【N4】…たら（条件）

【N4】…ば（条件）

【N4】…なら（条件）

【N4】…と（条件）

【N4】動詞バ形＋動詞辞書形ほど…

【N4】…のに（逆接）

第十二單元

主要句型

1. 受身表現【N4】

2. 使役表現【N4】

3. 使役受身表現【N4】

4. 動詞（さ）せてください【N4】

文法項目

【N4】動詞（ら）れます（受身形）

【N4】動詞（さ）せます（使役形）

【N4】動詞（さ）せられます（使役受身形 ）

【N4】動詞（さ）せてください

第十三單元

主要句型

1. 文（疑問詞なし）＋かどうか、…。【N4】
2. 文（疑問詞あり）＋か、…。【N4】
3. こんな/そんな/あんな＋名詞【N4】
4. こう/そう/ああ＋動詞【N4】
5. 縮約形【N4】
6. …の・…だい・…かい【N4】

文法項目

【N4】…かどうか
【N4】疑問詞…か
【N4】こんな/そんな/あんな
【N4】こう/そう/ああ
【N4】ちゃ（ては）
【N4】…の・…だい・…かい

第十四單元

主要句型

1. 動詞タ形ばかりだ/ばかりです。【N4】
2. 動詞ところだ/ところです。【N4】
3. …そうだ/そうです。〈様態〉【N4】
4. …はずだ/…はずです。【N4】

文法項目

【N4】動詞ところです
【N4】動詞ているところです
【N4】動詞タ形ところです
【N4】動詞タ形ばかりだ/ばかりです
【N4】…そうです（様態）
【N4】…はずです /…はずがありません

第十五單元

主要句型

1. …かも知れない/かも知れません。【N4】
2. …そうだ/そうです。〈伝聞〉【N4】
3. …ようだ/ようです。〈推量〉【N4】
4. …みたいだ/みたいです。〈推量〉【N4】
5. …らしい/らしいです。〈推量〉【N4】

文法項目

【N4】…かもしれません
【N4】…そうです（伝聞）
【N4】…ようです（推量）
【N4】…みたいです
【N4】…らしいです

第十六單元

主要句型

1. 敬語動詞（尊敬語&丁寧語）【N4】
2. そのほかの尊敬語【N4】
3. 丁寧語【N4】
4. 敬語動詞（謙譲語&丁寧語）【N4】
5. そのほかの謙譲語【N4】

文法項目

【N4】尊敬の意味を持つ動詞
【N4】動詞（ら）れます（尊敬）
【N4】お動詞になります
【N4】謙譲の意味を持つ動詞
【N4】お動詞します/お動詞いたします

目錄

N4篇

第一單元

學習項目1　名詞$_1$は名詞$_2$より…肯定。（用於肯定句）

中文意思　用於比較兩個事物時。

用法Ⅰ. 名詞$_1$比名詞$_2$…。

名詞$_1$は名詞$_2$＋より…。

※動詞辭書形＋より…。

例句

1. 英語(えいご)は日本語(にほんご)より難(むずか)しいです。
   英文比日文難。

2. 日本(にほん)は台湾(たいわん)より物価(ぶっか)が高(たか)いです。
   日本比台灣物價貴。

用法Ⅱ. 名詞$_1$比名詞$_2$…。比起名詞$_2$，名詞$_1$較…。

名詞$_1$の＋ほうが名詞$_2$＋より…。

‖

名詞$_2$ ＋より　名詞$_1$の＋ほうが…。

※1. お茶(ちゃ)が好(す)きです。（絕對句）
喜歡喝茶。（＝就是喜歡喝茶。）

2. お茶(ちゃ)のほうが好(す)きです。（比較句）
較喜歡喝茶。（＝相較之下喜歡喝茶。）

例句

1. コーヒーよりお茶のほうが好きです。

   比起咖啡，較喜歡喝茶。

   ||

   お茶のほうがコーヒーより好きです。

   喜歡喝茶甚於咖啡。

2. 景色はテレビなどで見るより自分の目で見るほうがきれいです。

   比起經由電視等等看風景，親眼目睹會感覺更美。

單字

1.	物価$_0$	【名詞】物價
2.	景色$_1$	【名詞】風景
3.	目$_1$	【名詞】眼睛
4.	自分$_0$	【名詞】自己　※反照代名詞＝反身代名詞
5.	両方$_{3\ or\ 0}$	【名詞】兩者、雙方

學習項目２　名詞$_1$は名詞$_2$ほど…否定。

中文意思　名詞$_1$沒名詞$_2$…。名詞$_1$不及名詞$_2$…。

用法

名詞$_1$は名詞$_2$＋ほど…ない。

※動詞辭書形＋ほど…ない。

例句

1. 日本語は英語ほど難しくないです。

   日文沒有英文難。

2. 台湾は日本ほど物価が高くないです。

   台灣的物價沒有日本的貴。

3. 今度のテストは前のほど易しくなかったです。

這次的考試沒上次的容易。

4. あの先生は思うほど厳しくないです。

那位老師沒想像中的嚴厲。

單字

1.	思う$_2$	【動詞】想、認為

學習項目３　Q：名詞$_1$と名詞$_2$とどちら（のほう）が…ですか。

A：名詞$_1$ or 名詞$_2$のほうが…です。

A$_1$：どちらも…です or 両方…です。

中文意思

Q：名詞$_1$跟名詞$_2$哪個較…呢？

A：名詞$_1$ or 名詞$_2$較…。

A$_1$：都…。or 兩者都…。

用法

Q：名詞$_1$と名詞$_2$と＋どちら（のほう）が…ですか。

A：名詞$_1$ or 名詞$_2$の＋ほうが…です。

A$_1$：どちら＋も…です。or 両方…です。

例句

1. A：牛肉と豚肉と、どちら（のほう）が好きですか。

牛肉和豬肉（你）較喜歡哪一個？

B：わたしは牛肉のほうが好きです。

我較喜歡牛肉。

C：（わたしは）どちらも好きです。or（わたしは）両方好きです。

（我）都喜歡。　（我）兩邊都喜歡。

單字

1.	牛肉（ぎゅうにく）$_0$（ビーフ$_1$）	【名詞】牛肉　※牛（うし）$_0$：牛
2.	豚肉（ぶたにく）$_0$（ポーク$_1$）	【名詞】豬肉　※豚（ぶた）$_0$：豬
3.	鶏肉（とりにく）$_0$（チキン$_{2\ or\ 1}$）	【名詞】雞肉　※鳥（とり）$_0$：鳥　鶏（とり）：雞
4.	両方（りょうほう）$_{3\ or\ 0}$	【名詞】兩方、雙方、兩者、兩邊、兩側

學習項目４　Q：名詞$_1$と名詞$_2$と名詞$_3$（のなか）で疑問詞がいちばん…ですか。

A：名詞$_1$ or 名詞$_2$ or 名詞$_3$がいちばん…です。

Q$_1$：名詞（のなか）で疑問詞がいちばん…ですか。

A$_1$：どれも…です。or（皆（みな））…です。

中文意思　Q：名詞$_1$跟名詞$_2$跟名詞$_3$（之中）何者最…呢？

A：名詞$_1$ or 名詞$_2$ or 名詞$_3$最…。

Q$_1$：名詞（之中）何者最…呢？

A$_1$：無論哪個都…。or 全都…。

用法

Q：名詞$_1$と名詞$_2$と名詞$_3$（のなか）で＋疑問詞が＋いちばん…ですか。

A：名詞$_1$ or 名詞$_2$ or 名詞$_3$が＋いちばん…です。

Q$_1$：名詞（のなか）で＋疑問詞が＋いちばん…ですか。

A$_1$：どれ＋も…です。or（皆（みな））…です。

例句

1. Q：牛肉（ぎゅうにく）と豚肉（ぶたにく）と鶏肉（とりにく）（のなか）で**どれ**がいちばん好（す）きですか。
牛肉、豬肉、雞肉當中，（你）最喜歡哪一個？

A：牛肉（ぎゅうにく）（or 豚肉（ぶたにく） or 鶏肉（とりにく））がいちばん好（す）きです。
（我）最喜歡牛肉（or 豬肉 or 雞肉）。

2. Q_1：料理（のなか）で何がいちばん好きですか。

所有的菜餚（當中）（你）最喜歡什麼？

B：鍋料理がいちばん好きです。

（我）最喜歡火鍋。

C：何でも好きです。or（皆）好きです。

（我）什麼都喜歡。（我）都喜歡。

3. Q_1：クラスで誰がいちばん背が高いですか。

班上誰個子最高呢？

A：クラスでわたしがいちばん背が高いです。or

班上我個子最高。

わたしがクラスでいちばん背が高いです。

我是班上個子最高的。

單字

1.	※一番$_2$	【名詞】指順序上的最初、第一、最前列／最好、最優秀／比賽勝負時的一局、一盤、一場
2.	いちばん$_0$	【副詞】最…（當副詞時重音爲0）
3.	料理$_1$	【名詞】烹調、做菜、菜餚
4.	鍋料理$_3$	【名詞】火鍋

學習項目５　…ために（目的）

中文意思　爲了…而…。

用法Ⅰ. 表目的

名詞　→　名詞＋の　｝＋ために、…。
動詞　→　動詞辭書形　｝

※「ために」的前面，不能接可能形、ナイ形。

例句

1. 将来(しょうらい)のために、毎日一生懸命勉強(まいにちいっしょうけんめいべんきょう)します。

   爲了將來而每天拼命唸書。

2. お金(かね)を貯(た)めるために、毎日(まいにち)アルバイトします。

   爲了存錢而每天打工。

用法Ⅱ. 表利益　爲…好，而…。

名詞の＋ために…。

※名詞：表人或組織

例句

1. わたしは両親(りょうしん)のために勉強(べんきょう)しません。本当(ほんとう)は自分(じぶん)のために勉強(べんきょう)します。

   我不會爲父母而唸書，我其實是爲自己而唸書的。

2. これは日本語能力試験(にほんごのうりょくしけん)の受験生(じゅけんせい)のためのテキストです。

   這是爲日語能力測驗的考生而寫的課本。

單字

1.	日本語能力試験(にほんごのうりょくしけん)$_{9}$	【名詞】日語能力檢定考試 ※Japanese-Language Proficiency Test
2.	受験生(じゅけんせい)$_{2}$	【名詞】考生
3.	将来(しょうらい)$_{1}$	【名詞】未來、將來
4.	ため$_{2}$	【名詞】利益、爲了…、由於…
5.	本当(ほんとう)$_{0}$	【名詞】眞正、眞實
6.	風邪(かぜ)$_{0}$	【名詞】感冒
7.	一生懸命(いっしょうけんめい)$_{5}$	【ナ形容詞】非常努力、拼命　※一所懸命(いっしょけんめい)

8.	引きます$_3$（引く$_0$）	【動詞】感冒　例：風邪を引く→かぜをひく（一般都寫平假名） 「引く」其他意思：拉、拔、減去、查閱
9.	注意します$_5$ （注意する$_1$）	【動詞】留心、注意 其他意思：糾正、忠告
10.	貯める$_0$	【動詞】儲存、蓄存

學習項目6　イ形容詞さ／ナ形容詞さ

中文意思　將表性質、狀態、心理的イ形容詞和ナ形容詞變成名詞的接尾語，表其程度。

用法

イ形容詞　→　…~~い~~　＋　さ　　※いい　→　よさ

ナ形容詞　→　…~~だ~~　＋　さ

例句

1. A：仕事にはそれぞれのおもしろさがあります。
   每一份工作各有各的樂趣。

   B：そうですね。そして、大変さもあります。
   你說得對。並且，也各有其辛苦的一面。

單字

1.	それぞれ$_2$	【名詞】（代名詞）各自

學習項目7　おイ形容詞ございます

中文意思　Ⅰ.有…。（客套的說法）

Ⅱ.表狀態的補助動詞。（客套的說法）

用法Ⅰ. 有…。（客套的説法）

「有」普通説法：ある　→　あります

客套説法：ござる　→　ございます

例句

1. A：日本語(にほんご)の教科書(きょうかしょ)はありますか。
有（賣）日文課本嗎？

B：はい、ございます。
有、有（賣）。

單字

1.	教科書(きょうかしょ)3	【名詞】教科書、課本
2.	ございます4（ござる2）	【動詞】在、有〔鄭重語〕

用法Ⅱ. 表狀態的補助動詞。（客套的説法）

普通説法：ありがとう
客套説法：ありがとう＋ございます

普通説法：ここ　です
客套説法：こちらでございます

例句

1. 明(あ)けましておめでとうございます。
恭喜新年好。

2. どなた様(さま)でございますか。
請問是哪位？

文法解說

學習項目1　名詞$_1$は名詞$_2$より…肯定。（用於肯定句）

說明

- 「より」屬於助詞（じょし），表示比較的基準。如以下所示，比較的結果依基準不同會有差異。例如：

1. **50キロ**は80キロより**軽**（かる）**い**です。
   50公斤比80公斤輕。

2. **50キロ**は40キロより**重**（おも）**い**です。
   50公斤比40公斤重。

所以比較的結果只是參與比較者之間的高低上下，並不是絕對的結果。也就是說「50公斤」不會絕對就是輕的或是重的一方，關於這一點必須要注意。

- 套用下列句型的意思都一樣，都是表示「名詞（めいし）$_1$」是超越「名詞（めいし）$_2$」的一方。有時乍聽或乍看之下，一時無法意會何者是勝出的一方，這時可採頭尾分辨法。也就是先確定「主語（しゅご）＋は（or が）」，然後看最後的結果「主語（しゅご）＋は（or が）~~名詞＋より~~…。」即可知何者是此句想表達的重點，何者是比較的基準。例如：

1. 名詞$_1$は名詞$_2$より…。　　例：北海道（ほっかいどう）は九州（きゅうしゅう）より広（ひろ）いです。
   北海道比九州遼闊。

||

2. 名詞$_1$のほうが名詞$_2$より…。　　例：北海道（ほっかいどう）のほうが九州（きゅうしゅう）より広（ひろ）いです。
   北海道較九州遼闊。

||

3. 名詞$_2$より名詞$_1$のほうが…。　　例：九州（きゅうしゅう）より北海道（ほっかいどう）のほうが広（ひろ）いです。
   比起九州，北海道較遼闊。

學習項目2　名詞$_1$は名詞$_2$ほど…否定。

說明

- 「ほど」屬於助詞（じょし），表示約略的程度、範圍。而「名詞$_1$は名詞$_2$ほど…否定。」的形式，常用於表示否定的比較結果，中譯爲「名詞$_1$沒名詞$_2$…」。例如：

九州（きゅうしゅう）は北海道（ほっかいどう）ほど広（ひろ）くないです。

九州沒北海道遼闊。

||

北海道（ほっかいどう）は九州（きゅうしゅう）より広（ひろ）いです。

北海道比九州遼闊。

學習項目3　Q：名詞$_1$と名詞$_2$とどちら（のほう）が…ですか。

A：名詞$_1$ or 名詞$_2$のほうが…です。

A_1：どちらも…です。or 両方…です。

說明

- 比較兩項事物時，使用疑問詞（ぎもんし）「どちら」。從三項以上的事物中選擇時，則不使用「どちら」。
- 從相互比較的兩項事物中擇一表示時，勝出的一方後面要接「…のほう＋が…」，表示「較…」的意思。日文的「…のほう＋が…」，有點類似英文的「more」、「better」。
- 相互比較的兩項事物中擇一表示時，如果勝出的一方遠遠超越另一方，則可在述語（じゅつご）前加上副詞（ふくし）「ずっと…」，表示遠遠超過…的意思。例如：

北海道（ほっかいどう）は沖縄（おきなわ）よりずっと広（ひろ）いです。

北海道比琉球遼闊得多。

● 相互比較的兩項事物，如果兩者程度不相上下，回答時可以下列句型表述。

Q：台湾(たいわん)と沖縄(おきなわ)とどちらが暑(あつ)いですか。

台灣和琉球何者較炎熱呢？

A：1. どちらも暑(あつ)いです。

兩者都熱。

2. 両方(りょうほう)暑(あつ)いです。

兩者都熱。

3. 同(おな)じぐらい暑(あつ)いです。

差不多一樣熱。

學習項目 4

Q：名詞$_1$と名詞$_2$と名詞$_3$（のなか）で疑問詞がいちばん…ですか。

A：名詞$_1$ or 名詞$_2$ or 名詞$_3$がいちばん…です。

Q$_1$：名詞（のなか）で疑問詞がいちばん…ですか。

A$_1$：どれも…です。 or （皆(みな)）…です。

說明

● 從三項以上的事物中選擇時，不使用「どちら」。屬於事、物者，三項以上時使用「何(なに)」，三項時則使用「どれ」。屬於時間、地點者，則視情況選擇適當的疑問詞(ぎもんし)，如「いつ」、「どこ」等。

● 從相互比較的三項（或三項以上）事物中擇一表示時，勝出的一方後面要接「…が＋いちばん…」，表示「最…」的意思。此句型中的「いちばん…」，有點類似英文的「the most」、「the best」。

● 尤其必須留意的一點是：所謂「いちばん…」畢竟是比較後的結果，並非絕對如此的結果。因此，要視比較的範圍「（範囲(はんい)）で いちばん…」來定位所謂「いちばん…」的價值。例如：「三人(さんにん)で いちばん…」（中譯：三個人之中最…）和「三千万人(さんぜんまんにん) でいちばん…」（中譯：三千萬人之中最…）的比較結果，有時甚至有天壤之別。

學習項目5　…ために（目的）

說明

- 「動詞（どうし）＋ために…」（中譯：爲動詞而…），「ために」前面接的動詞（どうし）不能使用可能形（かのうけい）、ナイ形（けい）（否定形）。如要使用可能形（かのうけい）、ナイ形（けい）則必須改用「ように」。

例1：日本語（にほんご）が話（はな）せるために、毎日練習（まいにちれんしゅう）します。×

為了要會說日語而每天練習。？？？

→ 日本語（にほんご）が話（はな）せるように、毎日練習（まいにちれんしゅう）します。○　※動詞可能形（どうし かのうけい）

為了要會說日語而每天練習。

例2：風邪（かぜ）をひかないために、注意（ちゅうい）してください。×

為了不要感冒，請小心注意（身體）。？？？

風邪（かぜ）をひかないように、注意（ちゅうい）してください。○　※動詞ナイ形（どうし けい）

為了不要感冒，請小心注意（身體）。

學習項目6　イ形容詞さ／ナ形容詞さ

說明

- 「…さ」屬於接尾語（せつびご）（只能接在其他單字後面，無法單獨使用的詞類），用於將表性質、狀態、心理的イ形容詞（けいようし）或ナ形容詞（けいようし）改變成名詞（めいし），表示其程度。例如：

若（わか）い → 若（わか）さ　・　寒（さむ）い → 寒（さむ）さ　・　暑（あつ）い → 暑（あつ）さ　・　寂（さび）しい → 寂（さび）しさ

年輕的　年輕、青春　寒冷的　寒氣、嚴寒　炎熱的　炎熱度　寂寞的　寂寞

おもしろい → おもしろさ

有趣的　趣味、樂趣

【補充說明】

1. 和「…さ」相同，「…み」也是接尾語（せつびご），接在イ形容詞（けいようし）或ナ形容詞（けいようし）後面，將這些單字改變成名詞（めいし），表示其性質或狀態或是感覺。例如：

暖（あたた）かい → 暖（あたた）かみ　・　ありがたい → ありがたみ　・　新鮮（しんせん）だ → 新鮮（しんせん）み

溫暖的　　溫暖　　要感謝的、難得的　　感恩　　新鮮的　　新鮮感

此外，也可用來表示這種狀態的場所。例如：

深（ふか）みにはまる　・　茂（しげ）みに入（はい）る

陷入川流深處　　進入草木叢生之地

2. イ形容詞（けいようし）或ナ形容詞（けいようし）後接「…さ」、「…み」的不同點：

- 「…さ」大多用來表示程度，也就是名詞（めいし）所表示的內容是客觀的（任誰都能感受到的）。例如：

重（おも）さ、高（たか）さ、長（なが）さ、強（つよ）さ、暑（あつ）さ、甘（あま）さ、…

重量　　高度　　長度　　強度　　炎熱度　　甜度

- 「…み」大多用來表示感覺、觸覺，也就是名詞（めいし）所表示的內容較偏重精神上的感覺，是較爲抽象、主觀的。例如：

重（おも）みのある意見（いけん）　↔　重（おも）さを確（たし）かめる

有份量的見解　　確認重量

厚（あつ）みのある本（ほん）　↔　厚（あつ）さを測（はか）る

有深度的書　　測量厚度

※接尾語（せつびご）「…け」更是接在相當有限的イ形容詞（けいようし）或動詞（どうし）マス形（けい）後面，大多用來表示似乎是那樣的感覺。例如：

寒（さむ）けがする　　※イ形容詞（けいようし）＋け

發冷的感覺

吐（は）き気（け）がする　　※動詞（どうし）マス形（けい）＋け

噁心、想吐的感覺

學習項目7　おイ形容詞ございます

説明

- 「ございます」有兩個意思。

　Ⅰ. 有…。（客套的說法）

　　普通說法：ある　　→　あります
　　客套說法：ござる　→　ございます

　Ⅱ. 表狀態的補助動詞。（客套的說法）

　　普通說法：ありがとう
　　客套說法：ありがとう＋ございます

　　普通說法：ここ　＋です
　　客套說法：こちら＋でございます

補充單字

Ⅰ. 疑問詞（ぎもんし）のまとめ（疑問詞總整理）

疑問詞（ぎもんし）	
人	だれ、どなた、どの名詞（めいし）、どんな名詞（めいし）
時間	いつ、どの季節（きせつ）
期間	どのくらい/どのぐらい、何分（なんぷん）（間（かん））、何時間（なんじかん）、何日（なんにち）（間（かん））、何週間（なんしゅうかん）、何か月（なんかげつ）、何年（なんねん）（間（かん））、…
場所	どこ、どの名詞（めいし）
方向	どちら
物品	何（なに） or 何（なん）、どれ、どの名詞（めいし）、どんな名詞（めいし）
原因、理由	どうして、何（なん）で（or なぜ）

方法、手段	どうやって、何(なん)で or 何(なに)で
數量、金額	いくつ、いくら

Ⅱ.「何(なん)(助数詞(じょすうし)・接尾語(せつびご))」のまとめ(量詞・接尾語的疑問詞總整理)

疑問詞(ぎもんし)	
時間	何年(なんねん)、何月(なんがつ)、何日(なんにち)、何曜日(なんようび)、何時(なんじ)、何分(なんぷん)
期間	何年(なんねん)、何(なん)か月(げつ)、何週間(なんしゅうかん)、何日(なんにち)、何時間(なんじかん)、何分(なんぷん)(間(かん))
數量	何枚(なんまい)、何台(なんだい)、何本(なんぼん)、何杯(なんばい)、何匹(なんびき)、何個(なんこ)、何階(なんがい)、何回(なんかい)、何人(なんにん)、何歳(なんさい)、何番(なんばん)、何冊(なんさつ)、何(なん)キロ
其他	何語(なにご)、何色(なにいろ)、**何人(なにじん)**(意指:哪國人)

第二單元

學習項目１　動詞$_1$ ず（に）動詞$_2$。

中文意思　沒做…而做…。

用法

動詞ナイ形＋ずに…　　例：食べ~~ない~~ずに…

沒吃就…

※する → せ＋ずに…　　例：あいさつせずに…

沒打聲招呼就…

例句

1. 今(いま)までと変(か)わらずに、これからもずっといい友(とも)だちでいてくださいね。
   請和從前到現在一樣，今後也要跟我一直都是好朋友哦！

2. 何(なに)も考(かんが)えずに、ぐっすり眠(ねむ)ってください。
   請什麼都不要想，好好睡個覺。

3. 事故(じこ)にあったが、幸(さいわ)いにもけが（を）せずに済(す)みました。
   雖然碰上車禍，但很幸運地沒受傷了事。

單字

※凡加上()之漢字，根據「記者ハンドブック・新聞用語用字集」應以平假名書寫。

1.	幸(さいわ)いに$_0$	【副詞】很幸運地
2.	ぐっすり$_3$	【副詞】睡得很沉的樣子
3.	変(か)わる$_0$	【動詞】變、變化
4.	（挨拶(あいさつ)）する$_1$	【動詞】寒暄、問候、致詞
5.	考(かんが)える$_{4\ or\ 3}$	【動詞】考慮
6.	眠(ねむ)る$_0$	【動詞】睡覺
7.	（怪我(けが)）する$_2$	【動詞】受傷

學習項目２　…まま

中文意思　保持著…的狀態。（多用於本來不該保持著…狀態的情形）

用法

動詞タ形＋まま＋…。

例句

1. 電気(でんき)をつけたまま出(で)かけました。
燈開著就出門去了。

2. A：えっ、いつもめがねをかけたままお風呂(ふろ)に入(はい)るの？
咦？！（你）總是帶著眼鏡洗澡的喔？

B：そうよ。何(なに)か？
是啊！有什麼不對嗎？

A：いいえ、別(べつ)に。でも、個性的(こせいてき)だね。
沒！沒事。只是，好有特色哦！

單字

1.	留守(るす)$_1$	【名詞】看家、看門／不在、外出
2.	電気(でんき)$_1$	【名詞】電燈、電力
3.	めがね$_1$	【名詞】眼鏡
4.	個性的(こせいてき)$_0$	【ナ形容詞】很有特色、很有個人風格
5.	別(べつ)に$_0$	【副詞】（後接否定句）沒事、沒什麼特別值得一提的
6.	…まま	【接尾語】維持…、照舊
7.	（電気(でんき)を）つける$_2$	【動詞】開（燈）
8.	（めがねを）かける$_2$	【動詞】戴（眼鏡）

學習項目３　動詞タ形ことがある/あります。

中文意思　曾經…（動詞）。（有…過的經驗）

用法

動詞タ形ことが＋ある/あります。

例）A：日本(にほん)へ行(い)ったことがありますか。

有去過日本嗎？

B：はい、あります。（はい、…回(かい)あります。）

有，有去過。（有去過…次。）

C：はい、何回(なんかい)かあります。 or はい、何回(なんかい)もあります。

有，有去過幾次。（記不得幾次）or 有，去過好幾次。

D：いいえ、ありません。（いいえ、一回(いっかい)もありません。）

不，沒去過。（沒去過，一次也沒有。）

例句

1. A：日本語(にほんご)で国際電話(こくさいでんわ)をかけたことがありますか。

有用日語打過國際電話嗎？

B：はい、一度(いちど)あります。

有，打過一次。

A：どうでしたか。うまくいきましたか。

如何？很順利嗎？

B：いいえ、失敗(しっぱい)しましたよ。相手(あいて)がわたしの話(はなし)を聞(き)いても全然(ぜんぜん)わかりませんでした。とてもショックでした。

不，失敗了。對方完全聽不懂我說的話，很受傷（感覺蠻受挫）。

2. プールや海(うみ)では泳(およ)いだことがありますが、湖(みずうみ)では泳(およ)いだことがありません。

在游泳池或海邊是游泳過啦，但從未在湖裡游泳過。

3. 柔道(じゅうどう)の山下泰裕先生(やましたやすひろせんせい)は過去(かこ)に負(ま)けたことはありますか。

柔道界的山下泰裕老師過去曾經（在比賽）輸過嗎？

單字

※凡加上()之漢字，根據「記者ハンドブック・新聞用語用字集」應以平假名書寫。
單字之後加上＊者，表示該單字在課文例句中並未出現。

1.	国際電話(こくさいでんわ)$_5$	【名詞】國際電話、越洋電話
2.	一度(いちど)$_3$	【名詞】一次、一回
3.	相手(あいて)$_3$	【名詞】對方、對象、對手
4.	話(はなし)$_3$	【名詞】談話、話題、故事、商量、消息、傳言、事情
5.	ショック$_1$	【名詞】心理遭受打擊、受到外物撞擊（shock）
6.	湖(みずうみ)$_3$	【名詞】湖、湖泊
7.	柔道(じゅうどう)$_1$	【名詞】柔道
8.	過去(かこ)$_1$	【名詞】以前、往昔、過去、以前的經歷
9.	うまく$_1$ （うま~~い~~$_2$→うまく）	【副詞】巧妙地、高明地 ※形容詞轉用
10.	泳(およ)ぐ$_2$	【動詞】游泳
11.	失敗(しっぱい)する$_0$	【動詞】失敗
12.	負(ま)ける$_0$	【動詞】輸、敗、屈服
13.	（電話(でんわ)を）かける$_2$	【動詞】打（電話）
14.	（電話(でんわ)を）うける$_2$*	【動詞】接（電話）
15.	（電話(でんわ)に）出(で)る$_1$*	【動詞】接（電話）※指出聲回應
16.	（電話(でんわ)を）切(き)る$_1$*	【動詞】切斷、掛斷（電話）

學習項目4　動詞タ形ほうが…。／動詞ナイ形ほうが…。

中文意思　這麼做（or 不這麼做）比較…。（提出忠告或建議）

用法

動詞タ形＋ほうが…。

動詞ナイ形＋ほうが…。

例句

1. 体力(たいりょく)づくりのために、毎日運動(まいにちうんどう)したほうがいいです。
為了要增強體力，每天運動比較好。

2. 水(みず)を飲(の)む前(まえ)に、沸(わ)かしておいたほうがいいですよ。
要喝水前，先煮沸比較好哦。

3. 体力(たいりょく)が持(も)たないときは、無理(むり)をしないほうがいいです。
當體力不支的時候，不要勉強硬撐比較好。

單字

1.	体力(たいりょく)づくり5	【名詞】增強體力
2.	持(も)つ1	【動詞】持續某種狀態而不會耗盡、拿、支持、撐起
3.	沸(わ)かす0	【動詞】煮沸、使…沸騰

學習項目5　動詞辞書形ことがある/あります。

中文意思　有時會有…的情形發生。

用法

動詞辞書形ことが（or も）＋ある/あります。

例句

1. 先生(せんせい)は学期(がっき)の初(はじ)めにすぐクラス全員(ぜんいん)の名前(なまえ)を覚(おぼ)えましたが、ときどき学生(がくせい)の名前(なまえ)を間違(まちが)えることがあります。
老師在剛開學時就馬上把班上所有同學的名字全部背起來，但是很偶而還是會弄錯學生的名字。

2. 村上(むらかみ)さんは時間(じかん)に厳(きび)しいですが、10分(ぷん)ぐらい遅(おく)れることもあります。
村上先生（小姐）雖然很守時，但是很偶而還是會遲到個10分鐘左右。

單字

1.	学期(がっき)$_0$	【名詞】學期
2.	初(はじ)め$_0$	【名詞】開始、開頭、第一次、初次、最初、原先
3.	全員(ぜんいん)$_0$	【名詞】全員（全體成員）
4.	覚(おぼ)える$_3$	【動詞】背住、記得、學會

學習項目6　お動詞ください／ご名詞ください

中文意思　懇請對方做某個動作、行爲。　※比較客氣的請求

用法

お＋動詞~~マス~~形＋ください

ご＋名詞＋ください

例句

1. 少々(しょうしょう)お待(ま)ちください。

   請稍候。

2. エレベーターをご利用(りよう)ください。

   請搭乘電梯。

3. 駆(か)け込(こ)み乗車(じょうしゃ)は大変(たいへん)危険(きけん)ですから、おやめください。

   因爲衝進車廂的行爲十分危險，所以請不要這麼做。

單字

1.	駆(か)け込(こ)み乗車(じょうしゃ)$_5$	【名詞】（車門將關閉時）衝進車廂
2.	危険(きけん)$_0$	【名詞】危險
3.	やめる$_0$	【動詞】停止、退（辭）、戒、作罷
4.	利用(りよう)する$_0$	【動詞】利用、使用
5.	少々(しょうしょう)$_1$	【副詞】一點點、稍微

學習項目7　…までに

中文意思　到…爲止。…之前。

用法

名詞・動詞辭書形＋までに…。

例句

1. 締め切りまでにレポートを完成しなければなりません。
   必須在期限前完成報告。

2. 家族のみんなが帰るまでに、食事の用意をしました。
   在家人回家以前，已經準備好飯菜。

單字

1.	締め切り$_0$	【名詞】期限
2.	レポート$_2$（＝リポート$_2$）	【名詞】（研究、調查）報告（report）
3.	用意$_1$	【名詞】準備
4.	完成する$_0$	【動詞】完成、完工

文法解説

學習項目1　動詞$_1$ず（に）動詞$_2$。

説明

- 「動詞$_1$ず（に）動詞$_2$」如以下所示，用於「沒做…而做…」的情形。表示「在不（沒有）…的狀況下，做…」的意思。屬於書面用法，其口語的用法是「動詞$_1$ないで動詞$_2$」。

動詞のナイ形＋ずに　例：食べない＋ずに
沒吃就…

※する → せ＋ずに　　例：あいさつせずに…

沒打聲招呼就…

例1）何も考えずに、ぐっすり眠ってください。

請什麼都不要想，好好睡個覺。

例2）事故にあったが、幸いにもけが（を）せずに済みました。

雖然碰上車禍，但很幸運地沒受傷了事。

學習項目2　…まま

說明

- 「動詞タ形＋まま＋…」來表示完成句型中動詞所指的動作、行爲後，保持該動作、行爲發生後的狀態，此句型中的「…まま」可將其想成類似英文的動詞「keep」，而維持或保持某種狀態的前提是：必須有某個動作、行爲發生，才可能有某種狀態可以保持，所以「まま」之前必須接「動詞タ形」。如果「まま」之前接名詞時，則無須考量詞形的問題，以「名詞＋の＋まま」表示即可。例如：素顔のままで出かけました。

  一臉素淨地（脂粉未施）就出門去了。

- 「動詞タ形＋まま＋…」多用於表示本來不該保持該狀態的情形。例如：

  電気をつけたまま出かけてしまいました。

  竟然開著燈（沒關燈）就出門去了。

學習項目3　動詞タ形ことがある/あります。

說明

- 「動詞タ形ことがある」表示有做過句型中動詞所指的動作、行爲的經驗，所以必須變成「動詞タ形」，這好比在電腦記憶體裡存檔一樣，必須經由存檔動作才能從記憶體中將檔案再次開啓。如果從未做過句型中動詞所指的動作、行爲，則表示腦中並沒有這樣記憶，於是必須改說「動詞タ形ことがない」。
- 被詢問是否有做過某個動作、行爲的經驗時，只須回答「ある」（有）或是「ない」（沒有）。表示腦海中是否有此記憶即可，無須再將「ある」或「ない」變成過去形。

- 為強調一次都沒有過這樣的經驗時，可在「ない」之前再加上「一度(いちど)も＋ない」或「一回(いっかい)も＋ない」。
- 與前述情形相反，若想強調有過多次這樣的經驗時，可在「ある」之前再加上「何回(なんかい)か＋ある」或「何回(なんかい)も＋ある」。「何回(なんかい)か＋ある」表示有過數次句型中動詞所指的動作、行為的經驗，但記不清楚幾次了。「何回(なんかい)も＋ある」則表示要說有幾次就有幾次，次數多得不得了的意思。

學習項目4　動詞タ形ほうが…。／動詞ナイ形ほうが…。

說明

- 「動詞(どうし)タ形(けい)＋ほうが…」用於「建議對方這麼做會比較…」的情形。也就是，用於「提出忠告」的情形。向對方進行較強烈的建議或忠告時，大多會使用「動詞(どうし)タ形(けい)」表示「這麼做了之後，會較…」的意思。例如：

体力(たいりょく)づくりのために、毎日(まいにち)**運動(うんどう)した**ほうがいいです。

為了要增強體力，每天運動比較好。

- 「動詞(どうし)ナイ形(けい)＋ほうが…」用於「建議對方不這麼做會比較…」的情形。例如：

体力(たいりょく)が持(も)たないときは、無理(むり)を**しない**ほうがいいです。

當體力不支的時候，不要勉強硬撐比較好。

- 「動詞(どうし)タ形(けい)＋ほうが…」的相似句型：「動詞辞書形(どうしじしょけい)＋ほうが…」則大多用於指說話者自己本身的行為。也就是，用於表示「說話者覺得自己這麼做，會較…」的情形。例如：

わたしはここに**座(すわ)る**ほうがいいです。

我坐在這裡比較好。

學習項目５　動詞辭書形ことがある/あります。

說明

- 和「動詞タ形＋ことがある」（請參閱本單元學習項目4）無論在意思上或是用法上都不同。
- 「動詞辭書形＋ことがある」主要用來表示很少會有這樣的情形發生，不過很偶而地還是會有這樣的情形發生的意思。

學習項目６　お動詞ください／ご名詞ください

說明

- 下列動詞的マス形因刪去マス後僅剩一個音節或是基於慣用上的因素（如「行きます」），無法套用「お＋動詞＋ください」。例如：

行きます、	います、	来ます、	言います、	着ます、	寝ます、	見ます、…
去	在	來	說	穿	睡覺	看

只好改以其他動詞取代，整理如下：

行きます→行ってください。
来ます　→来てください。
→ お越しください。／おいでください。／いらっしゃってください。

言います　→　言ってください。　→　おっしゃってください。

着ます　→　着てください。　→　お召しください。

寝ます　→　寝てください。　→　お休みください。

見ます　→　見てください。　→　ご覧ください。

● 就請對方做某個動作、行爲的情形，依語意客氣、委婉的程度，大致可如以下所示排序：

動詞~~マス~~形＋なさい　→　動詞て＋ください　→　お＋動詞~~マス~~形＋ください

待ちなさい　→　待ってください　→　お待ちください

且慢　　　　請等　　　　敬請等候

學習項目７　…までに

說明

● 就意義上來看，「…までに」與「…前に」幾乎相同，用法也幾乎一樣。只是「名詞＋までに」所加上的名詞**大多爲表時間的名詞**，因此中間不須要加上助詞「の」。但是，「名詞＋前に」則須視所加名詞的性質，有時中間須加上助詞「の」，有時則和「までに」一樣，不需要加上「の」。

❖「までに」接在名詞後面時　→「**名詞**までに」。例如：

金曜日までに、レポートを出さなければなりません。→「**時間**までに」

必須在星期五之前交報告。

❖「前に」接在名詞後面時　→「名詞**の**前に」。例如：

会議の前に、資 料 をコピーしました。→名詞**の**前に

在開會之前將資料影印好了。

❖但名詞爲表時間的名詞時，則不需要加「の」→「**時間**前に」。例如：

先生は２時間前に、帰りました。→**時間**前に

老師在2個小時前回家了。

● 與「動詞$_1$前に、動詞$_2$」相同，「動詞$_1$までに、動詞$_2$」表示在「動詞$_1$」之前，先行使「動詞$_2$」的意思，「動詞$_1$までに」中的「動詞$_1$」必須是辭書形，整句話的時態須視句中「動詞$_2$」的時態而定。與「動詞$_1$前に、動詞$_2$」最大的不同點在於：「動詞$_1$までに、動詞$_2$」句中的「動詞$_2$」不能是表示持續的動詞。因爲，如果是屬於表示持續的継続動詞，則不能使用「…までに」，而必須改用表示「動作、行爲、狀態持續至某個時間」的「…まで」。

★請參考『海洋基礎科技日語-N5篇』「第九單元學習項目2：動詞$_1$（辭書形）前に、動詞$_2$」

第三單元

學習項目１　動詞てもいい／動詞てもいいです。

中文意思　可以做某個動作、行爲。

用法　名詞$_1$比名詞$_2$…。

動詞テ形**も**＋いい。＝動詞テ形**も**＋かまわない。

例句

1. A：あの、すみません、その辞典を借りてもいいですか。
嗯，不好意思，（我）可以（跟你）借那本字典嗎？

B：ええ、（借りても）いいですよ。or ええ、どうぞ。
嗯，（你要借也）可以啊！　嗯，請。

2. A：すみません。答えは鉛筆で書いてもいいですか。
不好意思，（我）可以用鉛筆作答嗎？

B：ええ、（鉛筆で書いても）いいですよ。or
嗯，（你要用鉛筆寫也）可以啊！

ええ、（鉛筆で書いても）かまいませんよ。
嗯，（你要用鉛筆寫也）沒關係！

單字

1.	辞典$_0$	【名詞】辭典
2.	かまう$_2$	【動詞】介意、照顧

學習項目２　動詞なくてもいい／動詞なくてもいいです。

中文意思　可以不做某個動作、行爲。不做某個動作、行爲也可以。

用法　動詞ナイ形 …な~~い~~ → …なくて**も**＋いい。

動詞ナイ形 …な~~い~~ → …なくて**も**＋かまわない。

例句

1. まだ時間がありますから、急がなくてもいいです。

   因爲還有時間，所以（你）可以不必那麼趕。

2. 人はそれぞれ好き嫌いがあるから、嫌いなものは食べなくてもかまいませんよ。

   每個人都會各有喜好，所以有不敢吃（不喜歡吃）的東西可以不吃喲！

單字

1.	好き嫌い$_{2\ or\ 3}$	【名詞】好惡（尤其是指食物方面）
2.	急ぐ$_{2}$	【動詞】趕

學習項目３　動詞てはいけない／動詞てはいけません。

中文意思　不可以做某個動作、行爲。禁止做某個動作、行爲。

用法

動詞テ形**は**＋いけない/いけません。

例句

1. 燃えるごみと燃えないごみをいっしょにしてはいけません。

   不可以把可燃垃圾與不可燃垃圾混在一起。

2. 車を運転する前にお酒を飲んではいけません。

   開車前不可以喝酒。

【補充説明】まとめ（歸納整理）

Q：動詞てもいいですか。（徵求許可、同意）

A：はい、（動詞ても）いいです。or

はい、（動詞ても）かまいません。or

はい、どうぞ。

A$_1$：いいえ、動詞てはいけません。 or

いいえ、いけません。（禁止）

單字

1.	ごみ$_2$	【名詞】垃圾
2.	燃(も)える$_0$	【動詞】燃燒、可燃
3.	運転(うんてん)する$_0$	【動詞】運轉、駕駛

學習項目4　動詞なければならない。／動詞なくてはいけない。or 動詞なければなりません。／動詞なくてはいけません。

中文意

必須做某個動作、行爲。有義務做某個動作、行爲。

用法

動詞ナイ形　→　…な~~い~~＋ければ＋ならない。

動詞ナイ形　→　…な~~い~~＋くては＋いけない。

例句

1. あっ、いけない。もうこんな時間(じかん)、すぐに出発(しゅっぱつ)しなければならない。
   啊，糟糕！都已經是這個時間了，必須馬上出發不可。

2. もう一人前(いちにんまえ)だから、自分(じぶん)のことは自分(じぶん)でしなくてはいけませんよ。
   都已經是大人了，自己的事必須要自己處理喔。

單字

1.	…前(まえ)	【接尾語】爲接尾語，前接和人相關的名詞，強調其屬性及特性。如：腕前(うでまえ)（技巧、手法）、男前(わとこまえ)（男子氣概）／前接人數名詞，表份數。如：…人前(にんまえ)（…人份）
2.	一人前(いちにんまえ)$_0$	【名詞】已成長爲能獨當一面的成人、一人份

3.	すぐ（に）$_{1}$	【副詞】馬上、立刻
4.	出発(しゅっぱつ)する$_{0}$	【動詞】出發、動身

學習項目５　動詞なければいけない／動詞なければいけません。

中文意思　　必須做某個動作、行爲。

用法

動詞ナイ形　→　…な~~い~~＋けれ ば＋いけない。

例句

1. 論文(ろんぶん)を書(か)くから、図書館(としょかん)にいなければいけない。
   因爲要寫論文，所以必須待在圖書館。

2. もう時間(じかん)がないから、タクシーで行(い)かなければいけません。
   因爲沒時間了，所以必須搭計程車去。

單字

1.	論文(ろんぶん)$_{0}$	【名詞】論文
2.	図書館(としょかん)$_{2}$	【名詞】圖書館

學習項目６　是非…（動詞）。

中文意思　　一定要做某件事。務必要做某件事。

用法

是非＋…（動詞）。※是非(ぜひ)

例句

1. A：あしたのホームパーティーにぜひ来(き)てください。
   明天的家庭派對請務必來參加。

   B：はい、ぜひ（行(い)きます）。
   好的，（我）一定（會去）。

2. 合格発表（ごうかくはっぴょう）の日（ひ）はわたしの誕生日（たんじょうび）だから、試験（しけん）にぜひ合格（ごうかく）したいです。

因爲放榜那天是我的生日，因此我想一定要考上。

單字

1.	ホームパーティー$_4$	【名詞】家庭派對、家庭聚會
2.	試験（しけん）$_2$	【名詞】考試、試驗
3.	（是非（ぜひ））$_1$	【副詞】務必、一定要
4.	合格発表（ごうかくはっぴょう）$_5$	【名詞】放榜

學習項目7　なかなか動詞（ナイ形）／動詞ません。

中文意思　相當不…。很不容易…。

用法

なかなか＋動詞ナイ形／動詞ません。

例句

1. 市営（しえい）バスがなかなか来（き）ません。

市公車很不好等。（左等右等都等不到市公車。）

2. タクシーがなかなかつかまりません。

很不容易招到計程車。

單字

1.	つかまる$_0$	【動詞】捕捉、抓住、逮捕

學習項目8　…がする／します。

中文意思　能感覺到…味道、…聲音、…氣味、…。

用法

名詞（味、音、におい、…）が＋する/します。

例句

1. ここ最近（さいきん）どこかで子猫（こねこ）の声（こえ）がします。
   最近這陣子不知從哪裡會傳出小貓的聲音。

2. この車（くるま）はさっきから変（へん）な音（おと）がしています。聞（き）こえませんか。
   這部車從剛剛開始就一直發出怪聲。你沒聽見嗎？

3. このチョコレートはイチゴの味（あじ）がします。
   這個巧克力有草莓的味道。

4. 花（はな）はどうしていいにおいがしますか。
   花爲何會散發香氣呢？

5. この封筒（ふうとう）はバラの香（かお）りがしますね。
   這個信封有薔薇的香味哦。

6. きょうは朝（あさ）からずっといい天気（てんき）だから、あしたも晴（は）れる気（き）がします。
   今天從早開始就一直是好天氣，所以我感覺明天也會是晴天。

單字

1.	ここ$_0$	【指示代名詞】以現在爲中心，意指某個時間前後的期間。 例如：「ここ数年（すうねん）」近年來、這幾年來 「ここ最近（さいきん）」最近這陣子、近來
2.	最近（さいきん）$_0$	【名詞】最近、近來
3.	子猫（こねこ）$_2$	【名詞】小貓
4.	チョコレート$_3$	【名詞】巧克力
5.	イチゴ$_{0\ or\ 1}$	【名詞】草莓
6.	封筒（ふうとう）$_0$	【名詞】信封
7.	バラ$_0$	【名詞】薔薇
8.	味（あじ）$_0$	【名詞】口味、味道　※衍生義：風味、巧妙
9.	におい$_2$	【名詞】氣味、氣息

10.	香り（かお）$_{0}$	【名詞】香氣、芳香
11.	気（き）$_{0}$	【名詞】心情、精神、空氣、打算、氣度
12.	さっき$_{1}$	【名詞】剛才、方才
13.	ずっと$_{0}$	【副詞】一直
14.	変身（へんしん）する$_{0}$	【動詞】變身、變裝
15.	晴（は）れる$_{2}$	【動詞】晴朗、雨雪等停了、心情舒暢

文法解説

學習項目 1　動詞てもいい／動詞てもいいです。

説明

- イ形容詞（けいようし）（形容詞（けいようし））「いい」除了可以譯爲「好的」，有時視情形也可以譯爲「OK、可以」。例如跟朋友一起上餐廳或咖啡廳點餐或點飲料時，可以只問說「（あなたは）何（なに）がいい？」（中譯：你要吃 or 喝什麼好呢？），這時只要回答如下就可以了。

（わたしは）コーヒーがいい。or
（我喝）咖啡好了。

（わたしは）しょうゆラーメンがいい。
（我吃）醬油拉麵好了。

這時的「いい」便是表示「OK、可以」的意思。

- 當詢問對方是否允許自己可以做某個動作、行爲時，例如掏出一根菸後，指一下自己，然後只問對方「いいですか」，這時就可明白是在詢問對方是否允許徵詢者本人抽菸。於是，對方允許時只須說「いいです」；不允許時只須說「（あっ、それは）ちょっと…」就可以了。
- 有時有些動作無法以手勢表現，這時就必須以言語「動詞（どうし）てもいい（です）か」明白地說出徵詢者本人想從事的動作、行爲來徵詢對方的允許、同意。例如：

A：中国語で書いてもいいですか。

可以用中文寫嗎？

被徵詢者如表示「動詞ていい（です）」，則代表示允許對方可以做這個動作、行爲。例如：

B：ええ、（中国語で書いて）いいです。

是的，可以（用中文寫）。

積極表示同意時，可回答說：

B：ええ、どうぞ。

是的，請。

● 另一種表示允許對方可以做這個動作、行爲的說法是「動詞てもかまわない（or 動詞てもかまいません）」。但是以此說法表明允許、同意時，則意味著除此之外還有其他可選擇的做法存在。例如：

A：中国語で書いてもいいですか。

可以用中文寫嗎？

B：ええ、中国語で書いてもかまいません。

是的，要用中文寫也沒關係。

● 被徵詢者如答說「それはちょっと…」，則代表委婉地表示不允許對方做這個動作、行爲。例如：

A：中国語で書いてもいいですか。

可以用中文寫嗎？

B：それはちょっと…

這有點兒…（爲難）

學習項目２　動詞なくてもいい／動詞なくてもいいです。

説明

- 「動詞なくてもいい（です）か」的説法用於詢問對方是否允許自己不做某個動作、行爲的情形。如以下所示，可先在腦中把這句話切分成兩部分，即「動詞ない」＋「いい（です）か」。然後再將這兩部分結合成一句話。

動詞ない　　＋ いいですか
不做某個動作　　可以嗎？
　　　　　↓
動詞なくても ＋ いいですか

- 以中文徵詢對方是否允許自己做或是不做某個動作、行爲時，説話的語序往往會先問對方「我可以或不可以」然後才説出所做動作、行爲的動詞，將中文概念切換成日文時要留意。例如：

「我可以不用日文書寫嗎？」→「日本語で書かなくてもいいですか」
★應避免譯爲「我不用日文書寫（也）可以嗎？」

- 結合「學習項目１動詞てもいい」和「學習項目２動詞なくてもいい」的説法「動詞ても動詞なくてもいい」，表示某個動作、行爲可做也可不做。例如：

買っても買わなくてもいいです。
可買、也可不買。（要買、不買都可以。）

另一種類似説法是

買っても買わなくてもかまいません。
要買、不買都無所謂。

學習項目 3　動詞てはいけない／動詞てはいけません。

說明

- 「動詞(どうし)てはいけない」用於告誡對方不可以，或是禁止對方做某個動作、行爲的情形。一般都是父母、老師、單位主管等站在監督者立場的人，面對被監督者時所使用的表達方式。同樣是要對方不要做某個動作、行爲的情形，使用「動詞(どうし)ないでください」較「動詞(どうし)てはいけない」委婉。例如：

忘(わす)れてはいけない。　→　不可以（不許）忘記。

忘(わす)れないでください。　→　請不要忘記。

學習項目 4　動詞なければならない。／動詞なくてはいけない。or 動詞なければなりません。／動詞なくてはいけません。

說明

- 「動詞(どうし)なければならない」與「動詞(どうし)なくてはいけない」同樣都是以雙重否定「不…不可（不行）」的形式，表示「必須…」的說法。就表達的意義來看，基本上大同小異。
- 「動詞(どうし)なければならない」的說法給人較正式、嚴肅的感覺，所以大多會用於表示一般情況下的義務性或必須採取的舉動。也就是說，以「動詞(どうし)なければならない」表示「必須…」的說法較爲客觀，所謂客觀是指無論任何人都會一致認爲「必須…」的情形，與個人的主觀意識認定無關。例如：

罰金(ばっきん)は払(はら)わなければなりません。
罰款必須要繳納。（必須要繳納罰款。）

- 「動詞(どうし)なくてはいけない」多用於告知對方他所必須要擔負的責任、義務，但是這個責任並非只是針對他個人而言，而是換做其他人也都同樣必須要擔負的責任、義務，或是必須要採取的舉動。

學習項目５　動詞なければいけない／動詞なければいけません。

說明

- 「動詞(どうし)なければならない」與「動詞(どうし)なければいけない」的比較：

就意義上來看，基本上「動詞(どうし)なければならない」與「動詞(どうし)なければいけない」幾乎相同，同樣都是以雙重否定「不…不可（不行）」的形式，表示「必須…」的說法。但是

1. 相較於「動詞(どうし)なければいけない」多出現在對話的場合，「動詞(どうし)なければならない」則給人較正式、嚴肅的感覺。
2. 若是用於告知對方他所必須要擔負的責任、義務或是必須採取的行動時，大多會使用「動詞(どうし)なければいけない」的說法。
3. 「動詞(どうし)なければならない」因爲給人較正式、嚴肅的感覺，所以多用於表示一般情況下的義務性或必要性的動作、行爲。也就是說，以「動詞(どうし)なければならない」表示「必須…」的說法較爲客觀。例如：

人(ひと)はいつか死(し)ななければ**ならない**。
人總有一天必須死亡。（生爲人終須一死）

也就是說這類「必須…」的動作、行爲，是個人的意志無法改變的。因此，若是改爲

人(ひと)はいつか死(し)ななければ**いけない**。
人總有一天必須死亡。（生爲人終須一死）

因「動詞(どうし)なければいけない」多用於監督者（長輩或長官）告知對方他所必須行使的義務或必須採取的行動，較爲主觀，也就是較不具一般性（普遍性），所以便會顯得有些奇怪。

學習項目 6　是非…（動詞）。

說明

- 「是非(ぜひ)」屬於副詞(ふくし)，用於表示「一定要做某件事、務必要做某件事」的意思，一般多以平仮名(ひらがな)書寫。如以下所示，往往會與表示「請求」的「…てください」或是表示「希望」的「…たい」「…てほしい」等句型一起使用，表示說話者強烈的願望。

A：あしたのホームパーティーにぜひ来(き)てください。
明天的家庭派對請務必來參加。

B：はい、ぜひ（行(い)きます）。
好的，（我）一定（會去）。

合格発表(ごうかくはっぴょう)の日(ひ)はわたしの誕生日(たんじょうび)だから、試験(しけん)にぜひ合格(ごうかく)したいです。
因爲放榜那天是我的生日，所以我很想要考上。

- 「是非(ぜひ)」一般不與表示否定的希望表現一起使用。例如：

ぜひ行(か)かないでください。×
請務必不要去。？？？

絶対(ぜったい)に行(か)かないでください。○
請絕對不要去。

學習項目 7　なかなか動詞（ナイ形）／動詞ません。

說明

- 「なかなか」當副詞(ふくし)使用時，有以下兩種意思：

1. 指「事物的狀態、程度超乎預期之上、很意外、相當…」的意思，可用於肯定句。例如：

今年(ことし)の日本語能力(にほんごのうりょく)試験(しけん)の問題(もんだい)はなかなか難(むずか)しかったです。

今年的日語能力檢定考的題目相當難。

2. 指「不像當初所想的…、不容易…」的意思。大多用於否定句。例如：

市営(しえい)バスがなかなか来(き)ません。

市公車很不好等。（左等右等都等不到市公車。）

學習項目８　…がする/します。

說明

● 動詞(どうし)「する」接在表示氣味（におい）、口味（味(あじ)）、聲音（音(おと) or 声(こえ)）、感覺（気(き)）等名詞(めいし)的後面→「…がする」表示能感覺到…氣味、…味道、…聲音等的意思。例如：

❖ 声(こえ)がする　→　ここ最近(さいきん)どこかで子猫(こねこ)の声(こえ)がします。

最近這陣子不知從哪裡會傳出小貓的聲音。

❖ 音(おと)がする　→　この車(くるま)はさっきから変(へん)な音(おと)がしています。聞(き)こえませんか。

這部車從剛剛開始就一直發出怪聲。你沒聽見嗎？

❖ 味(あじ)がする　→　このチョコレートはイチゴの味(あじ)がします。

這個巧克力有草莓的味道。

❖ においがする　→　花(はな)はどうしていいにおいがしますか。

花為何會散發香氣呢？

❖ 香(かお)りがする　→　この封筒(ふうとう)はバラの香(かお)りがしますね。

這個信封有薔薇的香味耶。

❖ 気(き)がする　→　きょうは朝(あさ)からずっといい天気(てんき)だから、あしたも晴(は)れる気(き)がします。

今天從早開始就一直是好天氣，所以我感覺明天也會是晴天。

學習項目1　可能表現

中文意思　表示「客觀條件可以或不可以」以及「是否有做某事的能力」的用法。

■動詞(どうし)の可能形(かのうけい)（動詞轉變成可能形的模式）

…段音	あ	い	う	え	お
…根手指	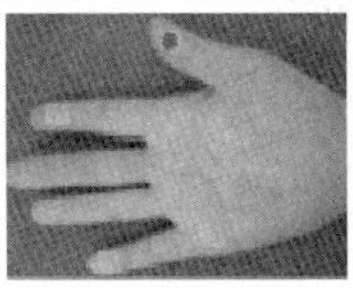	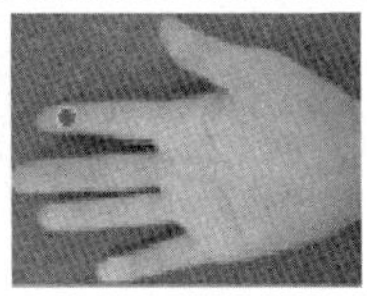	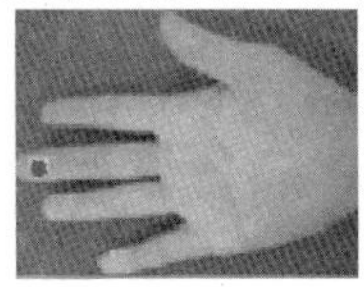	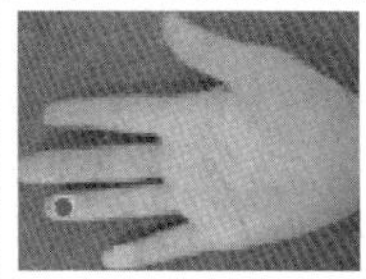	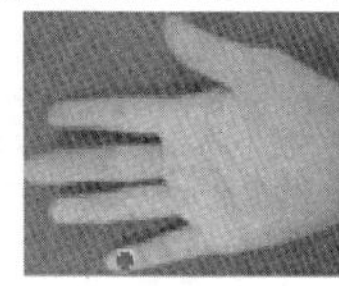
V	V_1	V_2	V_3	V_4	V_5

Ⅰ. 五段動詞		Ⅱ. 上・下一段動詞	Ⅲ. カ変動詞 サ変動詞
V_3 → V_4 ＋ る		漢字V_2~~る~~＋られる 漢字V_4~~る~~＋られる	来(く)る→来(こ)られる する→できる
言(い)う→言(い)える	死(し)ぬ→死(し)ねる	借(か)りる→借(か)りられる	来(く)る→来(こ)られる
書(か)く→書(か)ける （泳(およ)ぐ→泳(およ)げる）	呼(よ)ぶ→呼(よ)べる	見(み)る→見(み)られる	する→できる
取(と)る→取(と)れる	飲(の)む→飲(の)める	食(た)べる→食(た)べられる	紹介(しょうかい)する ↓ 紹介(しょうかい)できる
立(た)つ→立(た)てる	出(だ)す→出(だ)せる	寝(ね)る→寝(ね)られる	

用法Ⅰ. 有做某事的能力。

名詞　が＋できる/できます。（or 動詞可能形。）

‖

動詞辭書形こと　が＋できる/できます。

例句

1. わたしは車(くるま)の運転(うんてん)ができます。

‖

わたしは車(くるま)が運転(うんてん)できます。

我會開車。

2. 蔡(さい)さんは日本語(にほんご)を話(はな)すことができます。

‖

蔡(さい)さんは日本語(にほんご)が話(はな)せます。

蔡先生（小姐）會說日語。

3. このスーツケース、重(おも)くて持(も)つことができないよ。

‖

このスーツケース、重(おも)くて持(も)てないよ。

這個行李箱太重了，（我）拿不動啦。

用法Ⅱ. 客觀條件允許做某事。

名詞　が＋できる/できます。（or 動詞可能形。）

‖

動詞辭書形こと　が＋できる/できます。

例句

1. 禁煙車(きんえんしゃ)では喫煙(きつえん)ができません。

‖

禁煙車(きんえんしゃ)では喫煙(きつえん)できません。

在禁菸車廂內不可以吸菸。

2. A：故宮博物館(こきゅうはくぶつかん)は無料(むりょう)で入(はい)ることができますか。

‖

故宮博物館(こきゅうはくぶつかん)は無料(むりょう)で入(はい)れますか。

故宮博物院可以免費入場（參觀）嗎？

B：いいえ、夜間(やかん)は無料(むりょう)ですが、昼間(ひるま)は観覧料金(かんらんりょうきん)が必要(ひつよう)ですよ。

不，雖然夜間時段是免費的，但是白天要收參觀費的哦。

單字

1.	こと$_{2}$	【名詞】事情、情況、（談話的）內容
2.	禁煙車(きんえんしゃ)$_{3}$	【名詞】禁菸車廂
3.	喫煙(きつえん)$_{0}$	【名詞】吸菸
4.	故宮博物館(こきゅうはくぶつかん)$_{6}$	【名詞】故宮博物院
5.	無料(むりょう)$_{0}$	【名詞】免費、不收取費用
6.	夜間(やかん)$_{1}$	【名詞】夜間
7.	昼間(ひるま)$_{3}$（＝昼間(ちゅうかん)$_{0}$）	【名詞】白天
8.	観覧料金(かんらんりょうきん)$_{5}$	【名詞】參觀費用
9.	メール$_{0}$	【名詞】電子郵件（mail）
10.	吹き出物(ふきでもの)$_{0}$	【名詞】皮膚上長出來的凸出物、痘痘
11.	スーツケース$_{4}$	【名詞】行李箱、旅行用的皮箱（suitcase）
12.	必要(ひつよう)$_{0}$	【ナ形容詞】必要的、必需的
13.	持つ(もつ)$_{1}$	【動詞】拿、帶

學習項目2　見える／聞こえる/できる/わかる or

見えます／聞こえます/できます/わかります

中文意思　含有可能意思的動詞，例如：見える、聞こえる、できる、わかる、…

用法Ⅰ. 有做某事的能力。

名詞が＋動詞（見える、聞こえる、できる、わかる、…）。

※這些動詞不會有可能形。

例句

1. 海洋大学の正門から海が見えます。〈見える〉

   從海洋大學的正門就能夠看得到海。

   ※海洋大学に行くと、海が見られます。

   ||

   海洋大学に行くと、海を見ることができます。

   到海洋大學去的話，就能夠看到海。

2. 音が小さいから、何も聞こえません。〈聞こえる〉

   因為聲音太小了，所以什麼都聽不見。

   ※そのイヤホンが故障したから、聞けませんよ。

   ||

   そのイヤホンが故障したから、聞くことができません。

   因為那個耳機故障了，所以沒辦法聽。

3. 簡単な日常会話しかできません。〈できる〉

   只會簡單的日常會話而已。

4. お気持ちはよくわかります。〈わかる〉

   （您的）心情（我）很了解。

用法Ⅱ. 客觀條件允許做某事。

名詞が＋動詞（見える、聞こえる、できる、わかる、…）。

※這些動詞不會有可能形。

例句

1. 町の様子から、景気回復の兆しが見えます。〈見える〉

   ※ 町の様子から、景気回復の兆しがうかがえます。

   從街上的光景，可以看見景氣復甦的徵兆。

2. 新聞(しんぶん)の投書欄(とうしょらん)から、国民(こくみん)の声(こえ)が聞(き)こえます。〈聞こえる〉

從報紙的讀者投書，能夠聽到國民的心聲。

※新聞(しんぶん)の投書欄(とうしょらん)から、国民(こくみん)の声(こえ)が聞(き)かれます。

國民的心聲，從報紙的讀者投書，能被聽見。

3. 海洋大学(かいようだいがく)の学生(がくせい)は学校(がっこう)の構内(こうない)に駐車(ちゅうしゃ)できません。〈できる〉

海洋大學的學生不可以把車停在校區內。

4. 値札(ねふだ)がついているから、値段(ねだん)がわかります。〈わかる〉

因爲有附價格標籤，所以知道價錢。

單字

※凡加上()之漢字，根據「記者ハンドブック・新聞用語用字集」應以平假名書寫。

1.	音(おと)$_2$	【名詞】聲音
2.	声(こえ)$_1$	【名詞】人或動物的聲音、心聲
3.	イヤホン$_1$	【名詞】耳機（earphone）
4.	日常会話(にちじょうかいわ)$_5$	【名詞】日常會話
5.	気持(きも)ち$_0$（お気持(きも)ち$_0$）	【名詞】心情、感受
6.	様子(ようす)$_0$	【名詞】狀態、情勢、情形、打扮
7.	景気回復(けいきかいふく)$_4$	【名詞】景氣復甦
8.	兆(きざ)し$_0$	【名詞】徵兆、前兆
9.	投書欄(とうしょらん)$_3$	【名詞】讀者投書
10.	国民(こくみん)$_0$	【名詞】國民、有該國國籍的人
11.	構内(こうない)$_1$	【名詞】建物或建地的範圍內
12.	駐車(ちゅうしゃ)$_0$	【名詞】停車
13.	値札(ねふだ)$_0$	【名詞】價格標籤
14.	値段(ねだん)$_0$	【名詞】價格、價錢
15.	見(み)える$_2$	【動詞】看得見、看到

16.	故障(こしょう)する$_0$	【動詞】故障
17.	(窺(うかが))う$_0$→(窺(うかが))える$_3$	【動詞】得知事情的一部分、察言觀色、窺伺
18.	つく$_{1\ \mathrm{or}\ 2}$	【動詞】附、附著、附屬

學習項目3　(常体 or 敬体) と言う／言います。

中文意思　引用。

用法

名詞は	名詞 イ形容詞 ナ形容詞 動詞	と	＋	言う／言います。 聞く／聞きます。 書く／書きます。

↑

文(常体) ★有加上「」的時候，「文(敬体)」可以是敬體。

例句

1. 「謝謝」は日本語(にほんご)で何(なん)と言(い)いますか。
   「謝謝」用日語怎麼說？

2. 先生(せんせい)は「皆(みな)さん、おはよう」と言(い)いました。
   老師說「各位同學早」。

3. 学生(がくせい)は「先生(せんせい)、おはようございます」と言(い)いました。
   學生說「老師早安」。

4. A：あした休講(きゅうこう)**と**聞(き)きましたが、それは本当(ほんとう)ですか。or
   あした休講(きゅうこう)**って**聞(き)きましたが、…。※口語時，「と」會以「って」出現。
   聽說明天停課。是真的嗎？

B：間違(まちが)いなく休講(きゅうこう)です。

沒錯，是要停課。

單字

1.	休講(きゅうこう)$_{0}$	【名詞】停課
2.	間違(まちが)いなく$_{5}$	【連語】沒錯 ※間違(まちが)い（が）ない → 間違(まちが)い（が）なく

學習項目４　人は…と言った／言いました。

中文意思　引述某個人這麼說…。

用法　（直接引述）

人は…　（常体）と言った／言いました。or

人は…（「敬体」）と言った／言いました。

★…的部分多爲普通形，有加上「」的時候「文（敬体）」可以是敬體。

例句

1. お姉(ねえ)さんがお母(かあ)さんに「今晩帰(こんばんかえ)りが遅(おそ)いですよ」と言(い)って、お母(かあ)さんが「はい、わかったわ」と返事(へんじ)した。

姊姊跟媽媽說「今晚會晚點回家喲」，媽媽回答說「知道了」。

單字

1.	帰(かえ)り$_{3}$	【名詞】返回、回家、回程
2.	返事(へんじ)する$_{3}$	【動詞】回答、回覆

學習項目５　人は…と言っていた／言っていました。

中文意思　引述某個人說…。

用法　（間接引述）

人は…（常体）と言っていた／言っていました。

例句

1. 黄さんは前からこんなケイタイが欲しいと言っていた。
   黄先生（小姐）從以前就一直說想要這樣的手機。

2. 清水さんは新しい背広を作ってほしいと言っていました。
   清水先生（小姐）說想要找人幫他做套新西裝。

單字

1.	背広$_0$	【名詞】男士西裝
2.	作る$_2$	【動詞】做、製作

學習項目6　…ように（と）言う。／伝える。／注意する。or

…ように（と）言います。／伝えます。／注意します。

中文意思　引用。

用法

言う／言います。
動詞【辞書形・ナイ形】＋ように（と）＋伝える／伝えます。
注意する／注意します。

例句

1. 呉さんは日本の友人に「また遊びにお越しください」と言いました。
   ↓
   呉さんは日本の友人にまた遊びに来るように言いました。
   吳先生（小姐）告訴他（她）的日本朋友，請還要再來玩。

2. 彼女(かのじょ)に「わたしに連絡(れんらく)してください」と伝(つた)えてくださいませんか。

↓

彼女(かのじょ)にわたしに連絡(れんらく)（を）くれるように伝(つた)えてくださいませんか。or

↓

彼女(かのじょ)にわたしに連絡(れんらく)するように伝(つた)えてくださいませんか。

可以請你轉告她，請她跟我聯絡好嗎？

3. お母(かあ)さんは息子(むすこ)に「夏休(なつやす)みに毎日(まいにち)ゲームばかりしてはだめ」と注意(ちゅうい)した。

↓

お母(かあ)さんは息子(むすこ)に夏休(なつやす)みに毎日(まいにち)ゲームばかりしないように注意(ちゅうい)した。

媽媽告誡兒子，暑假期間不能每天一直打電玩。

單字

※凡加上()之漢字，根據「記者ハンドブック・新聞用語用字集」應以平假名書寫。

1.	友人(ゆうじん)$_0$	【名詞】友人、朋友
2.	遊(あそ)び$_0$	【名詞】遊戲、玩耍
3.	彼女(かのじょ)$_1$	【名詞】她（第三人稱）※英文（she）的翻譯
4.	ばかり$_1$	【副助詞】 （表限定）只、僅、惟有、只有 （表概數）大約、左右、上下、大約、剛剛 （強調從事某件事的比率高）淨、光、老是…… （動作的狀態，下接ル形・タ形）表示接下來…… （動作的狀態，下接タ形）表示已結束……
5.	お越(こ)しください$_6$	【動詞】請光臨〔尊敬語(そんけいご)〕（尊敬語、敬辭） ※比「来(き)てください$_1$」更客氣的說法
6.	伝(つた)える$_0$	【動詞】轉告、傳達

學習項目 7　動詞かた

中文意思　做某事的方法。

用法

動詞~~マス~~形＋かた　　※方（かた）

例句

1. A：失礼（しつれい）ですが、お名前（なまえ）の書（か）き方（かた）を教（おし）えてくださいませんか。

請恕我冒昧，請問您可以告訴我，您的名字的寫法嗎？

B：いいですよ。こう書（か）きます。でも「湯之上（ゆのうえ）」の「の」は平仮名（ひらがな）ではなくて、漢字（かんじ）の「之（の）」と書（か）いてください。すみません。

可以啊，這麼寫，但是「湯之上」的「の」不是平假名，請寫成漢字的「之」。 不好意思。

A：はい、わかりました。

是，我知道了。

2. A：すみませんが、日本大使館（にほんたいしかん）への行（い）き方（かた）を教（おし）えてください。

不好意思，請告訴我去日本大使館的方法。

B：えっ？台湾（たいわん）には大使館（たいしかん）はありませんよ。「公益財団法人日本交流協会（こうえきざいだんほうじんにほんこうりゅうきょうかい）」という民間機関（みんかんきかん）がありますけど、そこへ行（い）きたいのですか。

咦？台灣沒有日本大使館哦！倒是有一個叫做「公益財團法人日本交流協會」的民間機構，（你）是想去那裡是嗎？

A：はい、そうです。そこです。

是，沒錯，就是那裡。

3. えっ？またお弁当箱（べんとうばこ）を学校（がっこう）に忘（わす）れた？しょうがない子（こ）ね。今度（こんど）絶対（ぜったい）に忘（わす）れないでね。むかつく、もうー。

什麼？（你）又把便當盒放在學校忘了帶回家？你這小孩，眞拿你沒辦法。下次絕對不要再忘記了哦，眞是令人生氣、眞是的！

單字

1.	…方（かた）	【接尾語】方法
2.	仕方（しかた）$_0$	【名詞】方法、辦法、方式

3.	大使館(たいしかん)3	【名詞】大使館
4.	民間機関(みんかんきかん)5	【名詞】民間機構
5.	弁当箱(べんとうばこ)3	【名詞】便當盒
6.	…箱(ばこ)	【名詞】…盒
7.	むかつく0	【動詞】火大、生氣、因吃太飽而胸悶
8.	しょうがない4＝しかたがない5	【連語】沒辦法（口語）、沒輒

學習項目８　とか（…とか）

中文意思　…啦、…啦、…等等。（並列兩個以上的事物時使用）

用法

名詞＋とか

例句

1. A：冷蔵庫(れいぞうこ)の中(なか)に何(なに)が入(はい)っていますか。

冰箱裡放有什麼東西呢？

B：そうですね。ケーキとか果物(くだもの)とかビールとか、いろいろありますが、どれが欲(ほ)しいですか。

這個嘛，有蛋糕啦、水果啦、啤酒啦，各種東西都有，你想要哪一個？

2. A：先生(せんせい)、昼休(ひるやす)みの時間(じかん)を利用(りよう)する勉強会(べんきょうかい)にはどんな人(ひと)が参加(さんか)できますか。

老師，利用午休時間的讀書會是要什麼樣的人才能參加呢？

B：勉強(べんきょう)したい人(ひと)はみんな参加(さんか)できますよ。今(いま)は劉(りゅう)さんとか高(こう)さんとか楊(よう)さんとか、学科(がっか)や学年(がくねん)がそれぞれ違(ちが)う人(ひと)が参加(さんか)していますよ。

想唸書的人都可以參加啊。像現在有劉同學啦、高同學啦、楊同學啦，各個學系和年級都不同，目前都有參加哦。

單字

1.	勉強会（べんきょうかい）$_3$	【名詞】讀書會
2.	…会（かい）	【接尾語】…會
3.	学年（がくねん）$_0$	【名詞】…年級
4.	利用（りよう）する$_0$	【動詞】利用、運用
5.	参加（さんか）する$_0$	【動詞】参加、加入、參與

文法解説

學習項目1　可能表現

説明

● 所謂「可能表現（かのうひょうげん）」主要用來表示「客觀條件可以、不可以」或是「是否有做某件事的能力」的意思，中譯時往往可以譯爲「會、能、可以」。其表現形式有以下兩種：

A. 名詞（めいし）**が**できる/できます。（or 其他動詞的可能形（かのうけい））

B. 動詞辞書形（どうしじしょけい）こと **が**できる/できます。

表示能力的對象部分（A.「名詞」和B.「動詞辞書形（どうしじしょけい）こと」）後面都必須接助詞（じょし）「が」。並且，由以下A、B例句可知A、B兩種表現形式可以相互替換，表達相同的意思。

A. 蔡（さい）さんは日本語（にほんご）**が**話（はな）せます。

蔡先生（小姐）會説日語。

B. 蔡（さい）さんは 日本語（にほんご）を話（はな）す こと **が**できます。

蔡先生（小姐）會説日語。

但在較正式的場合或較拘謹的文章中（特別是在表示「客觀條件可以、不可以」

的意思時），一般較傾向使用B「動詞辞書形 こと ができる」的表現形式。

● 動詞可能形的變化模式如下：

五段動詞：V_3 → V_4 ＋ る

書く → 書ける　　遊ぶ → 遊べる

泳ぐ → 泳げる　　読む → 読める

話す → 話せる　　乗る → 乗れる

立つ → 立てる　　買う → 買える

死ぬ → 死ねる

上・下一段動詞：漢V_2 or V_4る → 漢V_2 or V_4~~る~~ ＋ られる

起きる → 起きられる

食べる → 食べられる

カ変・サ変動詞：来る → 来られる

する → できる

例：勉強する → 勉強できる

● 表示「客觀條件允許做某事」（即「客觀條件可以、不可以」）意思的例句如下：

A. この卵はもう賞味期限を過ぎました。もう食べられません。

這雞蛋已經過期了，所以已經不能吃了。

B. 海洋大学の図書館は夜10時まで利用することができます。

海洋大學的圖書館開放到晚上10點。

● 表示「是否有能力」（即「是否有做某事的能力」）意思的例句如下：

A. 場所がわからないから、一人で行けません。

因爲不曉得地點，所以沒辦法一個人（or 自己）去。

B. 韓国語を話すことができますか。

（你）會說韓國話嗎？

- 一般經常會使用「人**は**名詞**が**動詞可能形」表示「某個人有做某事的能力」的意思，但有時會以「人**には**名詞**が**（or **は**）動詞可能形」表示「某個人具有（或沒有）做某事的能力的可能性」，例如：

わたし**には**こんなに高価な車は買えません。

我買不起這麼貴的車。

或是有時會以「だれ**にでも**動詞可能形」表示「無論是誰都具有（或沒有）做某事的能力的可能性」，例如：

これはだれ**にでも**できる健康痩身術です。

這是無論是誰都能做得到的健康瘦身法。

- 「できる」有下列用法：

1. あなたは日本語でメールを書くことができますか。（能力）

   你會用日文寫e-mail嗎？

2. 駅の前に大きいスーパーができました。（完成）

   車站前開了一家大型的超市。

3. 顔に吹き出物ができました。（長成）※ニキビ＝青春痘

   臉上長了一顆痘痘。

學習項目2　見える／聞こえる/できる/わかる　or

見えます／聞こえます/できます/わかります

說明

- 含有可能意思的動詞，例如見える、聞こえる、できる、わかる等沒有可能形。

● 「見える」指「自然而然映入眼簾而能看到」的意思。

「見えない」指看的人和被看的對象之間有「障礙」而「看不到」的意思。

「障礙」包含看的人的視力、中間有阻擋物或人、光線不足、距離太遠等。

● 「見られる」指「不單是視覺上的問題，而是被允許或得到機會而能看到」的意思。也就是具備「見る」（看）所有主客觀條件時才能使用。

「見られない」指實現「見る」（看）這個行爲的主客觀條件不全，因此才「看不到」的意思。例如：

○海洋大学の正門から海が見えます。〈見える〉

從海洋大學的正門就能夠看得到海。

×海洋大学の正門から海が見られます。〈見られる〉

○海洋大学に行くと、海が見られます。〈見られる〉＝

○海洋大学に行くと、海を見ることができます。〈動詞辞書形ことができる〉

到海洋大學去的話，就能夠看到海。

○昨夜のドラマは忙しくて見られなかった。〈見られる〉

昨晚的日劇忙到沒能看到。

×昨夜のドラマは忙しくて見えなかった。〈見える〉

昨晚的日劇忙到沒能看到。？？？

● 「聞こえる」指「自然而然傳入耳朵而能聽到」的意思。

● 「聞ける」指「因有某種情況或機會而能聽到」的意思。也就是具備「聞く」（聽）所有主客觀條件時才能使用。例如：

○どこからか鳥の声が聞こえた。〈聞こえる〉

不知從何處傳來鳥的叫聲。

×どこからか鳥の声が聞けた。〈聞ける〉

不知從何處傳來鳥的叫聲。？？？

學習項目3　（常体 or 敬体）と言う／言います。

說明

- 「と」爲助詞，可用來表示「引用」。所謂「引用」是指引述「言う（說話）」「聞く（聽聞）」「書く（書寫）」等動詞所表示的動作內容。在概念上，可將「と」意會爲「」這個符號。例如：

1. 「謝謝」は日本語で何と言いますか。
   「謝謝」用日語怎麼說？

2. 先生は「皆さん、おはよう」と言いました。
   老師說「各位同學早」。

3. 学生は「先生、おはようございます」と言いました。
   學生說「老師早安」。

「と」所引述的內容爲「字」或「句」、「常体」或「敬体」皆可，完全視引用的實際內容而定。

- 口語時，「と」往往會以「って」的形式出現。例如：

あした休講と聞きましたが、それは本当ですか。＝

あした休講って聞きましたが、それは本当ですか。

聽說明天停課。是眞的嗎？

學習項目4　人は…と言った／言いました。

說明

- 以「人は…と言った」的形式引述「某個人這麼説…」的表述方式，稱爲「直接引述」，也就是…的部分爲一字不漏地重現某個人發言時所用的措詞。如以下所示，引述某個人發言的…部分，不論發言當時是以「常体」或是「敬体」陳述，都必須一字不漏地重現。

人は…（常体）と言った／言いました。

人は…（「敬体」）と言った／言いました。

- 某個人發言時如以「敬体」表述，書寫時「敬体」的字句必須加上「」。但若是以「常体」表述，書寫時「常体」的字句，可加上或不加上「」。

例如：

お姉さんがお母さんに「今晩帰りが遅いですよ」と言って、

お母さんが「はい、わかったわ」と返事した。（常体）

姊姊跟媽媽説「今晚會晚點回家喲」，媽媽回答説「知道了」。

因句末是以「…と返事した」結尾，所以整句屬於以常体表述的句子。其中お姉さん跟お母さん説話的部分，因爲使用敬体（「今晩帰りが遅いですよ」）表述，所以書寫時敬体的字句必須加上「」。

お母さん回答お姉さん時，因爲使用常体（「はい、わかったわ」）表述，所以書寫時常体的字句可加上或不加上「」。

如果要將整句改寫成以敬体表述時，只須將句末的「…と返事した」改寫成「…と返事しました」即可。

學習項目5　人は…と言っていた／言っていました。

説明

- 以「人は…と言っていた」的形式引述「某個人這麼説…」的表述方式，稱爲「間接引述」，也就是…的部分爲引述某個人發言的內容，而並非一字不漏地重現某個人發言時所用的措詞。因此，…的部分往往會是「常体」的字句。如以下所示，視情況必須以「敬体」表述時，將句末的「…と言っていた」改寫成「…と言っていました」即可。

陳さんは 来週大阪へ出張する と言っていた。（常体）
陳さんは 来週大阪へ出張する と言っていました。（敬体）
陳先生（小姐）説他（她）下星期要去大阪出差。

- 關於「欲しい」的補充説明：

根據「記者ハンドブック・新聞用語用字集 第10版」所述，「欲しい」當作形容詞，表示「想得到」的意思時，應寫成「欲しい」。例如：

金が欲しい　・　水が欲しい
想得到錢　　想得到水

當作補助形容詞，表示「希望…」的意思時，則應以平仮名寫成「…（て）ほしい」。例如：

人に買ってほしい　・　人に来てほしい
希望某個人買…　　希望某個人來

學習項目6　…ように（と）言う。／伝える。／注意する。or

　　　　　　…ように（と）言います。／伝えます。／注意します。

説明

● 如果是以 Aは B に「…」と言(い)う 表述A對B這麼說的情形，則「…」内必須是A→B，即A面對B時的說詞。例如：

呉(ご)さんは日本(にほん)の友人(ゆうじん)に「また遊(あそ)びにお越(こ)しください」と言(い)いました。

吳先生（小姐）告訴他（她）的日本朋友說「請還要再來玩」。

● 如果是以 AはBに…ように（と）言(い)う 表述A對B這麼說的情形，則…的部分是A→B，即A面對B時所要傳達的內容，不須要明確地指定說詞。

呉(ご)さんは日本(にほん)の友人(ゆうじん)にまた遊(あそ)びに来(く)るように（と）言(い)いました。

吳先生（小姐）告訴他（她）的日本朋友，請他（她）還要再來玩。

其他類似的例句：

❖彼女(かのじょ)に「わたしに連絡(れんらく)してください」と伝(つた)えてくださいませんか。

＝彼女(かのじょ)にわたしに連絡(れんらく)（を）くれるように（と）伝(つた)えてくださいませんか。

＝彼女(かのじょ)にわたしに連絡(れんらく)するように伝(つた)えてくださいませんか。

可以請你轉告她，請她跟我聯絡好嗎？

❖お母(かあ)さんは息子(むすこ)に「夏休(なつやす)みに毎日(まいにち)ゲームばかりしてはだめ」と注意(ちゅうい)した。

＝お母(かあ)さんは息子(むすこ)に夏休(なつやす)みに毎日(まいにち)ゲームばかりしないように（と）注意(ちゅうい)した。

媽媽告誡兒子，暑假期間不能每天一直打電玩。

學習項目７　動詞かた

說明

● 「…かた」屬於「接尾語（せつびご）」，接在「動詞（どうし）マス形（けい）」的後面表示「做某事的方法・方式」或是「某種狀態的樣子」。例如：

ひもの結（むす）びかた　・　車（くるま）の混（こ）みかた

打繩結的方法　　車子壅塞的情況

學習項目８　とか（…とか）

說明

● 「とか」是由【並立助詞（へいりつじょし）「と」＋副助詞（ふくじょし）「か」】所組合而成的「連語（れんご）」，用於表示「兩個以上的事物或動作・作用的提示、並列」。例如：

1. マンガ**とか**ＣＤ**とか**ゲーム**とか**ＤＶＤ**とか**紹介（しょうかい）するブログ（名詞（めいし）とか）

   介紹漫畫啦、ＣＤ啦、遊戲啦、ＤＶＤ啦的部落格

2. 売（う）れている人気商品（にんきしょうひん）**とか**紹介（しょうかい）します。（名詞（めいし）とか）

   介紹一些暢銷人氣商品。

★只使用一個「とか」時，也可表示舉例的意思。

3. イチゴ狩（が）りに行（い）く**とか**、行（い）かない**とか**騒（さわ）いでいる。（動詞（どうし）とか）

   正在起哄要去採草莓、還是不要去採草莓之類的事情。

第五單元

學習項目１　…（常体）と思う／思います。

中文意思　認爲…。覺得…。（表述感想、意見）

用法Ⅰ.（我）認爲…。覺得…。

（わたしは）文（常体）と＋思う／思います。

例句

1. A：（あなたは）日本(にほん)は物価(ぶっか)が高(たか)いと思(おも)いますか。
（你）覺得日本物價貴嗎？

B：ええ、（わたしは）非常(ひじょう)に高(たか)いと思(おも)います。
是啊，（我）覺得非常貴。

2. A：宿題(しゅくだい)の作文(さくぶん)はちょっと時間(じかん)がかかりますが、とても勉強(べんきょう)になると思(おも)います。
我覺得作文作業雖然有點花時間，但是能夠學到很多東西。

B：そうですね。ところで、アップロードの締(し)め切(き)りはいつですか。
你說得對。話說，上傳的期限是什麼時候啊？

A：来週(らいしゅう)月曜日(げつようび)の午前零時(ごぜんれいじ)だと思(おも)うけど、ちょっと自信(じしん)がないから、念(ねん)のため同(おな)じクラスの誰(だれ)かに聞(き)きましょう。
我覺得是下週一凌晨零點，不過因爲有點沒自信，爲求放心起見，（我們）再去問問班上其他同學好了。

B：そうね。そうしましょう。
你說得對。就這麼辦吧。

用法Ⅱ. 對（人、事、物）作何感想？

（人、事、物）を＋どう思う？／思いますか。

例句

1. A：ねえ、ねえ、鈴木課長(すずきかちょう)（のこと）をどう思(おも)う？

喂、喂，你覺得鈴木課長人怎麼樣？

B：そうね。まじめでやさしくて、いい人(ひと)だと思(おも)うわ。

這個嘛，做事很認眞、人又很體貼，我覺得（他）是個好人。

用法Ⅲ. 關於（人、事、物）有何看法？

（人、事、物）について＋どう思う？／思いますか。

例句

1. A：アメリカについてどう思(おも)いますか。

關於美國，你做何感想？

B：そうですね。国内問題(こくないもんだい)がいろいろあるけど、現在世界(げんざいせかい)でいちばん強(つよ)い国(くに)だと思(おも)います。

這個嘛，雖然存在各種内政問題，但我認爲（美國）是當今世上國力最強的國家。

用法Ⅳ. 我也這麼認爲 / 覺得如此。

我並不這麼認爲 / 不覺得如此。

わたしも＋そう思う／思います。

わたしは＋そう思わない／思いません。

例句

1. 鈴木課長(すずきかちょう)はまじめな方(かた)だと思(おも)います。

我認爲鈴木課長是個做事認眞的人。

2. 鈴木課長(すずきかちょう)はまじめな方(かた)だと思(おも)いません。

我不認爲鈴木課長是個做事認眞的人。

3. 鈴木課長（すずきかちょう）はまじめな方（かた）だと思（おも）っています。

我一直都認爲鈴木課長是個做事認眞的人。

4. 鈴木課長（すずきかちょう）はまじめな方（かた）だと思（おも）いました。

我過去認爲鈴木課長是個做事認眞的人。➔表示現在不這麼認爲，（現在覺得鈴木不認眞！）

5. 鈴木課長（すずきかちょう）はまじめな方（かた）だと思（おも）いませんでした。

我以前不認爲鈴木課長是個做事認眞的人。➔表示現在這麼認爲，（現在覺得鈴木很認眞！）

※「思（おも）いませんでした」：可以翻譯成「沒想到、沒料到」

↑

わたし**も**そう思（おも）います。

我也認爲如此。

わたし**は**そう思（おも）い**ません**。

我不認爲如此。or 我不以爲然。

單字

1.	宿題（しゅくだい）$_0$	【名詞】作業、習題
2.	作文（さくぶん）$_0$	【名詞】造句、作文
3.	自信（じしん）$_0$	【名詞】自信
4.	アップロード$_4$	【名詞】上傳（upload）
5.	国内（こくない）$_2$（↔国外（こくがい）$_2$ or 海外（かいがい）$_1$）	【名詞】國內
6.	現在（げんざい）$_1$	【名詞】目前、當前、現在
7.	いろいろ$_0$	【副詞】各式各樣
8.	勉強（べんきょう）になる	【連語】能夠學到東西
9.	念（ねん）のため	【連語】爲求放心起見
10.	…について	【連語】關於…、就…（發表看法）

學習項目２　…（常体）つもりだ/つもりです。

中文意思　打算…。

用法

動詞【辞書形・ナイ形】＋つもりだ/です。

例句

A：大学(だいがく)を卒業(そつぎょう)してから、何(なに)をするつもりですか。
大學畢業以後，（你）打算做什麼？

B：日本商社(にほんしょうしゃ)に勤(つと)めるつもりです。あなたは？
打算進日本公司上班。你呢？

A：日本(にほん)に留学(りゅうがく)するか、ここの大学院(だいがくいん)に進学(しんがく)するか、まだ決(き)めていません。
去日本留學或是進這邊的研究所升學，還沒決定。

B：つまり、就職(しゅうしょく)しないつもりですね。
總之，就是打算不要就業囉。

A：ええ、そうです。
嗯，沒錯。

單字

1.	日本商社(にほんしょうしゃ)$_4$	【名詞】日本商社、公司
2.	つまり$_1$	【副詞】總之、換句話説、也就是説
3.	勤(つと)める$_3$	【動詞】工作、擔任、任職
4.	卒業(そつぎょう)する$_0$	【動詞】畢業
5.	留学(りゅうがく)する$_0$	【動詞】留學
6.	進学(しんがく)する$_0$	【動詞】升學

7.	就職（しゅうしょく）する$_0$	【動詞】就業
8.	決（き）める$_0$	【動詞】決定、規定

學習項目３　動詞の意志形

中文意思　決心要做某個動作。

■動詞（どうし）の意志形（いしけい）（動詞轉變成意志形的模式）

…段音	あ	い	う	え	お
…根手指	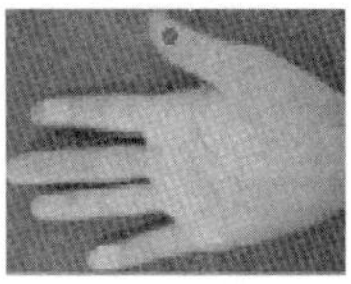	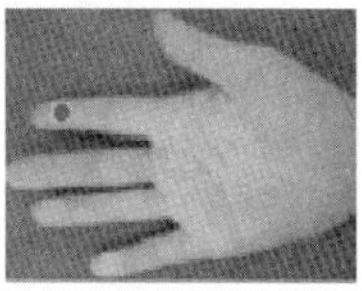	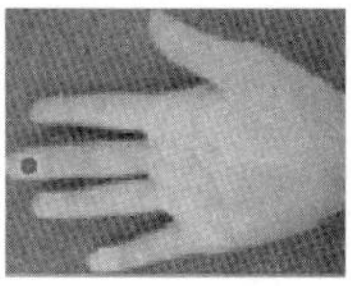	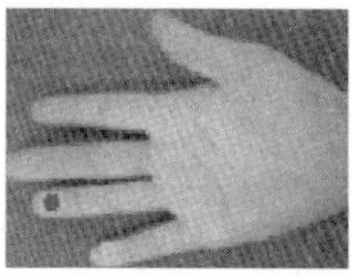	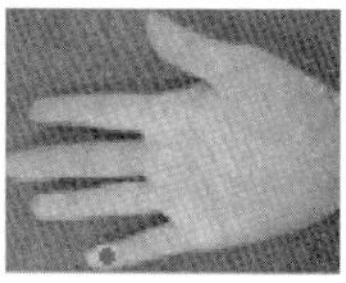
V	V_1	V_2	V_3	V_4	V_5

Ⅰ. 五段動詞		Ⅱ. 上・下一段動詞	Ⅲ. カ変動詞 サ変動詞
V_3 → V_5 ＋ う		漢字V_2~~る~~＋よう 漢字V_4~~る~~＋よう	来（く）る→来（こ）よう する→しよう
言（い）う→言（い）おう	死（し）ぬ→死（し）のう	借（か）りる→借（か）りよう	来（く）る→来（こ）よう
書（か）く→書（か）こう （泳（およ）ぐ→泳（およ）ごう）	呼（よ）ぶ→呼（よ）ぼう	見（み）る→見（み）よう	する→しよう
取（と）る→取（と）ろう	飲（の）む→飲（の）もう	食（た）べる→食（た）べよう	説明（せつめい）する ↓ 説明（せつめい）しよう
立（た）つ→立（た）とう	出（だ）す→出（だ）そう	寝（ね）る→寝（ね）よう	

※意志形（いしけい）には、否定形（ひていけい）、過去形（かこけい）はない。

意志形沒有否定形、過去形。

用法Ⅰ. 自言自語地說自己現在或將要做的事。

例句

1. あっ、もうすぐ時間(じかん)だ。急(いそ)ごう！

   啊，時間快到了。得趕快一點！

2. あと何日(なんにち)もない。頑張(がんば)ろう！

   剩下沒幾天，得加把勁！

用法Ⅱ. 邀請關係親近的人一起做某事，或對大多數人呼籲。

例句

1. いっしょに飲(の)もう。（＝飲(の)みましょう。）

   一起喝吧！

2. 優勝(ゆうしょう)を目指(めざ)してみんなで頑張(がんば)ろう。（＝頑張(がんば)りましょう。）

   以爭取冠軍爲目標，大夥兒一起加油吧！

單字

1.	優勝(ゆうしょう)$_0$	【名詞】冠軍、第一名、優勝
2.	頑張(がんば)る$_3$	【動詞】努力、堅持
3.	目指(めざ)す$_2$	【動詞】以…做爲目標前進

學習項目4　動詞意志形と思う／思います。

中文意思　對別人敘述自己的打算。

用法

動詞意志形と＋思う／思います。

例句

1. 勉強法(べんきょうほう)を変(か)えて成績(せいせき)をあげようと思(おも)います。（決心、打算）

   決定改變讀書方法提高成績。

2. 日本語学科に入った後、将来、必ず日本へ留学に行こうと思っていました。

（一直以來的想法）

自從進了日文系以後，就一直打算將來一定要到日本去留學。

單字

1.	勉強法（べんきょうほう）$_0$	【名詞】讀書方法、學習方法
2.	必ず（かならず）$_0$	【副詞】必定、一定
3.	変える（かえる）$_0$	【動詞】改變
4.	上げる（あげる）$_0$	【動詞】舉、懸掛、抬高、提高、增加

學習項目5　動詞意志形とする/します。

中文意思　努力想做某個動作。

用法Ⅰ. 雖努力想做…，但…。正想做…，但…。

動詞意志形と＋する/します。

例句

1. 電気を消そうとしましたが、スイッチのところがわからなくて、消しませんでした。

原本是有想要關燈的，但是因爲找不到開關的位置，於是就沒關了。

2. 試験の前の晩、夜更かししようとしたが、とても眠かったから、11時に寝た。

考試前一晚原本是很想要熬夜的，但是因爲太想睡了，於是11點就去睡了。

用法Ⅱ. 剛要開始做…的時候，…。

動詞意志形と＋した＋とき（に）、…。

例句

1. ドアを開(あ)けようとしたときに、母(はは)が中(なか)から（ドアを）開(あ)けた。それで、二人(ふたり)ともびっくりした。

正當要開門的時候，媽媽從裡面（把門）打開，於是兩個人都嚇了一跳。

2. タクシーに乗(の)ろうとしたときに、バスが来(き)ました。実(じつ)に悔(くや)しかったですね。

正當要坐上計程車的時候，公車來了，實在是令人扼腕啊！

單字

1.	夜更(よふ)かし 3 or 2	【名詞】熬夜、晚睡
2.	悔(くや)しい 3	【イ形容詞】懊悔、扼腕
3.	実(じつ)に 2	【副詞】眞的是…、實在是…
4.	消(け)す 0	【動詞】關掉、抹去、關閉
5.	開(あ)ける 0	【動詞】打開、開始、空出、騰出、空缺
6.	びっくりする 3	【動詞】吃驚、嚇一跳

學習項目6　…通りに…（動詞）。

中文意思　照…做某件事。

用法

名詞 → 名詞＋の
イ形容詞 → イ形容詞（常体）
ナ形容詞 → ナ形容詞な
動詞 → 動詞（常体）
＋通りに、動詞。

※名詞＋の＋通(とお)りに、動詞。＝名詞**通(どお)り**に、動詞。

【イ形容詞・ナ形容詞・動詞】の連体修飾形＋通(とお)りに、動詞。

例句

1. わたしが今(いま)から言(い)う 通(とお)りに、書(か)いてください。

   請照我現在開始要說的寫下來。

2. わたしが今(いま)言(い)った 通(とお)りに、書(か)いてください。

   請照我剛剛說的寫下來。

3. 説明書(せつめいしょ)の通(とお)りに、使(つか)ってください。（名詞＋の通(とお)りに、…。）

   ‖

   説明書通(せつめいしょどお)りに、使(つか)ってください。（名詞＋通(どお)りに、…。）

   請照說明書使用。

單字

1.	通(とお)り$_3$	【名詞】按照…「如以下所示」／馬路

學習項目７　疑問詞＋でも…肯定。

中文意思　表示全部都…。

用法

疑問詞＋でも…。

例句

1. 誰(だれ)でも → 日本人(にほんじん)は誰(だれ)でも富士山(ふじさん)を知(し)っています。

   日本人無論誰都知道富士山。

2. いつでも → 海洋大学(かいようだいがく)の後(うし)ろに山(やま)があるから、いつでも山(やま)に登(のぼ)れます。

   海洋大學的後面有山，所以隨時可以去爬山。

3. どこでも → どこでもいいから、ドライブに行(い)きましょう。

   隨便去哪兒都行，我們開車去兜風吧！

4. 何でも → 100円ショップの品物は何でも100円です。

百元商店裡的商品，無論什麼都是100日元。

5. どうでも → どうでもいいと、人ごとのように考えてはいけません。

不可以覺得事不關己，反正是別人家的事而怎樣都無所謂。

單字

1.	山（やま）$_2$	【名詞】山
2.	品物（しなもの）$_0$	【名詞】物品、商品、東西
3.	富士山（ふじさん）$_1$	【名詞】富士山（日本第一高峰，海拔3776公尺）
4.	ドライブ$_2$	【名詞】開車、開車兜風（drive）
5.	ショップ$_1$	【名詞】商店 ※往往會說成「…ショップ」（shop）
6.	人ごと（ひとごと）$_0$	【名詞】與自己不相干的人的事情
7.	登る（のぼる）$_0$	【動詞】爬、登

文法解說

學習項目1 …（常体）と思う／思います。

說明

● 「と」屬於助詞，用來「引用」，即引述說話者的感想或意見，表示「認為…or覺得…」的意思。在概念上，可將「と」意會為「」這個符號。因感想或意見存在意念中，往往只有本人才能夠明確地加以引述。因此，「…と思う」這個表現形式的特色是：如果是肯定句，主語會是第一人稱的「わたし」，而不會是第二人稱或第三人稱。並且絕大多數的人在意念的階段，一般都是以常体進行思考，直到將意念具體訴諸於語言或文字時，才會視情境或是對象，考慮是否須要以敬体來表述。例如：

（わたしは）日本は物価が高いと思います。 ※ 的部分是常体

（我）覺得日本物價很貴。

● 疑問句「（あなたは）…と思(おも)う？」or「（あなたは）…と思(おも)いますか」大多用來詢問對方的感想、意見、推測、判斷。例如：

A：（あなたは）これは何(なん)だと思(おも)いますか。
（你）覺得這個是什麼（東西）呢？

B：さあ、わかりません。
這個嘛，我不知道。

● 詢問對方對於某個人、某件事、某個東西作何感想時的疑問句。例如：

（人(ひと)、事(こと)、物(もの)）を＋どう思(おも)う？／思(おも)いますか。

★名詞(めいし) or（名詞(めいし)＋の＋こと）を＋どう思(おも)う？／思(おも)いますか。

● 表示對某個人、某件事、某個東西心有所感，諸如想起、惦記等，較主觀的感受。例如：

A：ねえ、ねえ、鈴木課長(すずきかちょう)（のこと）をどう思(おも)う？
喂、喂，你覺得鈴木課長人怎麼樣？

B：そうね。まじめでやさしくて、いい人だと思(おも)うわ。
這個嘛，做事很認真、人又很體貼，我覺得（他）是個好人。

● 詢問對方關於某個人、某件事、某個東西有何看法時的疑問句。例如：

（あなたは）鈴木課長(すずきかちょう)についてどう思(おも)いますか。
關於鈴木課長（你）有什麼看法？

※（人(ひと)、事(こと)、物(もの)）について＋どう思(おも)う？／思(おも)いますか。

使用「（人(ひと)、事(こと)、物(もの)）を」較使用「（人(ひと)、事(こと)、物(もの)）について」更有針對性，以圖示如下：

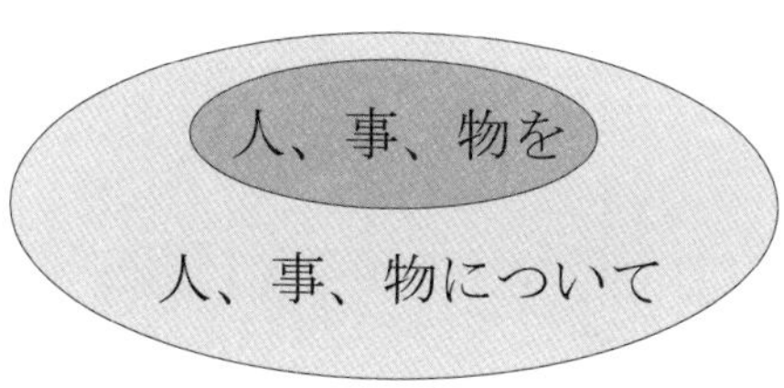

● 表示「我也這麼認爲／覺得如此」時的句型。例如：

わたしも＋そう思う／思います。

● 表示「我並不這麼認爲／不覺得如此」時的句型。例如：

わたしは＋そう思わない／思いません。

● 歸納「…と思う」的句型變化有下列幾種：

1. 鈴木課長はまじめな方だと思います。
   我認爲鈴木課長是個做事認眞的人。

2. 鈴木課長はまじめな方だと思いません。
   我不認爲鈴木課長是個做事認眞的人。

3. 鈴木課長はまじめな方だと思っています。
   我一直都認爲鈴木課長是個做事認眞的人。

4. 鈴木課長はまじめな方だと思いました。
   我過去認爲鈴木課長是個做事認眞的人。

5. 鈴木課長はまじめな方だと思いませんでした。
   我以前不認爲鈴木課長是個做事認眞的人。※「思いませんでした」：沒想到、沒料到

↑

わたし**も**そう思います。
我也認爲如此。

わたし**は**そう思いません。
我不認爲如此。or 我不以爲然。

學習項目２　…（常体）つもりだ/つもりです。

說明

- 「つもり」用於對別人述說自己的打算，屬於形式名詞。因此，使用時須如以下所示，在「つもり」之前加上動詞（辞書形 or ナイ形）表示打算的具體內容。例如：

動詞【辞書形・ナイ形】＋つもりだ/です。

- 歸納「…つもり」的句型變化有下列幾種：

1. 結婚するつもりです。 ↔ 結婚しないつもりです。
   打算結婚　　　　　　　打算不結婚

2. 結婚するつもりでした。
   當時打算結婚

3. 結婚するつもりはありません。
   沒打算結婚

4. 結婚するつもりではありません。
   並非做結婚的打算

- 下列情況不能使用「つもり」：

1. 主語是第三人稱（例如：佐藤さん、彼、彼女、…）時，不可使用「つもり」，因爲惟有當事者本人才能明確地說出自己的打算。例如：

例1）彼は来年日本に 留 学する**つもり**です。×
他打算明年到日本去留學。？？？
↓
例2）彼は来年日本に 留 学する**つもり**だと言っています。○
他有提過（or 有說）打算明年到日本去留學。

2. 自己無法決定的事情，不能使用「つもり」。例如：

わたしは来年日本語能力試験に合格する**つもり**です。×

我打算明年通過日語能力檢定。？？？

わたしは風邪を引かない**つもり**です。×

我打算不要感冒。？？？

● 「つもり」如以下所示，當前面加上「動詞（タ形）・イ形容詞・ナ形容詞・名詞」時，用來表示「假想的心態」，即事實上並非如此，但抱著假設實際上已經如此的心態。

動詞タ形
イ形容詞い
ナ形容詞な
名詞＋の

}＋つもりだ/です。

例1）死んだ**つもり**で働きます。

拼了命地工作。

例2）親の**つもり**で世話する。

如同父母般地給予照顧。

學習項目3　動詞の意志形

說明

● 動詞意志形的變化模式如下：

五段動詞：V_3 → V_5 ＋ う

書く → 書こう　　遊ぶ → 遊ぼう

泳ぐ → 泳ごう　　読む → 読もう

話(はな)す → 話(はな)そう　　乗(の)る → 乗(の)ろう

立(た)つ → 立(た)とう　　買(か)う → 買(か)おう

死(し)ぬ → 死(し)のう

上(かみ)・下一段動詞(しもいちだんどうし)：漢V_2 or V_4る → 漢V_2 or V_4~~る~~ ＋ よう

起(お)きる → 起(お)きよう

食(た)べる → 食(た)べよう

カ変(へん)・サ変動詞(へんどうし)：来(く)る → 来(こ)よう

する → しよう

例：勉強(べんきょう)する → 勉強(べんきょう)しよう

※當動詞(どうし)轉變成「意志形(いしけい)」之後，沒有否定形(ひていけい)及過去形(かこけい)。

● 動詞意志形(どうしいしけい)主要用來表示「決心要做某個動作」。例如：

1. 自言自語地說自己現在或將要做的事情。

あっ、もうすぐ時間(じかん)だ。急(いそ)ごう！

啊，時間快到了。（我）得趕快一點！

2. 邀請關係親近的人一起做某件事，或是對大多數人的呼籲。

在較客套的對話時，使用「動詞(どうし)ましょう」的表現形式。

例1）いっしょに飲(の)もう。（＝飲(の)みましょう。）

一起喝吧！〈邀請關係親近的人一起做某件事〉

例2）優勝(ゆうしょう)を目指(めざ)してみんなで頑張(がんば)ろう。（＝頑張(がんば)りましょう。）

以爭取冠軍爲目標，大夥兒一起加油吧！〈對大多數人呼籲〉

學習項目4　動詞意志形と思う／思います。

說明

- 「動詞意志形と思う」用於對別人述說自己的打算（or 決心）。
- 「動詞意志形と思っている」用於對別人述說自己一直以來所抱持的打算（or 決心）。
- 與「…つもり」一樣，因爲惟有當事者本人才能明確地說出自己的打算（or 決心），所以當主語是第三人稱（例如：山田さん、彼、彼女、…）時也不能使用「…と思う」，因爲惟有當事者本人才能明確地說出自己的打算（or 決心）。例如：

1. わたしは彼女と結婚しようと思います。○

   我打算和她結婚。

2. わたしは彼女と結婚しようと思っています。○

   我一直以來就打算和她結婚。

3. 山田さんは彼女と結婚しようと思います。×

   山田先生打算和她結婚。？？？

   ↓

   山田さんは彼女と結婚しようと思っています。○

   山田先生一直以來就打算和她結婚。

- 試將表示「念頭、決心、打算、預定到即將付諸執行」的各種用法歸納如下：

動詞~~マス~~形＋たい→動詞意志形と思う→動詞辭書形つもり→動詞辭書形予定→辭書形

想喝　決定要喝　打算要喝　預定要喝　將要喝

學習項目5　動詞意志形とする/します。

說明

● 「動詞意志形とする」主要用來表示「努力想做某個動作」。例如：

1.「雖努力想做…，但…」or「正想做…，但…」

動詞意志形と＋する/します。

試験の前の晩、夜更かししようとしたが、とても眠かったから、11時に寝た。

考試前一晚原本是很想要熬夜的，但是因爲太想睡了，於是11點就去睡了。

2.「剛要開始做…的時候，…」

動詞意志形と＋した＋とき（に）、…。

タクシーに乗ろうとしたときに、バスが来ました。実に悔しかったですね。

正當要坐上計程車的時候，公車來了，實在是令人扼腕啊！

【補充說明】

何謂「意志動詞」和「無意志動詞」

Ⅰ.「意志動詞」：表示意志力能操控的動作或行爲。例如：

会う、	働く、	話す、	立つ、	頼む、	並ぶ、	取る、…
見面	工作	說話	站立	拜託	排隊	取、拿

Ⅱ.「無意志動詞」：表示意志力無法操控的動作或狀態。例如：

1. 主詞並非人類的動詞　例如：違う（不同、不對）、空く（空無一物）、混む（混亂）、要る（須要）、…

2. 表示人類心情或生理現象的動詞　例如：驚く（驚嚇、驚訝）、疲れる（疲憊）、…

3. 表示能力或被動語意的動詞　例如：聞(き)こえる、見(み)つかる、見(み)える、…
聽得見　找著　看得見

❖「無意志動詞(むいしどうし)」因無法以意志力操控，所以不能轉變成「意向形(いこうけい)」、「命令形(めいれいけい)」。

❖「意志動詞(いしどうし)」一旦轉變成「可能形(かのうけい)」、「受身形(うけみけい)」、「過去形(かこけい)」因再也無法以意志力操控，所以視同「無意志動詞(むいしどうし)」。

❖「意志動詞(いしどうし)」中也有等同「無意志動詞(むいしどうし)」的用法。例如：「入(はい)る／入(はい)ります」

部屋(へや)に入(はい)ります。〈屬於意志力可操控的行爲〉
進入房間。

スイカが冷蔵庫(れいぞうこ)に入(はい)りません。〈屬於意志力無法操控的狀態〉
西瓜進不了冰箱。

學習項目6　…通りに…（動詞）。

説明

- 「…通(とお)りに、動詞(どうし)」多用來表示「照…做某件事」。「動詞(どうし)（常体(じょうたい)）＋通(とお)りに、動詞(どうし)」時，必須注意「動詞(どうし)（常体(じょうたい)）」的時態，正確地理解或譯出整個句子。例如：

1. **わたしが今(いま)から言(い)う** 通(とお)りに、書(か)いてください。（未來式）
   請照我現在開始要說的寫下來。

2. **わたしが今(いま)言(い)った** 通(とお)りに、書(か)いてください。（過去式）
   請照我剛剛說的寫下來。

- 「名詞(めいし)＋通(とお)りに、動詞(どうし)」的情形，如果是「名詞(めいし)＋の＋通(とお)りに、動詞(どうし)」時，無須改變「通(とお)りに」的發音。但如果是「名詞(めいし)＋通(とお)りに、動詞(どうし)」時，則必須將「通(とお)りに」發音改成「**通(どお)りに**」（連濁(れんだく)）。例如：

1. 説明書の**通り**に、使ってください。（名詞＋の＋通りに、…。）

↓

2. 説明書**通り**に、使ってください。（名詞＋**通り**に、…。）

請照説明書使用。

學習項目７　疑問詞＋でも…肯定。

説明

● 「何、どこ、誰、いつ…」等疑問詞後面接助詞「でも」時，用於表示「全部都…」的意思。例如：

1. 誰でも → 日本人は誰でも富士山を知っています。

   日本人無論誰都知道富士山。

2. いつでも → 海洋大学の後ろに山があるから、いつでも山に登れます。

   海洋大學的後面有山，所以隨時可以去爬山。

3. どこでも → どこでもいいから、ドライブに行きましょう。

   隨便去哪兒都行，我們開車去兜風吧！

4. 何でも → 100円ショップの品物は何でも100円です。

   百元商店裡的商品，無論什麼都是100日元。

5. どうでも → どうでもいいと、人ごとのように考えてはいけません。

   不可以覺得事不關己，反正是別人家的事而怎樣都無所謂。

第六單元

學習項目１　動詞　→　動詞$_1$ようになる。/する。／動詞$_2$。or

動詞$_1$ようになります。/します。／動詞$_2$ます。

中文意思

用法Ⅰ. 能力的變化。

動詞可能形ように＋なる/なります。

例句

1. 一生懸命（いっしょうけんめい）ダイエットしたから、やっとジーパンがはけるようになりました。とても嬉（うれ）しいです。
   因爲拼命節食，所以好不容易終於能夠穿得下牛仔褲，好高興。

2. おばあちゃんが入（い）れ歯（ば）を装着（そうちゃく）した後（あと）、よく噛（か）めるようになりました。
   奶奶裝了假牙以後，變得能夠咀嚼得很好。

※ 較口語的說法：おばあちゃんが入（い）れ歯（ば）を入（い）れた後（あと）、…。

用法Ⅱ. 習慣的變化。

動詞辞書形ように＋なる/なります。

例句

1. 日本人（にほんじん）は明治時代（めいじじだい）になってから、ミルクを飲（の）んだり、洋服（ようふく）を着（き）たり、ペンを使（つか）ったりするようになりました。
   日本人在明治時代以後，才變得開始喝牛奶、穿洋裝、使用鋼筆等等。

2. 学生時代（がくせいじだい）はあまりワイシャツを着（き）ませんでしたが、社会人（しゃかいじん）になってから、ほとんど毎日（まいにち）着（き）るようになりました。
   當學生時不常穿白襯衫，出社會後變得幾乎每天穿。

用法Ⅲ. 努力的目標。

動詞【辞書形・ナイ形】ように＋する/します。

例句

1. 試合に勝てるように、一生懸命練習していました。
   爲了在比賽中得勝，（之前）一直拼了命地練習。

2. きのう寝不足で倒れたから、これから夜更かししないようにします。
   昨天因爲睡眠不足而昏倒了，今後要努力做到不熬夜。

單字

1.	ダイエット$_1$	【名詞】爲美容或健康因素限制飲食的量或種類、減肥（diet）
2.	ジーパン$_0$	【名詞】牛仔褲〔和製英語jeans＋pants〕
3.	入れ歯$_0$	【名詞】假牙
4.	明治時代$_4$	【名詞】明治元年（1868年）～明治45年（1912年）
5.	時代$_0$	【名詞】時代、當代　※「…時代」（…時期）
6.	ペン$_1$	【名詞】鋼筆（pen）
7.	洋服$_0$	【名詞】西服、洋裝
8.	社会人$_2$	【名詞】社會人士
9.	ワイシャツ$_0$	【名詞】白襯衫（white shirt）
11.	寝不足$_{0\ or\ 2}$	【名詞】睡眠不足
12.	やっと$_0$	【副詞】好不容易、勉強
13.	装着する$_0$	【動詞】安裝
14.	噛む$_1$	【動詞】咬、嚼
15.	勝つ$_1$	【動詞】勝利、贏
16.	倒れる$_3$	【動詞】倒塌、倒下

學習項目２　動詞ことにする/します。

中文意思　透過自己的意志、意見決定某事。

用法

動詞【辞書形・ナイ形】ことに＋する。

例句

1. 原田(はらだ)さんは子(こ)どもが生(う)まれた後(あと)、たばこを止(や)めることにしました。
   原田先生在小孩出生後，已決定要戒菸。

2. 5キロも太(ふと)ったから、あしたから甘(あま)いものを食(た)べないことにしました。
   因為胖了5公斤之多，所以決定從明天開始不吃甜食。

單字

1.	生(う)まれる$_0$	【動詞】誕生、出現
2.	太(ふと)る$_2$	【動詞】肥胖

學習項目３　動詞ことになる/なります。

中文意思　由他人的意志或客觀情況而決定的事情。

用法

動詞【辞書形・ナイ形】ことに＋なる。

例句

1. パーティーに出席(しゅっせき)する場合(ばあい)、大体男性(だいたいだんせい)はネクタイを締(し)め、女性(じょせい)はドレスを着(き)ることになっています。
   出席宴會時，大致上男士是要打領帶、女士是要穿禮服的。

2. 卒業式(そつぎょうしき)は毎年学校(まいとしがっこう)にある講堂(こうどう)で行(おこ)なうことになっています。
   畢業典禮每年都會在學校裡的大禮堂舉行。

單字

1.	男性（だんせい）$_0$	【名詞】男性
2.	ネクタイ$_1$	【名詞】領帶（necktie）
3.	女性（じょせい）$_0$	【名詞】女性
4.	ドレス$_1$	【名詞】禮服（多指一件式的優雅女裝）（dress）
5.	講堂（こうどう）$_0$	【名詞】大禮堂
6.	…式（しき）	【接尾語】儀式、典禮
7.	出席（しゅっせき）する$_0$	【動詞】出席、參加
8.	締（し）める$_2$	【動詞】繫上、綁緊
9.	行（おこ）なう$_0$	【動詞】實施、舉行

學習項目4　…ように/よう/ような〈例示・比況〉

中文意思　表比喻。如…般地…。好比…。如…般的…。

用法

名詞＋の＋ようだ

…ようだ　→　…ような＋名詞

…ようだ　→　…ように＋動詞

例句

1. マタイによる福音書（ふくいんしょ）には、「人（ひと）は皆（みな）、草（くさ）のようで、その華（はな）やかさはすべて、草（くさ）の花（はな）のようだ。草（くさ）は枯（か）れ、花（はな）は散（ち）る」という名言（めいげん）がある。

   馬太福音中有「凡有血氣之人，盡如衰草，所有他的枯榮，一如草上之花，草會凋殘，花會謝落」這樣的一句名言。

2. あまりの緊張（きんちょう）で、体（からだ）は石（いし）のように動（うご）かなくなった。

   因爲太過緊張，身體像石頭一樣一動也不動。

3. あの教会（きょうかい）のような建物（たてもの）は美術館（びじゅつかん）です。

那棟（蓋得）像是教堂的建築物是美術館。

4. このお人形（にんぎょう）は、首（くび）の部分（ぶぶん）がゆらゆら揺（ゆ）れて、まるでお返事（へんじ）しているようです。とても気（き）に入（い）っています。

這個人偶，脖子的部分會不停地晃動，好像是在回應你一樣，我很喜歡。

單字　※凡加上()之漢字，根據「記者ハンドブック・新聞用語用字集」應以平假名書寫。

1.	福音書（ふくいんしょ）$_5$	【名詞】記載耶穌言行的文書。新約聖經包含：馬太福音、馬可福音、路加福音、約翰福音。
2.	草（くさ）$_2$	【名詞】草
3.	華（はな）やかさ$_5$	【名詞】榮華、繁華
4.	名言（めいげん）$_0$	【名詞】名言、將人生的道理詮釋得很好的話
5.	緊張（きんちょう）$_0$	【名詞】（心理、生理、情勢）緊張、緊繃
6.	体（からだ）$_0$	【名詞】身體
7.	石（いし）$_2$	【名詞】石頭、礦石、寶石
8.	教会（きょうかい）$_0$	【名詞】教堂、教會
9.	美術館（びじゅつかん）$_3$	【名詞】美術館
10.	首（くび）$_0$	【名詞】脖子、頭、領子
11.	部分（ぶぶん）$_1$	【名詞】一部分、整體分成好幾個中的一個
12.	(全)（すべ）て$_1$	【副詞】全部
13.	まるで$_0$	【副詞】簡直完全就是
14.	ゆらゆら$_1$	【副詞】以小幅度不停搖晃
15.	枯（か）れる$_0$	【動詞】枯萎
16.	散（ち）る$_0$	【動詞】凋謝、凋零、分散
17.	揺（ゆ）れる$_0$	【動詞】以某一點爲中心前後、上下、左右晃動／不安定
18.	気（き）に入（い）る	【連語】喜歡、滿意、中意

學習項目５　…し、…し、それに…。

中文意思　…既…，…又…，再加上…。（事實、條件的並陳，表示強調）

用法

名詞は ｛名詞（常体）／イ形容詞（常体）／ナ形容詞（常体）／動詞（常体）｝＋し、…。

- 名詞（常体）
- イ形容詞（常体）
- ナ形容詞（常体）
- 動詞（常体）

例句

1. あの女優（じょゆう）は美人（びじん）だし、スタイルもいいし、（それに、）演技（えんぎ）もうまいです。
   那位女明星既是個美女、身材又好，（再加上）演技也很棒。

2. 駅（えき）の前（まえ）にある喫茶店（きっさてん）は静（しず）かです。そして、安（やす）いです。それに、コーヒーもとてもおいしいです。
   ||
   駅（えき）の前（まえ）にある喫茶店（きっさてん）は静（しず）かだし、安（やす）いし、それに、コーヒーもとてもおいしいです。
   兩句都是：車站前的咖啡廳既安靜、又便宜，再加上咖啡也很好喝。

單字

1.	女優（じょゆう）$_0$↔男優（だんゆう）$_0$	【名詞】女演員、女明星↔男演員、男明星 ※俳優（はいゆう）$_0$＝演員
2.	美人（びじん）$_{1\ or\ 0}$	【名詞】美女、美人
3.	スタイル$_2$	【名詞】身材、設計、款式（style）
4.	演技（えんぎ）$_1$	【名詞】演技
5.	うまい$_2$	【イ形容詞】技藝高超的、好吃的
6.	それに$_0$	【接続詞】再加上

學習項目６　（原因・理由）し、（原因・理由）し、（結果・判断）。

中文意思　…既…，…又…，因此…。

（用於陳述基於兩個以上的原因、理由後，所導出的結論）

用法

名詞は ｛名詞（常体）／イ形容詞（常体）／ナ形容詞（常体）／動詞（常体）｝ ＋し、…。

例句

1. MRTは速(はや)いし、安(やす)いし、MRTで行(い)きましょう。
   捷運又快又便宜，（所以）搭捷運去吧。

2. 道(みち)もわからないし、雨(あめ)も降(ふ)っているし、タクシーで行(い)きましょう。
   既不知道路，又正在下雨，（所以）搭計程車去吧。

學習項目７　…ても/…でも（逆接）

中文意思　即使…。（表示逆接的條件）

用法

名詞＋でも

｛イ形容詞／ナ形容詞／動詞｝ テ形＋も

例句

1. 日曜日（にちようび）でも休日出勤（きゅうじつしゅっきん）のため、会社（かいしゃ）に行（い）きます。

   即使是星期天，爲了假日上班還得到公司去。

2. A：今（いま）からタクシーで行（い）けば、間（ま）に合（あ）うでしょうか。

   現在搭計程車去的話，還來得及吧？

   B：いや、ここから20キロも離（はな）れて（い）ますから、タクシーで行（い）っても、決（けっ）して間（ま）に合（あ）わないと思（おも）いますよ。

   不，距離這裡有20公里遠，所以我認爲即使是搭計程車去，也決不可能來得及的。

3. スープが熱（あつ）ければしばらく置（お）いてから、飲（の）んでもいいですよ。

   湯如果很燙的話，可以稍微放一下後再喝哦！

4. どうしても必要（ひつよう）なものなら、いくら高（たか）くても買（か）います。

   倘若是無論如何都必須要有的東西，即使再貴都會買。

單字

1.	休日出勤（きゅうじつしゅっきん）$_5$	【名詞】假日上班
2.	キロ$_1$（キロメートル$_3$）	【名詞】公里（kilometer） メートル$_1$＝公尺
3.	スープ$_1$	【名詞】湯（soup）
4.	決（けっ）して$_0$	【副詞】（後接否定）決不會…
5.	離（はな）れる$_3$	【動詞】相連的兩者間有距離、心靈上不契合、差距
6.	間（ま）に合（あ）う$_3$	【動詞】趕得上、來得及

學習項目８　疑問詞…ても…。／疑問詞…でも…。

中文意思　即使再…也…。

用法

疑問詞＋ { 名詞＋で / イ形容詞テ形 / ナ形容詞テ形 / 動詞テ形 } ＋も…。

例句

1. A：母（はは）にいくら謝（あやま）っても許（ゆる）してくれないんだから、どうしよう？

   即使再怎麼跟我媽道歉，（她）都不肯原諒（我）耶，怎麼辦？

   B：ふーん、随分怒（ずいぶんおこ）ってたわね。しかし、あなたが悪（わる）かったから、どんなに怒（おこ）っても、許（ゆる）してくれるまで謝（あやま）らなければならないね。

   嗯～，（你媽）肯定是相當生氣哦！不過，因爲是你不對，所以不管（她）再怎麼生氣，（你）都必須好好跟她道歉，直到（她）肯原諒（你）爲止。

2. 何回言（なんかいい）っても承知（しょうち）しないから、時間（じかん）の無駄（むだ）だ。or

   無論你說再多遍我也不會答應的，眞是浪費時間。

   何回言（なんかいい）っても承知（しょうち）しないから、時間（じかん）を無駄（むだ）にするな。

   無論你說再多遍我也不會答應的，別浪費時間。

單字

1.	無駄（むだ）$_0$	【名詞】白費力氣、無謂、浪費
2.	無駄（むだ）（な）$_0$	【ナ形容詞】白費力氣的、無謂的、很浪費的
3.	いくら$_1$（…ても）	【副詞】（即使）多麼（…也）、無論怎麼（…也）
4.	随分（ずいぶん）$_1$	【副詞】相當、很、非常
5.	どんなに$_1$（…ても）	【副詞】（即使再）多麼（…也）、（無論再）怎麼（…也）
6.	謝（あやま）る$_3$	【動詞】道歉
7.	許（ゆる）す$_2$	【動詞】原諒、許可、允許、認可
8.	怒（おこ）る$_2$	【動詞】生氣
9.	承知（しょうち）する$_2$	【動詞】知道、同意

文法解說

學習項目1　動詞 → 動詞$_1$ようになる。/する。／動詞$_2$ 。or

動詞$_1$ようになります。/します。／動詞$_2$ます。

說明

- 「動詞$_1$ようになる」多用來表示能力或習慣變化的內容。例如：

Ⅰ.能力的變化。

動詞可能形ように+**なる**。　例）自転車に**乗れる**ように**なった**。

變得會騎腳踏車了。

Ⅱ.習慣的變化。

動詞辭書形ように+**なる**。　例）先 週 から、毎日**残 業 する**ように**なった**。

從上週開始變得每天都要加班。

- 「動詞$_1$ようにする」多用來表示努力的目標。例如：

Ⅰ.**動詞辭書形**ように+**する**。

例）日本語が 上 手に**なる**ように毎日**練 習 している**。

爲了讓日語變強，每天都在練習。

Ⅱ.**動詞ナイ形**ように+**する**。

例）**遅れない**ように毎日目覚まし時計を**設定している**。

爲了不要遲到，每天都有設定鬧鐘。

- 歸納

1.**動詞可能形**ように+**する**。（努力的目標）

動詞可能形ように+**なる**。（變化的結果）

例）ピアノが上手に弾けるように、毎日練習しています。

為了要能彈得一手好鋼琴，每天都練習。

↓

ピアノが上手に弾けるようになりました。

變得能彈一手好鋼琴。

2. **無意志動詞**ように、…。（行為的目的）

※無意志動詞：動詞可能形、動詞ナイ形、…

意志動詞ために、…。（行為的目的）

例1）後ろの席の人にも**聞こえる**ように、大きい声で話した。（動詞可能形）

為了要讓坐在後面的人也能夠聽得到， 所以說得很大聲。

例2）時間に**遅れない**ように、早めに家を出た。（動詞ナイ形）

為了不要趕不上時間而提早出了門。

例3）ローンを**返済する**ために、毎日朝から晩まで働いています。（意志動詞）

為了要還清貸款，每天從早工作到晚。

3. 「イ形容詞く or ナ形容詞に or 名詞に＋なる（or なります）」表示變化的結果。

「イ形容詞く or ナ形容詞に or 名詞に＋なった（orなりました）」表示說話當時，變化發生後的狀態仍然存在。

「イ形容詞く or ナ形容詞に or 名詞に＋する（or します）」重點在於會帶來變化的動作、行為，也就是較重視動詞的敘述。

4. 何謂「体言」、「用言」

「体言」：活用がない品詞（例如：名詞）

「體言」：指沒有活用（語尾變化）的品詞（詞類）。例如：名詞。

「用言」：活用がある品詞（例如：動詞・イ形容詞・ナ形容詞）

「用言」：指有活用（語尾變化）的品詞（詞類）。例如：動詞・イ形容詞・ナ形容詞。

學習項目2　動詞ことにする/します。

説明

- 「動詞(どうし)ことにする」用於表示「透過自己的意志、意見決定某件事」的意思。

例如：「（…を）なかった**ことにする**」
決定當作沒這回事。

學習項目3　動詞ことになる/なります。

説明

- 「動詞(どうし)ことになる」用於表示「由他人的意志或客觀情況決定的事情」的意思。

因此，規定或取決於公意的事項往往會以此句型表示。例如：

このマンションでペットを飼(か)ってはいけないことになっている。
這棟公寓規定不可以養寵物。

- 但即使是自己決定的事情，對別人説的時候，有時也會用「…ことになる」表示。

例如：

わたしたち、来月結婚(らいげつけっこん)することになりました。○
我們將會在下個月結婚。

※わたしたち、来月結婚(らいげつけっこん)することにしました。○
我們決定要在下個月結婚。

學習項目4　…ように/よう/ような〈例示・比況〉

説明

- 「ようだ」屬於助動詞(じょどうし)，是由「よう＋だ」：形式名詞(けいしきめいし)「よう（様(よう)）」加上表斷定(だんてい)的助動詞(じょどうし)「だ」所構成，表示「例示(れいじ)・比況(ひきょう)」（舉例・比喻）的意思。

● 所謂「比喻」是指「將A比做B」的說法，其前提是：A必須不等於B，但是A的性質或狀態卻必須與B相似。從以下的例1～4的用法可以看出：

例1「人≠衰草，但人如衰草」、「榮枯≠草、花，但榮枯如草、花般凋殘、謝落」、例2「晃動≠回應，但晃動好像是在回應一樣」、例3「教堂≠美術館，但像是教堂的美術館」、例4）「身體≠石頭，但身體像石頭一樣一動也不動」。

例1）マタイによる福音書には、「人は皆、**草のようで**、その華やかさはすべて、**草の花のようだ**。草は枯れ、花は散る」という名言がある。

馬太福音中有「凡有血氣之人，盡如衰草，所有他的枯榮，一如草上之花，草會凋殘，花會謝落」這樣的一句名言。※表示「彷彿、好像是…」的意思。

例2）あまりの緊張で、体は石のように動かなくなった。

因爲太過緊張，身體像石頭似地一動也不動。※表示「彷彿、好像是…似地…」的意思。

例3）あの教会のような建物は美術館です。

那棟（蓋得）像是教堂的建築物是美術館。※表示「彷彿、好像是…的…」的意思。

例4）このお人形は、首の部分がゆらゆら揺れて、まるでお返事**しているようです**。とても気に入っています。

這個人偶，脖子的部分會不停地晃動，好像是在回應你似的，我很喜歡。※表示「彷彿、好像是…似的」的意思。

● 如以上例句所示，「名詞のようだ」多會出現在句子的後半部，做爲述語。

「名詞のような名詞」則在句中做爲連体修飾語，用來修飾名詞。

「名詞のように動詞」則做爲連用修飾語，用來修飾動詞。

學習項目5　…し、…し、それに…。

說明

- 「し」屬於接続助詞（せつぞくじょし），「それに」屬於接続詞（せつぞくし），「…し、…し、それに…」指「…既…，…又…，再加上…」的意思，一般用來表示兩件（或兩件以上）事實、條件的並列陳述，並且還含有「添加」也就是「再加上…」的意思。這與名詞（めいし）的並列敘述句型「名詞（めいし）$_1$**も**名詞（めいし）$_2$**も**…」的用法十分類似。例如：

1. 鈴木（すずき）さん**も**田中（たなか）さん**も**出席（しゅっせき）する。
   鈴木先生（小姐）和田中先生（小姐）都會出席。

2. 鈴木（すずき）さん**も**出席（しゅっせき）する**し**、田中（たなか）さん**も**出席（しゅっせき）する。
   鈴木先生（小姐）也會出席，並且田中先生（小姐）也會出席。

- 其實就並列陳述這一點來看，也可以把「…し、…。」看成是以前學過的「文（ぶん）$_1$。そして、文（ぶん）$_2$。」的類似用法。例如：

駅（えき）の前（まえ）にある喫茶店（きっさてん）は静（しず）かです。**そして**、安（やす）いです。それに、コーヒーもとてもおいしいです。

↓

駅（えき）の前（まえ）にある喫茶店（きっさてん）は静（しず）かだ**し**、安（やす）い**し**、それに、コーヒーもとてもおいしいです。

兩句都是：車站前的咖啡廳既安靜、又便宜，再加上咖啡也很好喝。

- 「…し、…し、それに…」所連接的句子，大多是常体（じょうたい）的句子，但也可以是敬体（けいたい）的句子。例如：

❖ 常体（じょうたい）

あの女優（じょゆう）は美人（びじん）だ**し**、スタイルもいい**し**、それに、演技（えんぎ）もうまい。

❖敬体

あの女優は美人だし、スタイルもいいし、それに、演技もうまいです。

あの女優は美人ですし、スタイルもいいですし、それに、演技もうまいです。※類似此句的用法並不多見，是極爲客氣的敬體。

以上3句的中譯都是：那位女明星既是個美女、身材又好，再加上演技也很棒。

- 如以上例句1～3中所示，以「…し、…し、それに…」所連接的各個句子的「述語」（謂詞），例如：「美人→名詞」「いい→イ形容詞」「うまい→イ形容詞」其「品詞」（詞類）可以不一致。但因爲是表示「添加」（也就是表示「再加上…」）的意味濃厚，各個子句在意思上不能相互矛盾。例如：

あの女優は美人だし、スタイルもよくないし、それに、演技もうまいです。×
那位女明星既是個美女、身材又不好（？），再加上演技也很棒。？？？

あのレストランは高いし、おいしくないし、それに、駅から遠い。○
那家餐廳既貴、又不好吃，再加上距離車站又遠。

- 基於以上所述，並且由以上所舉的例句可以看出：套用「…し、…し、それに…」句型，往往會出現像「名詞$_1$**は／が**…し、名詞$_2$**も**…し、それに、名詞$_3$**も**…」這樣的表現形式。

- 試將「…し、…」與「…て、…」的不同點整理如下：
  1. 「…し、…」與「…て、…」雖然一般都是用來表示兩件（或兩件以上）事實、條件的並列陳述。但是「…し、…」因爲含有「添加」也就是「再加上…」的意思，所以「…し、…」所連接的各個句子在意思上不能相左。至於以「…て、…」所連接的各個句子，在意思上則較無限制。
  2. 「…し、…」所連接的語句大多是常体的句子，但也可以是敬体的句子。
  3. 「…し、…」所連接的各個句子的述語，其品詞可以不一致。並且不一定要像「…て、…」中的述語，一律都要改變成「テ形」。

學習項目６　（原因・理由）し、（原因・理由）し、（結果・判斷）。

說明

- 正如在學習項目５中所述，「…し、…し、それに…」所連接的各個句子的述語（じゅつご）可以不一致。但因爲是表示「添加（てんか）」（也就是表示「再加上…」）的意味濃厚，各個句子在意思上不能互爲矛盾。因此，最後的句子往往會被加上表示「原因（げんいん）・理由（りゆう）」的助詞（じょし）「から」，成爲「…し、…から、…」這樣的表現形式，表示「…既…，…又…，因此…」，用於陳述基於兩個以上的原因、理由後，所導出的結論。

例如：

道（みち）もわからない**し**、雨（あめ）も降（ふ）っている**から**、タクシーで行（い）きましょう。

既不知道路，又正在下雨，搭計程車去吧。

- 「…し、…から、…」中表示「原因（げんいん）・理由（りゆう）」的助詞（じょし）「から」，因「…し、…」所連接的各個句子，在意思上不會自相矛盾。所以，即使不刻意加上表示「原因（げんいん）・理由（りゆう）」的「から」，還是能夠清楚地表示句末的陳述是基於「…し、…」所連接的語句所導出的結論。例如：

1. MRTは速（はや）い**し**、安（やす）い**から**、MRTで行（い）きましょう。

   ||

   MRTは速（はや）い**し**、安（やす）い**し**、MRTで行（い）きましょう。

   捷運又快又便宜，（所以）搭捷運去吧。

2. 道（みち）もわからない**し**、雨（あめ）も降（ふ）っている**から**、タクシーで行（い）きましょう。

   ||

   道（みち）もわからない**し**、雨（あめ）も降（ふ）っている**し**、タクシーで行（い）きましょう。

   既不知道路，又正在下雨，（所以）搭計程車去吧。

學習項目7　…ても/…でも（逆接）

説明

● 試將到目前爲止，有關「…ても（or でも）」的句型，綜合整理如下：

如以下所示，「…ても（or でも）」是由用言（動詞・イ形容詞・ナ形容詞）テ形＋も（助詞）」或「体言（名詞）＋でも（助詞）」所組成的句型。

名詞＋で
イ形容詞テ形
ナ形容詞テ形
動詞テ形
｝＋ も…。

表示「即使…也…」的意思。也就是，不論在任何條件下，結果的事態一定都能成立。但是，倘若結果句是否定句時，則表示不論在任何條件下，結果的事態一定都不會成立。例如：

1. 時間はまだ十分あるので、今から歩いて行っ**ても**、きっと間に合うと思います。
   因爲時間還很充分，所以我認爲即使現在走路過去，都一定還來得及。

2. A：今からタクシーで行けば、間に合うでしょうか。
   現在搭計程車去的話，還來得及吧？

   B：いや、ここから20キロも離れて（い）ますから、タクシーで行っ**ても**、きっと間に合わないと思いますよ。
   不，距離這裡有20公里遠，所以我認爲即使是搭計程車去，也決不可能來得及的。

● 接在意味著某種極端的名詞之後，例如「体言（名詞）＋でも（助詞）」，便表示「即使名詞都…」的意思。也就是藉著舉出極端的例子，表示「由此可知，其他的就不必再多説了」的意思。例如：

日曜日でも休日出勤のため、会社に行きます。

即使是星期天，爲了假日上班還得到公司去。

● 「でも」若接在疑問詞之後，以肯定句陳述，則表示「全面肯定」的意思。例如：

何でも食べます。	※誰でも…	いつでも…	どこでも…	どうでも…
什麼都吃	無論誰都…	無論何時都…	無論哪個地方都…	無論如何都…

學習項目８　疑問詞…ても…。／疑問詞…でも…。

説明

● 如以下所示，「疑問詞…ても（or でも）」是由「疑問詞＋用言（動詞・イ形容詞・ナ形容詞）テ形 ＋ も（助詞）」或「疑問詞＋体言（名詞）＋ でも（助詞）」所組成的句型，表示「即使再…也…」的意思。

疑問詞 ＋ { 名詞＋で ／ イ形容詞テ形 ／ ナ形容詞テ形 ／ 動詞テ形 } ＋ も…。

- 名詞＋で
- イ形容詞テ形
- ナ形容詞テ形
- 動詞テ形

也就是，不論在任何條件下，結果的事態一定都能成立。但是，倘若結果句是否定句時，則表示不論在任何條件下，結果的事態一定都不會成立。例如：

1. 息子はわたしがどんなに怒っても平気です。

   （我）兒子無論我多麼地生氣都無所謂（不在乎）。

2. A：母にいくら謝っても許してくれないんだから、どうしよう？

   即使再怎麼跟我媽道歉，（她）都不肯原諒（我）耶，怎麼辦？

B：ふーん、随分怒ってたわね。しかし、あなたが悪かったから、**どんなに**怒っ**ても**、許してくれるまで謝らなければならないね。

嗯～，（你媽）肯定是相當生氣哦！不過，因爲是你不對，所以不管（她）再怎麼生氣，（你）都必須好好跟她道歉，直到（她）肯原諒（你）爲止。

- 「どんなに…ても（or でも）」可代換成「いくら…ても（or でも）」表示不論動作的頻率或是狀態的程度多麼強大，結果的事態也一定不會成立。不過，使用「いくら…ても」較口語。例如：

どうしても必要なものなら、**いくら**高く**ても**買います。

倘若是無論如何都必須要有的東西，即使再貴都會買。

- 在較隨性的會話時，「疑問詞…ても（or でも）」可轉換成「疑問詞…たって（or だって）」的説法。例如：

息子は私が**どんなに**怒っ**ても**平気です。

↓

息子は私が**どんなに**怒っ**たって**平気なの。

（我）兒子無論我多麼地生氣都無所謂（不在乎）。

- 「**何**＋助数詞（量詞）…ても（or でも）」表示動作即使反覆再多次，後續的往往大多會是與預期相反的結果。也就是説：結果句是否定句時，則表示不論在任何條件下，結果的事態一定都不會成立。例如：

1. あの小説は**何回**読ん**でも**面白いと思う。

 我覺得那本小説不論看多少次，都還是令人感覺很有意思。

2. **何回**言っ**ても**承知しないから、時間の無駄だ。or

 無論你説再多遍我也不會答應的，眞是浪費時間。

 何回言っ**ても**承知しないから、時間を無駄にするな。

 無論你説再多遍我也不會答應的，別浪費時間。

第七單元

學習項目1　あげる/もらう/くれる　or　あげます/もらいます/くれます

中文意思　贈與、接受東西。

用法Ⅰ. 某甲給某乙東西。※乙可以是某個機構或是單位。

人$_1$は人$_2$に物をあげる/あげます。

例句

1. わたしは先生(せんせい)に花(はな)をあげます。※對象是長輩時，可用「あげる」。
   我將送給老師花。

2. わたしは中村(なかむら)さんに本(ほん)をあげます。※對象是平輩時，也可用「あげる」。
   我將送給中村先生（小姐）書。

3. 台湾(たいわん)では、お正月(しょうがつ)に、目上(めうえ)の人(ひと)にも目下(めした)の人(ひと)にもお年玉(としだま)をあげる習慣(しゅうかん)があります。
   在台灣，過年時有送長輩及晚輩紅包的習俗。

用法Ⅱ. 某甲從某乙收受東西。　※乙可以是機關、團體，如：學校或公司。

人$_1$は人$_2$に物をもらう/もらいます。

人は団体から物をもらう/もらいます。

※人は団体に物をもらう/もらいます。×

例句

1. 大学(だいがく)の入学祝(にゅうがくいわ)いにおじにペンをもらいました。
   （我）從舅舅那兒得到了鋼筆做爲考上大學的賀禮。

2. わたしは大学(だいがく)から合格通知書(ごうかくつうちしょ)をもらった。
   我收到了大學寄來的錄取通知。

3. わたしは（財）ロータリ米山記念奨学会から奨学金をもらって日本に留学しました。

我當年從扶輪社米山紀念獎學會申請到獎學金在日本留學。

用法Ⅲ. 某人給我東西。 ※「我」可以是心理上屬於我方的人。

人が or は（わたし）に物をくれる/くれます。

例句

1. 主人は結婚するとき、（わたしに）この指輪をくれました。

我先生在要結婚的時候，給了（我）這個戒指。

2. 隣のおばあちゃんは、よくうちの娘に甘いお菓子をくれます。

隔壁的老奶奶常給我女兒甜點。

3. 去年、会社は（あなたに）ボーナスをくれましたか。

去年公司可有給（你）紅利獎金？

單字

1.	目上（めうえ）$_{0\ \mathrm{or}\ 3}$	【名詞】長輩（年齡、地位、階級在自己之上的人）
2.	目下（めした）$_{0\ \mathrm{or}\ 3}$	【名詞】晚輩（年齡、地位、階級在自己之下的人）
3.	お年玉（としだま）$_{0}$	【名詞】壓歲錢、做爲恭賀新年的禮物
4.	習慣（しゅうかん）$_{0}$	【名詞】習慣、習俗
5.	おもちゃ$_{2}$	【名詞】玩具
6.	お祝い（いわ）$_{0}$	【名詞】祝福、祝賀
7.	合格（ごうかく）$_{0}$	【名詞】考取、錄取、及格
8.	通知書（つうちしょ）$_{0}$	【名詞】通知、通知單
9.	（財）（ざい）＝財団法人（ざいだんほうじん）$_{5}$	【名詞】財團法人

10.	ロータリ$_{1}$	【名詞】在此是指「扶輪社」　※ロータリクラブ$_{5}$
11.	記念(きねん)$_{0}$	【名詞】紀念
12.	奨学金(しょうがくきん)$_{0}$	【名詞】獎學金
13.	指輪(ゆびわ)$_{0}$	【名詞】戒指
14.	ボーナス$_{1}$	【名詞】紅利、分紅、獎金（bonus）
15.	あげる$_{0}$	【動詞】送、給
16.	やる$_{0}$	【動詞】給與、派遣（上對下）
17.	くれる$_{0}$	【動詞】給我、給己方

學習項目２　さしあげる（やる）/いただく/くださる or

さしあげます（やります）/いただきます/くださいます

中文意思　贈與、接受東西，用於對方是長輩、上司、客人的時候。

用法

あげる　→　さし上(あ)げる　※動物 or 植物にあげる → やる

もらう　→　いただく

くれる　→　くださる　※くださるのマス形 → くださいます

例句

1. わたしはお世話(せわ)になった日本(にほん)の方(かた)に、お土産(みやげ)として台湾(たいわん)のお茶(ちゃ)をさし上(あ)げます。
   我要送台灣的茶葉做爲伴手禮，給關照過自己的日本友人。

2. A：すみません。全部(ぜんぶ)でいくらですか。
   不好意思，總共多少錢？

   B：全部(ぜんぶ)で5,000円(えん)になります。
   總共是5,000日元。

A：はい、これでお願(ねが)いします。

好，這個給你，麻煩你。

B：はい、5,000円(えん)ちょうどいただきます。

好的，收您5,000日元整。

3. わたしが帰国(きこく)するとき、保証人(ほしょうにん)の奥(おく)さんがブランドバッグをくださいました。

我要回國的時候，保證人的太太送給了我一個名牌包。

單字

※單字之後加上＊者，表示該單字在課文例句中並未出現。

1.	プレゼント$_{2}$	【名詞】禮物
2.	感謝(かんしゃ)カード$_{4}$	【名詞】謝卡（card）
3.	チケット$_{2\ or\ 1}$	【名詞】車票、入場券、餐券、機票（ticket）
4.	賞状(しょうじょう)$_{0\ or\ 3}$	【名詞】獎狀
5.	腕(うで)$_{2}$*	【名詞】胳膊、手腕／本事、本領、技術
6.	腕時計(うでどけい)$_{3}$	【名詞】手錶
7.	保証人(ほしょうにん)$_{0}$	【名詞】保證人
8.	ブランドバッグ$_{5}$	【名詞】名牌包包（和製英語：brand＋bag）
9.	ちょうど$_{0}$	【副詞】不多不少剛剛好、時間正好、正如預期
10.	お世話(せわ)になる$_{2}$	【動詞】幫忙、照顧　※「世話(せわ)する$_{0}$」的〔尊敬語(そんけいご)〕（尊敬語、敬辭）
11.	帰国(きこく)する$_{0}$	【動詞】回國

學習項目３　動詞てやる／動詞てあげる／動詞てさしあげる or 動詞てやります／動詞てあげます／動詞てさしあげます

中文意思　用於爲對方做某件事，視對方與自己的上下尊卑關係而調整說法。

用法Ⅰ. 對方是比自己身分地位較低的人，或者是動物、植物的時候。

動詞テ形＋やる

例句

1. 子(こ)どもが小(ちい)さいころ、よく絵本(えほん)を読(よ)んでやりました。
當（我的）孩子還小的時候，（我）常讀圖畫故事書給他聽。

2. わたしが留守(るす)の間(あいだ)、うちの金魚(きんぎょ)に餌(えさ)を買(か)ってやった？
我不在家的期間，（你）可有買飼料餵我的金魚？

用法Ⅱ. 對方是自己的平輩或友人的時候。

動詞テ形＋あげる

例句

1. 授業(じゅぎょう)に出(で)なかったクラスメートにノートを貸(か)してあげました。
把筆記借給了沒來上課的同學。

2. 道(みち)に迷(まよ)った、知(し)らない人(ひと)に道(みち)を教(おし)えてあげました。
教了迷路的陌生人路該怎麼走。

用法Ⅲ. 對方是長輩、上司、客人的時候。

動詞テ形＋さしあげる

例句

1. ゲストのみなさんにお好(す)きな串焼(くしや)きを焼(や)いてさしあげました。
幫所有的來賓烤他們愛吃的串燒。

單字

1.	絵本(えほん)$_{2}$	【名詞】圖畫書、繪本
2.	金魚(きんぎょ)$_{1}$	【名詞】金魚
3.	餌(えさ)$_{2\ \mathrm{or}\ 0}$	【名詞】飼養動物的食物
4.	ゲスト$_{1}$ ↔ホスト$_{1}$	【名詞】來賓、客人（guest）↔主人（host）
5.	串焼(くしや)き$_{0}$	【名詞】串燒
6.	迷(まよ)う$_{2}$	【動詞】迷路、迷惘、迷失
7.	焼(や)く$_{0}$	【動詞】焚燒、烤

學習項目4　動詞てもらう／動詞ていただく or

動詞てもらいます／動詞ていただきます

中文意思　用於要求對方做某件事，視對方與自己的上下尊卑關係而調整說法。

用法Ⅰ. 要求的對象是平輩或比自己身分地位較低的人的時候。

人に動詞テ形＋もらう。

例句

1. （わたしは）友(とも)だちにいい下宿(げしゅく)を見(み)つけてもらいました。
（我）已經請朋友幫我找到了好公寓。

2. パソコンにトラブルが発生(はっせい)したときは、（わたしは）いつも情報(じょうほう)システム工(こう)学科(がっか)の学生(がくせい)に直(なお)してもらいます。
當電腦發生問題的時候，（我）都是請資工系的學生幫我修理的。

用法Ⅱ. 要求的對象是長輩、上司、客人的時候。

人に動詞テ形＋いただく。

例句

1. 学校(がっこう)や職場(しょくば)では先輩(せんぱい)に教(おし)えていただくことも手伝(てつだ)っていただくこともたくさんありますから、先輩(せんぱい)に感謝(かんしゃ)しなければいけませんよ。

在學校或是職場要請前輩教導及幫忙的事很多，所以必須對他們心存感謝哦。

單字

1.	下宿(げしゅく)$_0$	【名詞】公寓、宿舍、寄宿
2.	トラブル$_2$	【名詞】故障、紛爭（trouble）
3.	単語(たんご)$_0$	【名詞】單字
4.	スクリプト$_3$	【名詞】電影或廣播的腳本、課文（script）
5.	職場(しょくば)$_{0\ or\ 3}$	【名詞】工作的地方、職場
6.	先輩(せんぱい)$_0$↔後輩(こうはい)$_0$	【名詞】前輩、學長姐↔晚輩、學弟妹
7.	見(み)つける$_0$	【動詞】尋找、發現
8.	発生(はっせい)する$_0$	【動詞】發生
9.	直(なお)す$_2$	【動詞】訂正、更改、修理
10.	手伝(てつだ)う$_3$	【動詞】幫忙

學習項目５　動詞てくれる／動詞てくださる or

動詞てくれます／動詞てくださいます

中文意思　用於表示對方對自己所做的事，視對方與自己的上下尊卑關係而調整說法。

用法Ⅰ. 對方是平輩或比自己身分地位較低的人的時候。

人が or はわたしに動詞テ形＋くれる。

例句

1. 先日(せんじつ)泊(と)まった旅館(りょかん)は、子連(こづ)れの泊(とま)り客(きゃく)のため（に）、朝食(ちょうしょく)も夕飯(ゆうはん)も部屋(へや)に用意(ようい)してくれます。本当(ほんとう)にやさしいですね。
   前幾天住的旅館會爲帶小孩的客人，將早餐及晚餐準備好送到房間裡。眞是貼心啊！

2. 最近宅配(さいきんたくはい)でデリバリーしてくれるところが多(おお)くなりました。便利(べんり)な世(よ)の中(なか)になりました。
   最近利用宅配外送的地方變多了，這世上一切都變得好方便。

用法Ⅱ．對方是長輩、上司、客人的時候。

人が or は（わたしに）動詞テ形＋くださる。

例句

1. あの教授(きょうじゅ)はいつも学生(がくせい)の質問(しつもん)にいちいち丁寧(ていねい)に答(こた)えてくださいます。
   那位教授對學生的提問一直都是很仔細地一一回答。

2. わたしの誕生日(たんじょうび)を覚(おぼ)えていて、プレゼントまで送(おく)ってくださって、本当(ほんとう)にありがとうございました。
   非常謝謝（你）記得我的生日，還送我生日禮物。

單字

1.	先日(せんじつ)$_0$	【名詞】前幾天
2.	旅館(りょかん)$_0$	【名詞】日式旅館
3.	子連(こづ)れ$_0$	【名詞】帶著小孩
4.	泊(とま)り客(きゃく)$_3$	【名詞】住宿的客人
5.	朝食(ちょうしょく)$_0$	【名詞】早餐、早飯
6.	夕飯(ゆうはん)$_0$	【名詞】晚餐、晚飯

7.	宅配（たくはい）$_0$	【名詞】送貨到府、宅配
8.	世（よ）の中（なか）$_2$	【名詞】當今的社會、這世上
9.	教授（きょうじゅ）$_0$	【名詞】教授　※講師（こうし）$_1$→ 准教授（じゅんきょうじゅ）$_3$→ 教授（きょうじゅ）$_0$
10.	質問（しつもん）$_0$	【名詞】提問、發問、詢問
11.	ミス$_1$	【名詞】錯誤、失誤（miss）
12.	マフラー$_1$	【名詞】圍巾（muffler）
13.	プレゼント$_2$	【名詞】禮物（present）
14.	いちいち$_2$	【副詞】一一地、毫無遺漏地
15.	泊（と）まる$_0$	【動詞】住宿
16.	用意（ようい）する$_0$	【動詞】準備
17.	デリバリーする$_2$	【動詞】送貨、外送（delivery）
18.	編（あ）む$_1$	【動詞】編織、編輯、編寫
19.	訂正（ていせい）する$_0$	【動詞】訂正
20.	解決（かいけつ）する$_0$	【動詞】解決

文法解說

學習項目1　あげる/もらう/くれる　or　あげます/もらいます/くれます

説明

- 如以下所示「あげる/もらう/くれる」多用於表示兩者間的「給與、收受東西」，故一般通稱爲「授受動詞（じゅじゅどうし）」。

人$_1$は人$_2$に物を { あげる/あげます。 / もらう/もらいます。 / くれる/くれます。 }

人$_1$ —あげる→ 人$_2$

‖

人$_2$ ←もらう— 人$_1$

人 —くれる→ わたし（or ≒わたし）

其個別用法如下：

Ⅰ.人$_1$は人$_2$（or 機構或團體）に物をあげる/あげます。

※人$_1$可以是第一人稱（わたし），也可以是第二人稱（あなた）或是第三人稱（例如田中(たなか)さん）。

表示「給」這個動作的動詞究竟是要使用「あげる」或是「やる」，視「給與者（人$_1$）」與「收受者（人$_2$）」彼此間的關係而定。例如：

1. わたしは先生(せんせい)に花(はな)をあげます。※對象是長輩時，可用「あげる」。
   我將送花給老師。

2. わたしは中村(なかむら)さんに本(ほん)をあげます。※對象是平輩時，也可用「あげる」。
   我將送書給中村先生（小姐）。

3. わたしは娘(むすめ)におもちゃをやります。※對象是晚輩時，要用「やる」。
   我將給我女兒玩具。

4. わたしは花(はな)に水(みず)をやります。※對象是植物時，必須用「やる」。
   我將給花澆水。

5. わたしは犬(いぬ)にえさをやります。※對象是動物時，必須用「やる」。
   我將給狗吃狗食。

【注意】

1. 例句3的敘事者（也就是說這句話或是寫下這個句子的人）如果是女性時，因「やる」的本意極不文雅，可以改成「わたしは娘(むすめ)におもちゃをあげます」。

2. 當對象雖然是晚輩，可是表述者爲了要迴避不雅的「やる」而改用「あげる」時，如果同時還有另一個對象是長輩的時候，爲了顯示對兩者敬意程度的不同，對長輩必須改用「さしあげる」。例如：

わたしは部長(ぶちょう)にお中元(ちゅうげん)をさしあげます。
我送中元節的禮物給部長（or 經理）。

也就是說在這種情形下，表示敬意的程度依序是：

「やる」→「あげる」→「さしあげる」

3. 如果是像例句4、例句5這樣，當對象是「動物或植物」（不屬於人類）時，即便表述者是女性，也不可爲了要迴避不雅的「やる」而改用「あげる」，還是要使用「やる」表示，否則會給人矯情或做作的感覺。

● 當「給」的對象，其中包含有「長輩、平輩、晚輩」時，則一律使用「あげる」表示。例如：

台湾(たいわん)では、お正月(しょうがつ)に、目上(めうえ)の人(ひと)にも目下(めした)の人(ひと)にもお年玉(としだま)をあげる習慣(しゅうかん)があります。
在台灣，過年時有送長輩及晚輩紅包的習俗。

● 當「給」的不是會讓對方會感到欣喜的東西時，大多不使用「あげる」，而會改用「出(だ)す」。例如：

先生(せんせい)、宿題(しゅくだい)のレポートはあしたあげます。×
老師，當做作業的報告我明天給您。？？？

先生(せんせい)、宿題(しゅくだい)のレポートはあした出(だ)します。○
老師，當做作業的報告我明天會交。

Ⅱ.人$_1$は人$_2$に物をもらう/もらいます。例如：

（から）

（わたしは）大学の入学祝いにおじに（or から）ペンをもらいました。
（我）從舅舅那兒得到了鋼筆做爲考上大學的賀禮。

站在收受者的立場，當給與者是個人時，助詞「に」或「から」皆可使用。

● 例句中「我」雖然是從長輩（舅舅）處得到「鋼筆」，但當在面對外人提及時，仍必須用「もらう」藉此表示謙卑，以顯示敬重對方。這正符合所謂使用「敬語」的原則，那就是：「先分内、外，再分上、下」。也就是説

1. 當有外人在場時，屬於己方長輩的言行舉止，一律視同己身，使用「謙讓語」（謙讓語、謙辭）表述。
2. 當在場者皆屬於「自己人」（包括家人、同儕等）時，須視表述的内容是否爲長輩或晚輩所爲。屬於長輩時，須使用「尊敬語」（尊敬語、敬辭）表現其言行舉止。屬於平輩或晚輩時，當面對己方長輩陳述時，仍必須使用「謙讓語」表現平輩或晚輩的言行舉止。

● 如以下所示，站在收受者的立場，當給與者是機關、團體（例如學校、公司等非屬於個人）時，助詞只能使用「から」。

人$_1$は機構、團體に物をもらう/もらいます。×

人$_1$は機構、團體から物をもらう/もらいます。○

例）わたしは大学から合格通知書をもらった。
我收到了大學寄來的錄取通知。

Ⅲ.人$_1$が/は人$_2$に物をくれる/くれます。

★人$_1$可以是某個機構或團體。

人$_2$：わたし or ≒わたし

當收受者是自己，站在給與者的立場，表示「某人給我東西」時，「給」必須用「くれる」。並且，當收受者是自己時才會使用「くれる」表示「給」這個動作，所以「我」（わたしに）往往會被省略。例如：

主人（しゅじん）は結婚（けっこん）するとき、（わたしに）この指輪（ゆびわ）をくれました。
我先生在要結婚的時候，給了（我）這個戒指。

● 當收受者是自己的家人、或是心理上屬於我方的人，也可以「くれる」表示「給」這個動作。例如：

1.（自己的家人）

隣（となり）のおばあちゃんは、よくうちの娘（むすめ）に甘（あま）いお菓子（かし）をくれます。
隔壁的老奶奶常給我女兒甜點。

2.（心理上屬於我方的人）

去年（きょねん）、会社（かいしゃ）は（あなたに）ボーナスをくれましたか。
去年公司可有發給（你）獎金？

學習項目 2　さしあげる（やる）/いただく/くださる or さしあげます（やります）/いただきます/くださいます

說明

● 如以下所示，「さしあげる/いただく/くださる」分別用在當「給與的對象／收受的來源／給與己方者」屬於長輩、上司、客人的時候。

人$_1$は人$_2$に物を

- さしあげる/やる。人$_1$ → 人$_2$　さしあげる
- 　　　　　　　　人$_1$ → 人$_2$　やる
- いただく/もらう。人$_1$ ⇄ 人$_2$　いただく＝表示人$_1$行爲的動詞
- 　　　　　　　　人$_1$ ⇄ 人$_2$　もらう＝表示人$_1$行爲的動詞
- くださる/くれる。人$_1$ → 人$_2$　くれる　※人$_1$＝平輩或晚輩
- 　　　　　　　　人$_1$ → 人$_2$　くださる　※人$_1$＝長輩

★人$_2$＝わたし or ≒わたし

※くださるのマス形(けい)　→　くださいます

其個別用法如下：

Ⅰ. 人$_1$は人$_2$に物を
- さしあげる/さしあげます
- あげる/あげます。
- やる/やります。

※人$_2$可以是某個機構或團體。

表示「給」這個動作的動詞(どうし)究竟是要使用「さしあげる」或「あげる」或「やる」，視「給與者（人$_1$）」與「收受者（人$_2$）」彼此間的關係而定。例如：

わたしはお世話(せわ)になった日本(にほん)の方(かた)に、お土産(みやげ)として台湾(たいわん)のお茶(ちゃ)をさし上(あ)げます。
我要送台灣的茶葉做爲伴手禮，給關照過自己的日本友人。

Ⅱ. 人$_1$は　人$_2$に（から）　物を
- もらう/もらいます。
- いただく/いただきます。

※人$_2$可以是某個機構或團體。

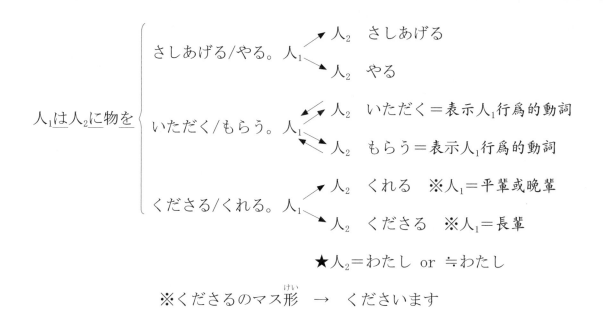

站在收受者的立場，當給與者是長輩、上司、客人時，「收受」這個動作的動詞究竟該用「いただく」或「もらう」，視「收受者（人$_1$）」與「給與者（人$_2$）」彼此間的關係而定。當給與者（收受的來源）屬於長輩、上司、客人時，動詞必須使用「いただく」。例如日本人要吃、喝食物或飲料以前，總會先說「いただきます」。其實最初是指將食物高舉過頭謝天，表示「承蒙老天給東西果腹」的意思，因此當給與者（收受的來源）屬於在上位者時，應使用「いただく」。

例如：

レジ係（收銀員）：はい、5,000円ちょうどいただきます。（面對客人時）

好的，收您5,000日元整。

Ⅲ. 人$_1$が/は人$_2$に物を { くれる/くれます。 | くださる/くださいます。 }

※人$_2$可以是わたし or ≒わたし

當收受者是自己、或是心理上屬於我方的人，站在給與者的立場，表示「某人給我東西」時，給與者是長輩、上司、客人時，「給與」這個動作的動詞必須用「くださる」。當給與者屬於平輩或晚輩時，動詞必須使用「くれる」。例如日本人要點餐或購買東西時，總會對店家說「…をください」（請給我…），其實是基於面對素昧平生的人，人們往往會爲顯現自己的教養，而使用較客套的說詞，因此才會使用動詞「くださる」的命令形「ください」。

❖試將「くださる」的各種用法歸納如下：

1.「給（我）」的人是晚輩時，必須用「くれる」。例如：

息子は（わたしに）誕生日プレゼントをくれました。
兒子給了（我）生日禮物。

学生は（わたしに）感謝カードをくれました。
學生給了（我）謝卡。

2.「給（我）」的人是平輩時，交情較親密時用「くれる」，較不熟時用「くださる」。例如：

伊藤さんは（わたしに）コンサートのチケットをくれました。
伊藤先生（小姐）給了我音樂會的票。

3.「給（我）」的人是長輩、長官時，必須用「くださる」。

先生は（わたしに）電子辞書をくださいました。
老師給了（我）電子辭典。

海洋大学は（わたしに）賞状をくださいました。
海洋大學頒給了（我）獎狀。

4.「給（我）」的人雖然屬於己方的長輩，但在面對外人提及時，仍必須用「くれる」。例如：

父は（わたしに）腕時計をくれました。
爸爸給了我手錶。

學習項目 3　動詞てやる／動詞てあげる／動詞てさしあげる or 動詞てやります／動詞てあげます／動詞てさしあげます

說明

- 表示「給」這個動作的動詞究竟是要使用「さしあげる」或「あげる」或「やる」，視「給與者」與「收受者」彼此間的關係而定。因此，從選用的動詞可以表現出「給與」和「收受」雙方之間的上下、尊卑、親疏關係。
- 如以下所示，因具有上述的特色，於是「授受動詞」更進一步地被應用做爲附屬於其他動詞，即「本動詞」（主要動詞）之後的「補助動詞」（補助動詞），失去其原本表示「給與」或「收受」的意思，而專門用來表示其「本動詞」的「方向性」，也就是表示「動作者行使該動作、行爲時的心態」。

「やる/さしあげる」・ もらう/いただく」 ・「くれる/くださる」

↓ ↓ ↓

「動詞てやる/動詞てさしあげる」・「動詞てもらう/動詞ていただく」・「動詞てくれる/動詞てくださる」

- 如以下所示，「動詞てさしあげる」多用於很客氣、恭敬地爲對方做某個動作、行爲的情形。「動詞てやる」則用於爲晚輩或是平輩做某個動作、行爲的情形。

人$_1$は人$_2$に物をさしあげる/やる。 人$_1$ → 人$_2$ さしあげる ／ 人$_1$ → 人$_2$ やる

↓

人$_1$は人$_2$に（物事を）動詞てさしあげる。

人$_1$は人$_2$に（物事を）動詞てやる。

人$_1$ → 人$_2$ 動詞てさしあげる ／ 人$_1$ → 人$_2$ 動詞てやる

❖試將「動詞てやる」・「動詞てあげる」・「動詞てさしあげる」的各種用法歸納如下：

1. 對方是比行使動作者身分地位較低的人、或者是動物、植物的時候，必須使用「動詞てやる」。

子どもが小さいころ、よく絵本を読んでやりました。

當（我的）孩子還小的時候，（我）常讀圖畫故事書給他聽。

わたしが留守の間、うちの金魚に餌を買ってやった？

我不在家的期間，（你）可有買飼料餵我的金魚？

2. 對方是行使動作者的平輩或友人的時候，必須使用「動詞てあげる」。

授業に出なかったクラスメートにノートを貸してあげました。

把筆記借給了沒來上課的同學。

道に迷った、知らない人に道を教えてあげました。

教了迷路的陌生人路該怎麼走。

3. 行爲的對象是對方的所擁有的東西或是其身體的一部分時，必須使用「○○さんの…を動詞てあげる」。

（朋友的車）

友だちに車を借りたから、その車をきれいに洗ってあげました。

因爲跟朋友借了車，所以就把他的車給洗乾淨了。

4. 行爲的對象如果是人的時候，必須使用「○○さんを動詞てあげる」。

わたしは友だちを車で駅まで送ってあげました。

我開車送朋友到車站。

★5. 對方是長輩、上司、客人或不熟的人的時候，不要使用「動詞てあげる」，改用較委婉的「動詞ましょうか」或是敬語的「謙譲語」表達，對方的感受會更好。

お荷物を持ってあげましょうか。×

我來幫你拿行李吧。？？？

お荷物を持ちましょうか。○

行李由我來拿吧。

お荷物をお持ちしましょうか。○
行李請由我來拿吧。

6. 對方是行使動作者的長輩、上司、客人的時候，必須用「動詞てさしあげる」。

ゲストのみなさんにお好きな串焼きを焼いてさしあげました。
幫所有的來賓烤他們愛吃的串燒。

❖總結上述的用法如下：

【長輩】わたしはお客さんをエレベーターまで送ってさしあげました。
我恭送客人到電梯。

【平輩】わたしはクラスメートにノートを貸してあげました。
我將筆記借給了同學。

【晚輩】わたしは子どもの宿題を見てやりました。
我幫（我的）的小孩看了功課。

學習項目4　動詞てもらう／動詞ていただくor
動詞てもらいます／動詞ていただきます

說明

- 用於要求對方做某件事，視對方與提出要求者的上下、尊卑、親疏關係而調整說法。如以下所示，「動詞ていただく」多用於很客氣、恭敬地請對方做某個動作、行爲的情形。「動詞てもらう」則用於要求晚輩或是平輩做某個動作、行爲的情形。

人$_1$は人$_2$に物をいただく/もらう。人$_1$ ⇄ 人$_2$　いただく＝表示人$_1$行爲的動詞
人$_1$ ⇄ 人$_2$　もらう＝表示人$_1$行爲的動詞

↓

人$_1$は人$_2$に（物事を）動詞ていただく。
人$_1$は人$_2$に（物事を）動詞てもらう。

人$_1$ ⇄ 人$_2$　動詞ていただく
人$_1$ ⇄ 人$_2$　動詞てもらう

❖試將「動詞(どうし)ていただく」・「動詞(どうし)てもらう」的各種用法歸納如下：

1. 請求行使動作的對象是提出要求者的長輩、上司、客人的時候，必須使用「動詞(どうし)ていただく」。例如：

学校(がっこう)や職場(しょくば)では先輩(せんぱい)に教(おし)えていただくことも手伝(てつだ)っていただくこともたくさんありますから、先輩(せんぱい)に感謝(かんしゃ)しなければいけませんよ。
在學校或是職場要請前輩教導及幫忙的事很多，所以必須對他們心存感謝哦。

2. 要求行使動作的對象是平輩或是比提出要求者身分地位低的人的時候，必須使用「動詞(どうし)てもらう」。例如：

（わたしは）友(とも)だちにいい下宿(げしゅく)を見(み)つけてもらいました。
（我）已經請朋友幫我找到了好公寓。

パソコンにトラブルが発生(はっせい)したときは、（わたしは）いつも情報(じょうほう)システム工学学科(こうがくがっか)の学生(がくせい)に直(なお)してもらいます。
當電腦發生問題的時候，（我）都是請資工系的學生幫我修理的。

❖總結上述的用法如下：

【長輩】学生(がくせい)は先生(せんせい)に単語(たんご)の意味(いみ)を説明(せつめい)していただきます。
學生請老師說明單字的意思。

【平輩】わたしは山田(やまだ)さんに茶(ちゃ)わん蒸(む)しの作(つく)り方(かた)を教(おし)えてもらいます。
我要拜託山田先生（小姐）教我茶碗蒸的做法。

【晚輩】先生(せんせい)は学生(がくせい)にスクリプトを読(よ)んでもらいます。

老師要學生唸課文。

學習項目５　動詞てくれる／動詞てくださる or 動詞てくれます／動詞てくださいます

說明

● 用於表示對方爲自己所做的事，視對方與自己的上下、尊卑、親疏關係而調整說法。如以下所示，「動詞(どうし)てくださる」多用在長輩爲自己、或是心理上屬於我方的人，表示「某人爲我做某件事」的情形。「動詞(どうし)てくれる」則是用在晚輩或是平輩爲自己做某個動作、行爲的情形。

人$_1$は人$_2$に物をくださる/くれる。人$_1$ → 人$_2$　くれる　※人$_1$＝平輩或晚輩

人$_1$ → 人$_2$　くださる　※人$_1$＝長輩

★人$_2$＝わたし or ≒わたし

↓

人$_1$は人$_2$に（物事を）動詞てくれる。

人$_1$は人$_2$に（物事を）動詞てくださる。

人$_1$ → 人$_2$　動詞てくれる

人$_1$ → 人$_2$　動詞てくださる

★人$_2$＝わたし or ≒わたし

❖試將「動詞(どうし)てくださる」・「動詞(どうし)てくれる」的各種用法歸納如下：

1. 長輩（包含上司、客人等）爲自己、或是心理上屬於我方的人做某件事的時候，一般都使用「動詞(どうし)てくださる」。例如：

あの教授(きょうじゅ)はいつも学生(がくせい)の質問(しつもん)にいちいち丁寧(ていねい)に答(こた)えてくださいます。

那位教授對學生的提問總是很仔細地一一回答。

わたしの誕生日(たんじょうび)を覚(おぼ)えていて、プレゼントまで送(おく)ってくださって、本当(ほんとう)にありがとうございました。

非常謝謝（你）記得我的生日，還送（我）生日禮物。

2. 平輩或是比自己身分地位較低的人爲自己、或是心理上屬於我方的人做某件事的時候，一般都使用「動詞てくれる」例如：

先日泊まった旅館は、子連れの泊り客のため、朝食も夕飯も部屋に用意してくれます。本当にやさしいですね。

前幾天住的旅館會爲帶小孩的客人，將早餐及晚餐準備好送到房間裡。眞是貼心啊！

最近宅配でデリバリーしてくれるところが多くなりました。便利な世の中になりました。

最近利用宅配外送的地方變多了，這世上一切都變得好方便。

❖總結上述的用法如下：

【長輩】先生は（わたしの）作文のミスを訂正してくださいました。

老師幫（我）訂正了（我）作文上的錯誤。

【己方長輩】母は（わたしに）マフラーを編んでくれました。

媽媽爲我打了圍巾。

【晚輩】学生は時々（わたしの）パソコンのトラブルを解決してくれます。

學生有時候會幫我解決電腦的問題。

第八單元

學習項目1　動詞てしまった／動詞てしまいました

中文意思　表示某個動作、作用的完了。

用法Ⅰ. 做完某個動作。整個…。全部…。

動詞テ形＋しまった/しまいました

例句

1. 昨夜(さくや)寝(ね)ないでこの小説(しょうせつ)を一晩(ひとばん)で全部(ぜんぶ)読(よ)んでしまいました。
   昨晚沒睡覺，把這整本小説一個晚上看完了。

2. きょうの仕事(しごと)をきょう中(じゅう)に片付(かたづ)けてしまいたいです。
   想在今天之內把今天的工作全部做完。

用法Ⅱ. 表示遺憾或後悔的心情。竟然…。

動詞テ形＋しまった/しまいました

例句

1. 出掛(でか)けるとき、電気(でんき)ストーブを消(け)すのを忘(わす)れてしまいました。
   出門的時候竟忘了關掉電暖爐。

2. 切手(きって)を貼(は)らないで手紙(てがみ)を出(だ)してしまった。
   忘了貼郵票就把信給寄出去了。

3. 友(とも)だちに借(か)りたテープレコーダーを壊(こわ)してしまって、とても困(こま)っています。
   把跟朋友借的錄音機給弄壞掉了，感到十分懊惱。

單字

※單字之後加上＊者，表示該單字在課文例句中並未出現。

1.	一晩（ひとばん）$_2$	【名詞】一個晚上、某天晚上
2.	電気（でんき）ストーブ$_5$	【名詞】電暖爐（ストーブ$_2$＝stove）
3.	テープレコーダー$_5$	【名詞】卡帶錄音機（tape recorder）
4.	ラジカセ$_0$＊	【名詞】收錄音機（radio + cassette） ※ ラジ オ- カセ ットテープレコーダー的縮寫
5.	片付（かたづ）ける$_4$	【動詞】整理、收拾、解決、處理
6.	貼（は）る$_0$	【動詞】貼
7.	壊（こわ）す$_2$	【動詞】毀壞、弄壞、破壞
8.	（…て）しまう	【補助動詞】…完、…了

學習項目2　動詞てみる／動詞てみます

中文意思　試著做某個動作。

用法

動詞テ形＋みる/みます

例句

1. 口（くち）で言（い）うより一度（いちど）やってみるとわかる。
   比起用嘴巴說，試做一次就知道了。

2. お気（き）に召（め）した靴（くつ）はどうぞはいてみてください。
   請試穿您喜歡的鞋子。

※ 試着（しちゃく）する＝着（き）てみる　試食（ししょく）する＝食（た）べてみる
試穿（衣服）　試吃

單字

1.	口（くち）$_0$	【名詞】口、嘴巴
2.	お気（き）に召（め）す（気（き）に入（い）る$_0$）	【名詞】喜歡、偏好〔尊敬語（そんけいご）〕（尊敬語、敬辭）
3.	試着（しちゃく）する$_0$	【動詞】試穿
4.	試食（ししょく）する$_0$	【動詞】試吃

學習項目3　動詞ておく／動詞ておきます

中文意思　　為了某一目的，事先做好某個動作。

用法Ⅰ. 表示為事前準備所做的動作。

動詞テ形＋おく/おきます

例句

1. いつでも連絡（れんらく）できるように、両親（りょうしん）に連絡先（れんらくさき）をしっかり伝（つた）えておきます。
為能隨時保持聯繫，都會事先確實告知父母聯絡電話或地址等等。

2. 薬（くすり）を服用（ふくよう）する前（まえ）に、よく確認（かくにん）しておく必要（ひつよう）があります。
服用藥物以前必須要好好確認。

用法Ⅱ. 表示為了某一目的，而好好留存動作的結果。

動詞テ形＋おく/おきます

例句

1. 製品（せいひん）やサービス、またはターゲットとしているマーケットについて事前（じぜん）に調（しら）べておきました。
無論是就產品、服務、或是視為目標的市場，事前都已做好調查。

2. 後（あと）で片付（かたづ）けますから、その書類（しょるい）を机（つくえ）の上（うえ）に置（お）いておいてください。
等一下（我）會收拾整理，所以那些文件就那麼放在桌上（不要動）。

3. はさみは使(つか)った後(あと)、いつも引(ひ)き出(だ)しに入(い)れておきます。

剪刀使用過後，（我）總會放進抽屜收好（以備下次使用）。

單字

1.	連絡先(れんらくさき)$_0$	【名詞】聯絡電話、地址等
2.	必要(ひつよう)$_0$	【名詞】必要、必需
3.	製品(せいひん)$_0$	【名詞】用原料製成的產品
4.	サービス$_1$	【名詞】服務（service）
5.	ターゲット$_1$	【名詞】標的、目標（target）
6.	マーケット$_{1\ or\ 3}$	【名詞】市場、市集（market）
7.	事前(じぜん)$_0$↔事後(じご)$_1$	【名詞】事前↔事後
8.	書類(しょるい)$_0$	【名詞】文書、文件
9.	机(つくえ)$_0$	【名詞】讀書寫字用的桌子
10.	（鋏(はさみ)）$_{3\ or\ 2}$	【名詞】剪刀
11.	引(ひ)き出(だ)し$_0$	【名詞】抽出、抽屜／提款
12.	または$_2$	【接続詞】或、或者（二者擇一）
13.	しっかり$_3$	【副詞】可靠、結實、堅固、堅定、好好地
14.	服用(ふくよう)する$_0$	【動詞】服用
15.	確認(かくにん)する$_0$	【動詞】確認
16.	置(お)く$_0$	【動詞】放、放置、設置
17.	…ておく※「おく」以平仮名(ひらがな)書寫	【補助動詞】表爲事前準備所做的動作。

學習項目4　動詞てくる／動詞ていく　or　動詞てきます／動詞ていきます

中文意思　敘述某個動作、行爲的演變。

用法Ⅰ.表示「事態朝著說話者（敘事者）這邊而來」或「某一個特別的時刻來臨」的意思。

動詞テ形＋くる

例句

1. 試験日が刻一刻（と）近づいてきています。
考試的日子正一刻一刻地逼近中。

2. 「サンタが町にやってきた」の日本語の歌詞を知っていますか。
你曉得「聖誕老公公進城來」這首歌的日文歌詞嗎？

3. きのう久しぶりに高校時代の友だちから電話がかかってきました。
昨天許久未連絡的高中時候的朋友打電話來。

用法Ⅱ.事物從說話者（敘事者）這邊一路演變而去。

動詞テ形＋いく

例句

1. 風船がどこかへ飛んでいった。
氣球不曉得飄到哪兒去了。

2. 地球上から森が消えていくから、なるべく割りばしを使わないでください。
森林將從地球上逐漸消失，所以請盡量不要使用免洗筷。

用法Ⅲ.做了某個動作後或去、或來、或回。

動詞テ形＋{行く／行きます。 來る／来ます。 帰る／帰ります。}

- 動詞テ形＋行く／行きます。
- 動詞テ形＋来る／来ます。
- 動詞テ形＋帰る／帰ります。

例句

1. A：どうしよう？道がわからなくなっちゃった。
怎麼辦？（我）路已經搞不清楚了。

B：大丈夫よ。ちょっとあそこにある床屋の人に聞いてくるから、しばらくここで待っていてね。

沒關係啦！我去問一下那邊那家理髮廳的人馬上就回來，（你）暫時在這裡等一會兒哦。

2. 外は雨が降っているから、傘を忘れないで持っていってね。

外面正在下雨，所以（你）不要忘了要帶傘去哦。

3. 今のアパートには台所がないため、いつも帰り道でお弁当を買って帰る。

由於現在的公寓沒有廚房，所以（我）都是在回家的路上買便當回家。

用法Ⅳ. 從過去一直到現在的變化。

動詞テ形＋きた／きました

例句

1. やせていたころ撮った写真を見ていると、何だか悲しくなってきました。

看著以前清瘦的時候拍的相片，也不知道爲什麼就一直越來越感覺悲哀。

2. 好きな音楽を聴いていると、気持ちがだんだんよくなってきました。

聽著愛聽的音樂，心情就逐漸地好起來。

單字

※單字之後加上＊者，表示該單字在課文例句中並未出現。

1.	試験日（しけんび）$_{2}$	【名詞】考試的日子、應考日
2.	サンタ$_{1}$（＝サンタクロース$_{5}$）	【名詞】聖誕老公公（Santa Claus）
3.	歌詞（かし）$_{1}$	【名詞】歌詞
4.	風船（ふうせん）$_{0}$	【名詞】氣球
5.	地球（ちきゅう）$_{0}$	【名詞】地球
6.	森（もり）$_{0}$	【名詞】森林
7.	割り（箸）（わりばし）$_{0\ or\ 3}$	【名詞】從兩根筷子中間扳開的免洗筷
8.	床屋（とこや）$_{0}$	【名詞】理髮業・店、理髮師

9.	台所(だいどころ)$_{0}$	【名詞】廚房
10.	帰(かえ)り道(みち)$_{3}$	【名詞】回家的路上
11.	刻一刻(こくいっこく)（と）$_{1}$	【副詞】一刻接著一刻地、分分秒秒地
12.	久(ひさ)しぶりに$_{0}$	【副詞】事隔多時、距離前次隔了好久地
13.	久(ひさ)しぶり$_{0\ or\ 5}$*	【名詞】好久不見
14.	なるべく$_{0\ or\ 3}$	【副詞】盡量、盡可能
15.	（暫(しばら)）く$_{2}$	【副詞】暫時、片刻
16.	何(なん)だか$_{1}$	【副詞】說不上來因爲什麼、沒緣由地
17.	だんだん$_{3\ or\ 0}$	【副詞】逐漸、漸漸地
18.	悲(かな)しい$_{0\ or\ 3}$	【イ形容詞】悲傷的、悲哀的
19.	近(ちか)づく$_{3}$	【動詞】接近、靠近
20.	消(き)える$_{0}$	【動詞】消失
21.	（瘦(や)）せる$_{0}$	【動詞】瘦

學習項目5　動詞だす／動詞だします

中文意思　開始…（動作）。

用法

動詞~~マス~~形＋だす/だします

例句

1. A：あっ、雨(あめ)が降(ふ)りだした。ポツポツと。傘(かさ)を持(も)ってる？
   啊！開始下起雨了。滴滴答答地下，（你）有帶傘嗎？

   B：うん、折(お)りたたみの傘(かさ)を持(も)ってるから、心配(しんぱい)しないで（ください）。
   嗯。（我）有帶折傘，（請）不必擔心。

2. 日本では電車のドアが閉まって動きだすとき、ベルが鳴ります。

在日本當電車的車門關閉，電車開始動時，警鈴就會響起。

單字

1.	ベル$_1$	【名詞】電鈴、鈴聲、鐘聲（bell）
2.	ポツポツ（と）$_1$	【副詞】滴滴答答地、一點接著一點、零散地一個接一個
3.	（動詞）だす$_1$	【動詞】開始（動詞）
4.	心配する$_0$	【動詞】擔心、不安
5.	閉まる$_2$	【動詞】（門戶等）關閉、緊閉
6.	鳴る$_0$	【動詞】鳴叫、響起

學習項目6　動詞はじめる／動詞はじめます

中文意思　動作、行爲的開始。

用法

動詞~~マス~~形＋はじめる/はじめます

例句

1. 春になると、いろとりどりの花が咲きはじめます。

到了春天，形形色色的花朵就開始綻放。

2. 5年前にテニスを習いはじめて以来、毎日テニスコートに行って練習しています。

自從5年前開始學網球以來，每天都去網球場練球。

單字

1.	いろとりどり$_4$	【名詞】形形色色、色彩繽紛
2.	テニスコート$_4$	【名詞】網球場（tennis court）
3.	（動詞）始める$_0$	【動詞】開始（動詞）

學習項目7　動詞つづける／動詞つづけます

中文意思　　某個動作、行爲的持續。

用法

動詞~~マス~~形＋つづける/つづけます

例句

1. ゆうべのパーティーで2時間(じかん)も踊(おど)りつづけていたから、今朝(けさ)は足(あし)がとても疲(つか)れた。
   因爲在昨晚的舞會上連續跳了2個小時之久的舞，今天早上雙腳好累。

2. あの小説家(しょうせつか)は死(し)ぬまで小説(しょうせつ)を書(か)きつづけていました。
   那個小說家一直到死都持續在寫小說。

單字

1.	（動詞）続(つづ)ける$_0$	【動詞】持續（動詞）
2.	疲(つか)れる$_3$	【動詞】疲憊、累

學習項目8　動詞おわる／動詞おわります

中文意思　　某個動作、行爲的結束。

用法

動詞~~マス~~形＋おわる/おわります

例句

1. この長編小説(ちょうへんしょうせつ)は先月(せんげつ)から読(よ)みはじめたが、とうとうきょうで読(よ)みおわった。
   這本長篇小說（我）從上個月開始看，到今天終於看完了。

2. 海洋大学（かいようだいがく）の食堂（しょくどう）では食（た）べおわった後（あと）の食器（しょっき）、例（たと）えばお皿（さら）、おはし、お椀（わん）などを、自分（じぶん）で返却口（へんきゃくぐち）まで運（はこ）ばなければなりません。

在海洋大學的餐廳用餐後的餐具，例如盤子、筷子、碗等，必須自己拿到歸還窗口。

單字

1.	長編小説（ちょうへんしょうせつ）$_{5}$	【名詞】長篇小説
2.	食器（しょっき）$_{0}$	【名詞】餐具
3.	お皿（さら）$_{0}$	【名詞】盤子
4.	おはし$_{2}$	【名詞】筷子
5.	お椀（わん）$_{0}$	【名詞】碗
6.	返却口（へんきゃくぐち）$_{4}$	【名詞】歸還窗口
7.	とうとう$_{1}$	【副詞】終於、到底
8.	例（たと）えば$_{2}$	【副詞】舉例、假設、比喻
9.	（動詞）終（お）わる$_{0}$	【動詞】做完（動詞）
10.	運（はこ）ぶ$_{0}$	【動詞】運送、搬運、端

文法解説

學習項目1　動詞てしまった／動詞てしまいました

説明

● 動詞（どうし）「しまう」原先是指「收拾、把店收起來不做生意」的意思。例如：

1. 使（つか）ったものを箱（はこ）に**しまってください**。

請把用過的東西收到箱子裡。

2. あっ、**しまった**！

完蛋了！

● 如以下所示，當「しまう」被放在其他動詞的「テ形」後面，成爲所謂的「補助動詞」，便會失去原意，賦與前面接的「本動詞」（主要動詞）以下的語意：

動詞テ形 ＋ しまう
‖　　　‖
本動詞テ形 ＋ 補助動詞

Ⅰ.表示某個動作、作用的完了，即「做完某個動作。整個…。全部…。」的意思。例如：

1. 昨夜寝ないでこの小説を一晩で全部読んで**しまいました**。
昨晚沒睡覺，把這整本小說一個晚上看完了。

2. きょうの仕事をきょう中に片付けて**しまいたいです**。
想在今天之內把今天的工作全部做完。

Ⅱ.表示遺憾或後悔的心情。也就是表示「竟然做了某個動作、行爲」的意思。

例如：

1. 出掛けるとき、電気ストーブを消すのを忘れて**しまいました**。
出門的時候竟忘了關掉電暖爐。

2. 切手を貼らないで手紙を出して**しまった**。
忘了貼郵票就把信給寄出去了。

3. 友だちに借りたテープレコーダーを壊して**しまって**、とても困っています。
把跟朋友借的錄音機給弄壞掉了，感到十分懊惱。

● 「動詞てしまう」在日常對話中，往往會以縮約形（簡化形）出現：

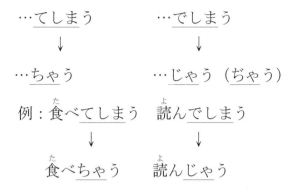

…てしまう　　　　…でしまう
↓　　　　　　　　↓
…ちゃう　　　　　…じゃう（ぢゃう）

例：食べてしまう　読んでしまう
↓　　　　　↓
食べちゃう　　読んじゃう

學習項目2　動詞てみる／動詞てみます

説明

● 動詞「見る」原先是指「看」的意思。例如：

テレビを見ます。　　映画を見ます。
看電視。　　　　　　看電影。

● 如以下所示，當「見る」被放在其他動詞的「テ形」後面，成爲所謂的「補助動詞」，便會失去原意，賦與前面的「本動詞」「試著做某個動作」的意思。「見る」成爲「補助動詞」後與原先「看」的意思完全不同，所以要以平仮名書寫，以利辨識。

動詞テ形　＋　みる
‖　　　　　　‖
本動詞テ形　＋　補助動詞

例：お気に召した靴はどうぞはいてみてください。
請試穿您喜歡的鞋子。

※試着する＝着てみる　試食する＝食べてみる
試穿（衣服）　　　　　試吃

學習項目３　動詞ておく／動詞ておきます

說明

● 動詞「置く」原先是指「放置」的意思。例如：

ベッドの横に荷物を**置いてください**。

請把行李放在床的旁邊。

● 如以下所示，當「置く」被放在其他動詞的「テ形」後面，成爲所謂的「補助動詞」，便會失去原意，賦與前面的「本動詞」「爲了某一目的，事先做好某個動作」的意思。「置く」成爲「補助動詞」後與原先「放置」的意思完全不同，所以要以平仮名書寫，以利辨識。

動詞テ形　＋　おく
‖　　　　‖
本動詞テ形　＋　補助動詞

Ⅰ.表示「爲事前準備所做的動作」的意思。例如：

1. いつでも連絡できるように、両親に連絡先をしっかり伝えて**おきます**。
   爲能隨時保持聯繫，都會事先確實告知父母聯絡電話或地址等等。

2. 薬を服用する前に、よく確認して**おく**必要があります。
   服用藥物以前必須要好好確認。

Ⅱ.表示「爲了某個目的，而好好留存動作的結果」的意思。例如：

1. 製品やサービス、またはターゲットとしているマーケットについて事前に調べておきました。
   無論是就產品、服務、或是視爲目標的市場，事前都已做好調查。

2. 後で片付けますから、その書類を机の上に置いて**おい**てください。

等一下（我）會收拾整理，所以那些文件就那麼放在桌上（不要動）。

3. はさみは使った後、いつも引き出しに入れて**おきます**。

剪刀使用過後，（我）總會放進抽屜收好（以備下次使用）。

● 「動詞ておく」在日常對話中，往往會以「縮約形」（簡化形）出現：

…ておく　　…でおく
↓　　↓
…とく　　…どく

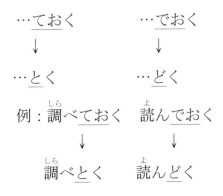

例：調べておく　読んでおく
↓　　↓
調べとく　読んどく

學習項目4　動詞てくる／動詞ていく or 動詞てきます／動詞ていきます

說明

● 動詞「来る」、「行く」原先是指「來」、「去」的意思。如以下所示，當「来る」、「行く」被置於其他動詞的「テ形」後面，成為所謂的「補助動詞」，便會失去原意，賦與前面的「本動詞」所表示的「某個動作演變情形」的意思。「来る」、「行く」成為「補助動詞」後與原先表示「移動」也就是「來到或去到某處」的意思不同，所以要以平仮名書寫，以利辨識。

動詞テ形 ＋ くる　　動詞テ形 ＋ いく
‖　‖　　‖　‖
本動詞テ形 ＋ 補助動詞　　本動詞テ形 ＋ 補助動詞

Ⅰ.表示「事態朝說話者（敘事者）這邊而來」或「某一個特別的時刻來臨」的意思。例如：

1. きのう久しぶりに高校時代の友だちから電話がかかって**きました**。

昨天許久未連絡的高中時候的朋友打電話來。

2. 「サンタが町にやって**きた**」の日本語の歌詞を知っていますか。

你曉得「聖誕老公公進城來」這首歌的日文歌詞嗎？

3. 試験日が刻一刻（と）近づいて**き**ています。

考試的日子正一刻一刻地逼近中。

II.表示「事態從說話者（敘事者）這邊一路演變而去」的意思。例如：

1. 風船がどこかへ飛んで**いった**。

氣球不曉得飄到哪兒去了。

2. 地球上から森が消えて**いく**から、なるべく割りばしを使わないでください。

森林將從地球上逐漸消失，所以請盡量不要使用免洗筷。

III.表示「做了某個動作之後再去（或來或回）」的意思。例如：

1. A：どうしよう？道がわからなくなっちゃった。

怎麼辦？（我）已經搞不清楚了。

B：大丈夫よ。ちょっとあそこにある床屋の人に聞いて**くる**から、しばらくここで待っていて（ください）ね。

沒關係啦！我去問一下那邊那家理髮廳的人馬上就回來，（你）暫時在這裡等一會兒哦。

2. 外は雨が降っているから、傘を忘れないで持って**いって**（ください）ね。

外面正在下雨，所以（你）不要忘了要帶傘去哦。

3. 今のアパートには台所がないため、いつも帰り道でお弁当を買って**帰る**。

由於現在的公寓沒有廚房，所以（我）都是在回家的路上買便當回家。

Ⅳ.表示「從過去某個時點直到現在的變化」的意思。例如：

1. やせていたころ撮(と)った写真(しゃしん)を見(み)ていると、何(なん)だか悲(かな)しくなって**きました**。
   看著以前清瘦的時候拍的相片，也不知道爲什麼就一直越來越感覺悲哀。

2. 好(す)きな音楽(おんがく)を聴(き)いていると、気持(きも)ちがだんだんよくなって**きました**。
   聽著愛聽的音樂，心情就逐漸地好起來。

學習項目５　動詞だす／動詞だします

說明

- 相對於「…てある」這類「補助動詞(ほじょどうし)」，當接在其他動詞(どうし)的「テ形(けい)」時，便會賦與前面「本動詞(ほんどうし)」與其原意完全不同的意思。如以下所示，像「動詞(どうし)だす」這類接在其他動詞的「マス形(けい)」→「動詞(どうし)~~ます~~＋だす」，前項與後項的動詞(どうし)仍各自保留原意，結合成爲一個新的動詞(どうし)，這類動詞(どうし)稱之爲「複合動詞(ふくごうどうし)」。
- 複合動詞(ふくごうどうし)「動詞(どうし)だす」表示「動作、行爲的開始」的意思。

動詞(どうし)~~マス~~形(けい)　＋　だす　→　「動詞(どうし)だす」

　　↑　　　　↑

　前項　　＋　後項

- 「動詞(どうし)だす」如以下所示，多用於表示「某個突發的、非預期的動作、狀況的開始」的意思。

1. あっ、雨(あめ)が**降(ふ)りだした**。ポツポツと。傘(かさ)を持(も)ってる。
   啊！開始下起雨了。滴滴答答地下，（你）有帶傘嗎？

2. 日本(にほん)では電車(でんしゃ)のドアが閉(し)まって**動(うご)きだす**とき、ベルが鳴(な)ります。
   在日本當電車的車門關閉，電車開始動時，警鈴就會響起。

●「動詞だす」如以下所示，其前項動詞如果是「笑う（笑）、泣く（哭）、あわてる（慌張）、怒る（憤怒、生氣）」等，這類表示情感的動詞，則表示「不由自主地（或無意識地）開始某個動作、行爲」的意思，因爲是突發狀況，所以也往往無法預期何時會結束。例如：

話が面白くて、みんな思わず**笑いだした**。
因爲說話的內容很有趣，所以大夥兒不由得開始笑了起來。

學習項目６　動詞はじめる／動詞はじめます

說明

●複合動詞「動詞はじめる」表示「動作、行爲的開始」的意思。

動詞~~マス~~形 ＋ はじめる → 「動詞はじめる」
↑　　　　　↑
前項　＋　後項

●「動詞はじめる」如以下所示，多用於表示「有階段性的動作、行爲的開端」的意思。也就是說，多用於「有很清楚的時間點區隔某個動作的開始、進行、結束」的情形。

1. 春になると、いろとりどりの花が**咲きはじめます**。
到了春天，形形色色的花朵就開始綻放。

2. 5年前にテニスを**習いはじめて**以来、毎日テニスコートに行って練習しています。
自從5年前開始學網球以來，每天都去網球場練球。

● 「動詞(どうし)だす」&「動詞(どうし)はじめる」的比較：

動詞(どうし)だす：多用於表示某個突發的、非預期的動作、狀況的開始。也就是：

「表情感的動詞(どうし)＋だす」因是突發狀況，所以也就無法預期何時會結束。表情感的動詞(どうし)，例如：笑(わら)う、泣(な)く、あわてる、怒(おこ)る、…

笑　、　哭　、　慌張　、　憤怒

動詞(どうし)はじめる：有很清楚的時間點區隔某個動作的開始、進行、結束。也就是說，多用於表示有階段性的動作、行爲的開端。

學習項目7　動詞つづける／動詞つづけます

說明

● 複合動詞(ふくごうどうし)「動詞(どうし)つづける」表示「某個動作、行爲的持續」的意思。

動詞(どうし)~~マス~~形(けい) ＋ つづける → 「動詞(どうし)つづける」

↑　　　　↑

前項　＋　後項

● 「動詞(どうし)はじめる」如以下所示，多用於表示「某個動作、行爲的持續」的意思。也就是說，多用於「有很清楚的時間點區隔某個動作的開始、進行、結束」的情形。

1. ゆうべのパーティーで2時間(じかん)も**踊(おど)りつづけ**ていたから、今朝(けさ)は足(あし)がとても疲(つか)れた。

   因爲在昨晚的舞會上連續跳了2個小時之久的舞，今天早上雙腳好累。

2. あの小説家(しょうせつか)は死(し)ぬまで小説(しょうせつ)を**書(か)きつづけ**ていました。

   那個小說家一直到死都持續在寫小說。

學習項目8　動詞おわる／動詞おわります

說明

- 複合動詞（ふくごうどうし）「動詞（どうし）おわる」表示「結束」的意思。

動詞（どうし）~~マス~~形（けい）＋　おわる →　「動詞（どうし）おわる」

↑　　　　　↑

前項　＋　後項

- 「動詞（どうし）おわる」如以下所示，多用於表示「某個動作、行爲的結束」的意思。也就是說，多用於「有很清楚的時間點區隔某個動作的開始、進行、結束」的情形。

1. この長編小説（ちょうへんしょうせつ）は先月（せんげつ）から**読（よ）みはじめた**が、とうとうきょうで**読（よ）みおわった**。
   這本長篇小說（我）從上個月開始看，到今天終於看完了。

2. 海洋大学（かいようだいがく）の食堂（しょくどう）では**食（た）べおわった**後（あと）の食器（しょっき）、例（たと）えばお皿（さら）、おはし、お椀（わん）などを、自分（じぶん）で返却口（へんきゃくぐち）まで運（はこ）ばなければなりません。
   在海洋大學的餐廳用餐後的餐具，例如盤子、筷子、碗等，必須自己拿到歸還窗口。

第九單元

學習項目1　動詞て来る／動詞て来ます。

中文意思　去做某事後就回來。去…（動作），然後回來。

用法

動詞テ形＋来る／来ます。

例句

1. みんなの切符(きっぷ)を買(か)って来(き)ますから、ちょっとここで待(ま)っていてください。
   我去買大家的票就回來，請待在這裡等我一下。

2. 買(か)い物(もの)があるから、ちょっとスーパーに寄(よ)って来(き)ます。
   因爲有東西要買，我繞去超市一下就回來。

3. ちょっとトイレに行(い)って来(く)る。
   （我）去上一下洗手間就回來。

單字

1.	寄(よ)る$_0$	【動詞】順路、停靠

學習項目2　…がる・…たがる/…がります・…たがります

中文意思　表示第三者（他、她、某個人、…）的感情、感覺、希望、願望。

用法

イ形容詞の語幹
ナ形容詞の語幹　｝＋がる/がります　　※表感覺或感情的形容詞

動詞~~マス~~形＋たい → たがる/たがります

例句

1. ペットをいじめてはいけません。いっぱいかわいがってあげてください。
   不可以虐待寵物，請好好疼愛（牠們）。

2. 台湾(たいわん)で2007年(ねん)からチャイルドシートの着用(ちゃくよう)が義務化(ぎむか)されているが、チャイルドシートを嫌(いや)がる子(こ)どもがいたら、どう対処(たいしょ)すればいいですか。
   在台灣自2007年起強制規定要使用兒童安全座椅，但如果有討厭安全座椅的小孩，該如何處理呢？

3. 人々(ひとびと)は生(い)き方(かた)の手本(てほん)を欲(ほ)しがっていると思(おも)います。
   我覺得人們都想尋得對人生態度的典範。

4. 人(ひと)は常(つね)に夢(ゆめ)を見(み)たがっている。そのため、映画(えいが)やアニメを楽(たの)しむのでしょう。
   人經常是想做夢的，所以才會享受電影及動畫的樂趣吧。

單字

※凡加上()之漢字，根據「記者ハンドブック・新聞用語用字集」應以平假名書寫。

1.	ペット$_1$	【名詞】寵物（pet）
2.	チャイルドシート$_5$	【名詞】兒童安全座椅（child seat）
3.	着用(ちゃくよう)$_0$	【名詞】將衣物穿在身上、使用
4.	人々(ひとびと)$_2$	【名詞】人們、每一個人
5.	生(い)き方(かた)$_4$	【名詞】生活方式、生活態度、對人生的態度
6.	手本(てほん)$_2$	【名詞】給初學者使用的範本、典範、先例
7.	アニメ$_1$（アニメーション$_3$）	【名詞】動畫（animation）
8.	常(つね)に$_1$	【副詞】經常、總是
9.	いじめる$_0$	【動詞】欺負、捉弄
10.	（可愛(かわい)）がる$_4$	【動詞】疼愛、寵愛
11.	義務化(ぎむか)$_2$	【動詞】強制規定

12.	嫌(いや)がる$_{3}$	【動詞】擺明不喜歡、討厭的態度
13.	対処(たいしょ)する$_{1}$	【動詞】妥善處理
14.	楽(たの)しむ$_{3}$	【動詞】享受、享樂

學習項目3　…過ぎる／過ぎます

中文意思　太過…（超出剛好的程度）

用法

イ形容詞の語幹
ナ形容詞の語幹　＋過ぎる／過ぎます
動詞~~マス~~形

例句

1. 試験問題(しけんもんだい)が難(むずか)し過(す)ぎたから、全然(ぜんぜん)できませんでした。
考題太難了，所以（我）完全都不會。

2. このケイタイの機能(きのう)が複雑(ふくざつ)過(す)ぎて、まだうまく使(つか)えません。
這支手機的功能太複雜，所以還沒辦法操作得很順。

3. お酒(さけ)を飲(の)み過(す)ぎたため、二日酔(ふつかよ)いになりました。
因爲喝酒太多，結果宿醉了。

單字

1.	試験問題(しけんもんだい)$_{4}$	【名詞】試題、考題
2.	機能(きのう)$_{1}$	【名詞】功能、機能
3.	二日酔(ふつかよ)い$_{0}$	【名詞】宿醉
4.	…過(す)ぎる$_{2}$	【動詞】過於…、太過…

學習項目４　動詞やすい/やすいです

中文意思　容易…。好…。

用法

動詞~~マス~~形＋やすい/やすいです

例句

1. この辞書(じしょ)はわかりやすいし、例文(れいぶん)も多(おお)いし、なかなかいいです。
   這本字典的解釋很容易懂、例句又多，相當不錯。

2. 先生(せんせい)はみんなが見(み)やすいように、黒板(こくばん)の字(じ)を大(おお)きく書(か)きます。
   老師爲了讓大家容易看清楚，而把黑板上的字寫得很大。

單字

1.	例文(れいぶん)$_0$	【名詞】例句
2.	字(じ)$_1$	【名詞】字、文字
3.	…やすい	【接尾語】容易…、好…

學習項目５　動詞にくい/にくいです

中文意思　難以…。不好…。

用法

動詞~~マス~~形＋にくい/にくいです

例句

1. この駅(えき)は出口(でぐち)が 東(ひがし)、西(にし)、南(みなみ)、それから何(なん)と北(きた)にもありますから、待(ま)ち合(あ)わせの場所(ばしょ)としては、ちょっとわかりにくいですね。
   這個車站的出口東邊、西邊、南邊，然後竟連北邊也有，當做會合的地點會有點不容易搞清楚哦。

2. 手羽先(てばさき)は食(た)べにくいですが、おいしいです。

雞翅雖然吃起來有點費事，但是很好吃。

單字

1.	出口(でぐち)$_1$	【名詞】出口
2.	東(ひがし)$_{0\ or\ 3}$	【名詞】東、東方
3.	西(にし)$_0$	【名詞】西、西方
4.	南(みなみ)$_0$	【名詞】南、南方
5.	北(きた)$_{0\ or\ 2}$	【名詞】北、北方
6.	手羽先(てばさき)$_0$	【名詞】雞翅
7.	何(なん)と$_1$	【副詞】竟然、很意外地
8.	…にくい	【接尾語】難以…

學習項目6　…場合

中文意思　表假設或一般的情況。

用法

名詞$_1$が
- 名詞$_2$＋の
- イ形容詞い
- ナ形容詞な
- 動詞（常体）

＋場合、…。

↑
文

※【名詞＋の】
【イ形容詞・ナ形容詞・動詞】の連体修飾形
＋場合、…。

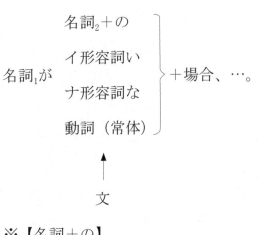

例句

1. 緊急（きんきゅう）の場合（ばあい）は、電話（でんわ）で知（し）らせます。

   緊急的情況，以電話通知。

2. お座席（ざせき）への移動（いどう）が困難（こんなん）な場合（ばあい）は、お申（もう）し出（で）ください。

   走到您的座位有困難的情形時，請告知（or 請吩咐）。

3. カードをなくした場合（ばあい）は、すぐカード会社（がいしゃ）に連絡（れんらく）してください。

   有遺失卡片的情形時，請立即連絡發卡公司。

單字

1.	緊急（きんきゅう）0	【名詞】發生重大事故須儘快處理的事態
2.	場合（ばあい）0	【名詞】場合、情形、情況
3.	移動（いどう）0	【名詞】移動、改變位置
4.	カード0（クレジット・カード6）	【名詞】卡片 ※在此指信用卡（credit card）
5.	困難（こんなん）1	【ナ形容詞】困難的、艱難的
6.	知（し）らせる0	【動詞】通知、告知
7.	お申（もう）し出（で）ください（申（もう）し出（で）る4）	【動詞】請告知、吩咐（告知意見或要求）
8.	なくす0	【動詞】丟、弄丟、喪失
9.	連絡（れんらく）する0	【動詞】聯絡、聯繫、通訊

學習項目7　命令表現

中文意思　通常大多是階級較高的男性 a.命令下屬 b.和朋友或下屬說話 c.須要簡短表達時使用。

用法Ⅰ.

■動詞(どうし)の命令形(めいれいけい)（動詞轉變成命令形的模式）

…段音	あ	い	う	え	お
…根手指	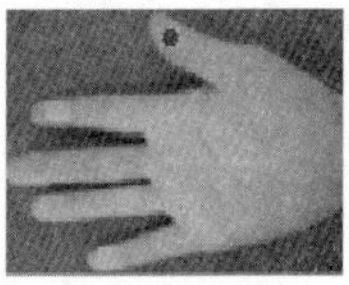	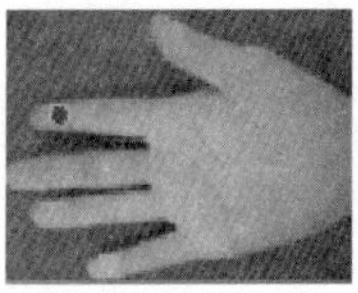	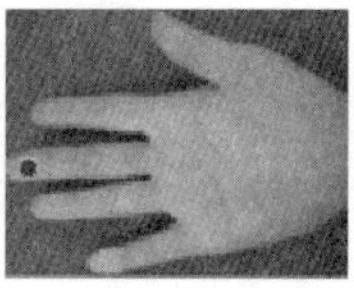	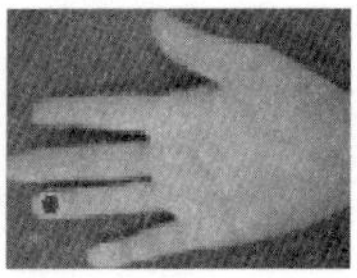	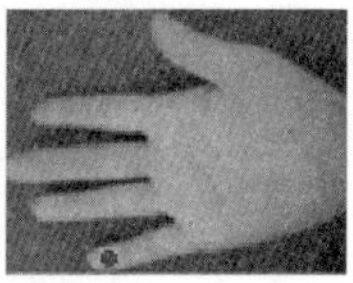
V	V_1	V_2	V_3	V_4	V_5

Ⅰ. 五段動詞		Ⅱ. 上・下一段動詞	Ⅲ. カ変動詞 サ変動詞
V_3 → V_4		漢字V_2~~る~~ ＋ろ 漢字V_4~~る~~ ＋ろ ※老式的說法：…＋よ	来(く)る→来(こ)い する→しろ ※老式的說法：せよ
言(い)う → 言(い)え	死(し)ぬ → 死(し)ね	借(か)りる → 借(か)りろ	来(く)る → 来(こ)い
書(か)く → 書(か)け	呼(よ)ぶ → 呼(よ)べ	見(み)る → 見(み)ろ	する → しろ
出(だ)す → 出(だ)せ	飲(の)む → 飲(の)め	食(た)べる → 食(た)べろ	説明(せつめい)する ↓ 説明(せつめい)しろ
立(た)つ → 立(た)て	取(と)る → 取(と)れ	寝(ね)る → 寝(ね)ろ	

※命令形(めいれいけい)の例外(れいがい)：（敬語動詞(けいごどうし)）

【いる・行(い)く・来(く)る】いらっしゃる → いらっしゃい

【する】なさる → なさい

【言(い)う】おっしゃる → おっしゃい

【くれる】くださる → ください

例句

1. 頑張(がんば)れ！受験生諸君(じゅけんせいしょくん)！

   加油！考生們！

2. 起(お)きろ！遅刻(ちこく)するぞ。

   快起床！要遲到了！

3. おい！気(き)を付(つ)けろよ！

   喂！小心點嘛！

4. 早(はや)くしろ！先(さき)に行(い)くぞ。

   快點啦！（我）要先走了哦！

用法Ⅱ. 同樣是用於對下面的人的命令，但是比「用法Ⅰ.」的動詞命令形語氣委婉，女性常用。

動詞~~マス~~形＋なさい

例句

1. 元気(げんき)ないわね。元気出(げんきだ)しなさいよ！

   沒精神耶，打起精神來！

2. 一生懸命頑張(いっしょうけんめいがんば)りなさい。

   要拼命加油！

3. しっかり勉強(べんきょう)しなさい。

   要好好唸書！

用法Ⅲ. 表示語氣強烈的禁止。

動詞辞書形＋な

例句

1. 逃げるな。

   不許逃！（不許逃避！）

2. 笑うな。

   不准笑！

單字

※凡加上()之漢字，根據「記者ハンドブック・新聞用語用字集」應以平假名書寫。

1.	受験生$_2$	【名詞】考生
2.	諸君$_1$	【名詞】各位、你們。通常大多是男性面對平輩或是晚輩，語帶輕微的敬意及親切感的稱呼。可做爲代名詞使用。
3.	いらっしゃる$_4$	【動詞】在、來、去〔尊敬語〕
4.	なさる$_2$	【動詞】做〔尊敬語〕
5.	おっしゃる$_3$（仰る$_3$）	【動詞】説〔尊敬語〕
6.	くださる$_3$（下さる$_3$）	【動詞】給我、給己方〔尊敬語〕
7.	遅刻する$_0$	【動詞】遲到
8.	付ける$_2$	【動詞】加上、安上、附上
9.	逃げる$_2$	【動詞】逃跑、逃避、躲避
10.	笑う$_0$	【動詞】笑、嘲笑
11.	おい$_1$	【感動詞】喂（男性叫喚熟人或晚輩時的發語詞）、呼應對方的叫喚

文法解說

學習項目1　動詞て来る／動詞て来ます。

說明

- 「動詞(どうし)て来(く)る（or 動詞(どうし)て来(き)ます）」多用在「去做某事（動作），然後就回來」的情形。此句型所表現的意思和「動詞(どうし)て、そして来(く)る（or 動詞(どうし)て、そして来(き)ます）」幾乎完全相同。例如：

1. みんなの切符(きっぷ)を買(か)って来(き)ますから、ちょっとここで待(ま)っていてください。

   ||

   みんなの切符(きっぷ)を買(か)って、**そして**来(き)ますから、ちょっとここで待(ま)っていてください。

   我去買大家的票就回來，請待在這裡等我一下。

2. 買(か)い物(もの)があるから、ちょっとスーパーに寄(よ)って来(き)ます。

   ||

   買(か)い物(もの)があるから、ちょっとスーパーに寄(よ)って、**そして**来(き)ます。

   因為有東西要買，我繞去超市一下就回來。

3. ちょっとトイレに行(い)って来(く)る。

   ||

   ちょっとトイレに行(い)って、**そして**来(く)る。

   （我）去上一下洗手間就回來。

- 日本人出門前大都會對留下的人說「行(い)って来(く)る（or 行(い)って来(き)ますor 行(い)ってまいります）」（中譯：我要走了），其實就是在告訴對方「自己辦完事以後，會再回來」的意思。

學習項目2　…がる・…たがる/…がります・…たがります

說明

- 「…がる」屬於接尾語。如以下例句所示，接在名詞或是イ形容詞、ナ形容詞的語幹（詞形變化時，用言始終不變的部分）後面，表示「第三者（如他、她、某個人、…）的感情、感覺、希望、願望」。

1. ペットをいじめてはいけません。いっぱい**かわいがっ**てあげてください。
   不可以虐待寵物，請好好疼愛（牠們）。　（イ形容詞）

2. 台湾で2007年からチャイルドシートの着用が義務化されているが、チャイルドシートを**嫌がる**子どもがいたら、どう対処すればいいですか。（ナ形容詞）
   在台灣自2007年起強制規定要使用兒童安全座椅，但如果有討厭安全座椅的小孩，該如何處理呢？

3. 人々は生き方の手本を**欲しがっ**ていると思います。（イ形容詞）
   我覺得人們都想尋得對人生態度的典範。

4. 人は常に夢を**見たがっ**ている。そのため、映画やアニメを楽しむのでしょう。
   （派生形容詞〈動詞連用形＋助動詞〉）
   人經常是想做夢的，所以才會享受電影及動畫的樂趣吧。

如以下所示，例4是「動詞~~マス~~形＋たい　→　動詞たい（派生形容詞）」（衍生形容詞）再加上接尾語「…がる」逐步變化形成的。

見~~ます~~＋たい → 見たい

見た~~い~~＋がる　→　見たがる

學習項目3　…過ぎる／過ぎます

說明

● 「…過ぎる」屬於接尾語，接在動詞「マス形」（連用形）、「イ形容詞~~い~~・ナ形容詞~~だ~~」之後，表示「行爲或狀態太過份」或是「行爲或狀態過於…」的意思。例如：

1. 試験問題が**難し過ぎた**から、全然できませんでした。（イ形容詞）
   考題太難了，所以（我）完全都不會。

2. このケイタイの機能が**複雑過ぎ**て、まだうまく使えません。（ナ形容詞）
   這支手機的功能太複雜，所以還沒辦法操作得很順。

3. お酒を**飲み過ぎた**ため、二日酔いになりました。（動詞）
   因爲喝酒太多，結果宿醉了。

【補充說明】

…過ぎ~~る~~＋ます　→　…過ぎ~~ます~~　→　…過ぎ（名詞）

例：飲み過ぎ~~ます~~　→　飲み過ぎ
喝太多

食べ過ぎ（吃太飽）、食べ過ぎ飲み過ぎ（暴飲暴食）、働き過ぎ（過勞、工作過度）、考え過ぎ（想太多）、言い過ぎ（說得太過份）、やり過ぎ（做過頭）、…

★「…過ぎる」是表示「行爲或狀態太過份」或「行爲或狀態過於…」的意思。

寝過ぎ（睡太飽、睡過頭）　寝過ごす（睡過頭）　乗り過ぎ（超載、搭乘太多次）　※乗り越し（坐車坐過站）

學習項目 4　動詞やすい/やすいです

說明

- 「…やすい」屬於接尾語（せつびご），接在動詞（どうし）「マス形（けい）」（連用形（れんようけい））之後，表示「好…」或「容易（有某種傾向）…」的意思。例如：

1. この辞書（じしょ）は**わかりやすい**し、例文（れいぶん）も多（おお）いし、なかなかいいです。
   這本字典的解釋很容易懂、例句又多，相當不錯。

2. 先生（せんせい）はみんなが**見（み）やすい**ように、黒板（こくばん）の字（じ）を大（おお）きく書（か）きます。
   老師爲了讓大家容易看清楚，而把黑板上的字寫得很大。

3. 動物（どうぶつ）は生（う）まれて三（さん）か月（げつ）ぐらいの間（あいだ）に、とても弱（よわ）くて病気（びょうき）になりやすいです。
   動物從出生到三個月大之間，因爲體弱很容易生病。

- 「…やすい」是由形容詞（けいようし）「やすい」所轉成的接尾語（せつびご），因此「動詞（どうし）~~マス~~形（けい）＋やすい」→「動詞（どうし）やすい」後，其活用（かつよう）（語尾變化）完全比照形容詞（けいようし）的模式。例如：

a. **割（わ）れやすい**グラスです。
   容易破的玻璃杯。

b. グラスは**割（わ）れやすい**です。
   玻璃杯容易破掉。

c. こんなグラスは**割（わ）れやすかった**です。
   像這樣的玻璃杯以前很容易破掉。

學習項目５　動詞にくい/にくいです

說明

●「…にくい」屬於接尾語，接在動詞「マス形」（連用形）之後，表示「難以…」或「不好…」的意思。例如：

1. この駅は出口が東、西、南、それから何と北にもありますから、待ち合わせの場所としては、ちょっと**わかりにくい**ですね。
   這個車站的出口東邊、西邊、南邊，然後竟連北邊也有，當做會合的地點會有點不容易搞清楚哦。

2. 手羽先は**食べにくい**ですが、おいしいです。
   雞翅雖然吃起來有點費事，但是很好吃。

●「…にくい」是由形容詞「にくい」所轉成的接尾語，因此「動詞~~マス~~形＋にくい」→「動詞にくい」之後，其活用（語尾變化）完全比照形容詞的模式。例如：

a. 字が小さくて、**読みにくい**辞書です。
   字體很小，不好閱讀的字典。

b. この辞書は字が小さくて、**読みにくい**です。
   這本字典字體很小，不好閱讀。

c. この辞書は字が小さくて、**読みにくかった**です。
   這本字典以前字體很小，不好閱讀。

學習項目６　…場合

說明

●「場合」屬於形式名詞，表示「表假設（某種狀況發生時）」或「在一般情況下做某件事的時候」的意思。和表示「做某件事的時候」的「とき」，在用法上的不同如以下所示：

1. わたしが映画館(えいがかん)に入(はい)ったとき（に）は、映画(えいが)はもう始(はじ)まっていました。
當我進到電影院的時候，電影已經開演了。

2. わたしが映画館(えいがかん)に入(はい)った**場合**(ばあい)（に）は、映画(えいが)はもう始(はじ)まっていました。
當我進到電影院的情形時，電影已經開演了。？？？

● 根據小学館『使い方の分かる類語例解辞典』，「場合(ばあい)」與「とき」都是用來表示動作或狀態發生的狀況或時間點。但由於「場(ば)」原本是指「場所」的意思，所以「場合(ばあい)」多用來指某件事或某種狀態發生時的個別具體情況或時機。例如：

「…とき」 a. 家(いえ)を出(で)た**とき**は、晴(は)れていた。
離開家的時候，當時還是晴天。

b. パーティーの**とき**に着(き)ていく服(ふく)
宴會時，要穿去參加的服裝。

「…場合(ばあい)」 a. 人数(にんずう)が集(あつ)まらなかった**場合**(ばあい)延期(えんき)する。
人聚得不多的時候則延期。

b. 今(いま)は冗談(じょうだん)を言(い)っている**場合**(ばあい)ではない。
現在不是說笑話的時候。

	雨(あめ)の…は中止(ちゅうし)します 下雨…則取消	何(なに)かの…に注意(ちゅうい)しようと思(おも)う 發生狀況…想加以提醒	食事(しょくじ)をしている…に彼(かれ)が来(き)た 正在吃飯…他來了
とき	○	△	○
場合(ばあい)	○	–	–

資料來源：小学館『使い方の分かる類語例解辞典』
http：//dictionary.goo.ne.jp/leaf/thsrs/14995/m0u/

【補充説明】

「とき」、「場合」、「時」在法律條文上的用法區分

在日常生活中，「とき」、「場合」、「時」雖然有時用法相似，但在稅法等法律相關條文的應用上，用法上的個別區分則會變得十分嚴謹。分別敘述如下：

「とき」：與「場合」同樣，多用來表示假設的條件，而且大多是以「…のとき、…する」的形式出現。因此「とき」以平假名書寫時，未必一定都用於表示時刻或期間。

但是，當須要指定的條件有雙重的時候，則必須使用「場合」表示大前提（最初條件），使用「とき」表示小前提（後續的條件）。

「場合」：一般用來表示假設的條件。使用上大多以「…の場合は、…する」的形式出現。

「時」：如其字面上所示，一般只被用來明確表示某個特定的時刻或期間。與「場合」&「とき」的用法截然不同，不具有表示假設條件的意思。例如：

1. 表示實際上發生違約行爲的時間

甲が本契約に違反した**時**

甲方違反本契約時

2. 表示假設日後的情況

将来仮に契約違反という事実が発生し、それを知った**際**

日後假設發生違約事實，而當得知此事時

像例句2.這種以假設爲前提的情況就不能使用「時」。此外，當必須要朗讀條文時，有時會故意將「時」唸成「じ」，以避免唸成「とき」與上述的「とき」混淆不清。

資料來源：http：//www.law110.jp/lec/baai.html

http：//www.pref.hokkaido.lg.jp/sm/bsh/words/w-hourei.htm

http：//otsuki-zeirishi.blog.ocn.ne.jp/blog/2010/05/18_e87c.html

---

學習項目７　命令表現

說明

● 動詞(どうし)轉成「命令形(めいれいけい)」的模式，如以下所示：

五(ご)段(だん)動(どう)詞(し)：V_3 → V_4

買(か)う → 買(か)え　　死(し)ぬ → 死(し)ね

書(か)く → 書(か)け　　遊(あそ)ぶ → 遊(あそ)べ

泳(およ)ぐ → 泳(およ)げ　　読(よ)む → 読(よ)め

話(はな)す → 話(はな)せ　　乗(の)る → 乗(の)れ

立(た)つ → 立(た)て

上(かみ)・下一段動詞(しもいちだんどうし)：漢V_2 or V_4る→漢V_2 or V_4~~る~~ ＋ ろ

※較老式的說法：漢V_2 or V_4~~る~~ ＋ よ

起(お)きる → 起(お)きろ or 起(お)きよ

食(た)べる → 食(た)べろ or 食(た)べよ

カ変(へん)・サ変動詞(へんどうし)：来(く)る → 来(こ)い

する → しろ (例：勉強(べんきょう)する → 勉強(べんきょう)しろ)

※較老式的說法：せよ

※命令形の例外：（敬語動詞）

【いる・行く・来る】 いらっしゃる → いらっしゃい

【する】 なさる → なさい

【言う】 おっしゃる → おっしゃい

【くれる】 くださる → ください

● 動詞的「命令形」主要用在「地位較高的男性命令下屬、男性和朋友或下屬說話，或是須要簡短表達時」的情形，其用法有以下3種：

Ⅰ.下命令的情形

1. **頑張れ**！受験生諸君！
   加油！考生們！

2. **起きろ**！遅刻するぞ。
   快起床！要遲到了！

3. おい！気を**付けろ**よ！
   喂！小心點嘛！

4. 速く**しろ**！先に行くぞ。
   快點啦！（我）要先走了哦！

Ⅱ.同樣是用於對下面的人的命令，但是比「用法Ⅰ」的動詞命令形語氣委婉，女性常用。

動詞~~マス~~形＋なさい

1. 元気ないわね。元気**出しなさい**よ！
   沒精神耶，打起精神來！

2. 一生懸命**頑張りなさい**。
   要拼命加油！

3. しっかり**勉強しなさい**！
   要好好唸書！

Ⅲ.表示語氣強烈的禁止

動詞辞書形(どうしじしょけい)＋な

1. **逃(に)げるな。**

   不許逃！（不許逃避！）

2. **笑(わら)うな。**

   不准笑！

● 表示「命令(めいれい)」的語氣強烈程度（由客氣→強勢），依序如下：

1. 「動詞(どうし)てください」 →「動詞(どうし)~~ます~~＋なさい」→「動詞命令形(どうしめいれいけい)」

   例：帰(かえ)ってください → 帰(かえ)りなさい → 帰(かえ)れ

   請回去　　請回　　回去！

2. 「動詞(どうし)ないでください」 →「動詞(どうし)ないでくれ」 →「動詞辞書形(どうしじしょけい)＋な」

   例：帰(かえ)らないでください → 帰(かえ)らないでくれ → 帰(かえ)るな

   請不要回去　　不要回去　　不許回去！

第十單元

學習項目1　の（名詞化）

中文意思　將動詞變爲名詞

用法

動詞（常体）＋の　※「の」：形式名詞(けいしきめいし)

例句

1. わたしが初(はじ)めて日本(にほん)へ行(い)った**の**は大学二年生(だいがくにねんせい)のときです。（主題）
   我第一次去日本是大二的時候。

2. 好(す)きな人(ひと)と別(わか)れる**の**は悲(かな)しいです。（主語）
   跟喜歡的人分離是很悲傷的。

3. わたしは人(ひと)の悪口(わるぐち)を言(い)う**の**が嫌(きら)いです。（対象語）
   我不喜歡說別人的壞話。

4. 電気(でんき)を消(け)す**の**を忘(わす)れました。（目的語）
   忘了要關燈。

單字

1.	悪口(わるぐち)$_2$	【名詞】別人的壞話
2.	別(わか)れる$_3$	【動詞】離開某個人或某個地方、分手、離婚

學習項目2　動詞こと

中文意思　將動詞變爲名詞

用法

動詞（常体）＋こと

例句

1. 学生時代（がくせいじだい）に経験（けいけん）した**こと**は、今（いま）でもすごく懐（なつ）かしいです。（主語）
學生時代所經歷過的事情，即使到現在還是十分懷念。

2. 計画（けいかく）する**こと**と行動（こうどう）する**こと**は、どちらも大事（だいじ）だと思（おも）います。（対象語）
我認爲計畫和行動這兩件事都很重要。

3. 子（こ）どもに競争（きょうそう）する**こと**を教（おし）える前（まえ）に、協力（きょうりょく）する**こと**を教（おし）えておいたほうがいいと思（おも）います。（目的語）
我認爲在教小孩子與人競爭這件事以前，要先教會他們幫助別人這件事會比較好。

單字

※本單字表包含在「文法解說」中出現的單字。

1.	大事（だいじ）$_{1\ or\ 3}$	【名詞】珍惜、謹愼小心／重要、貴重／嚴重問題／大事業、大事
2.	経験（けいけん）する$_{0}$	【動詞】經驗、經歷
3.	計画（けいかく）する$_{0}$	【動詞】計畫
4.	行動（こうどう）する$_{0}$	【動詞】採取行動
5.	競争（きょうそう）する$_{0}$	【動詞】競爭
6.	協力（きょうりょく）する$_{0}$	【動詞】協助、幫助
7.	セーター$_{1}$	【名詞】毛衣（sweater）
8.	ズボン$_{2\ or\ 1}$	【名詞】褲子（jupon）
9.	乗（の）り物（もの）$_{0}$	【名詞】交通工具
10.	模型（もけい）$_{0}$	【名詞】模型
11.	生放送（なまほうそう）$_{3}$	【動詞】立即實況轉播
12.	意味（いみ）$_{1}$	【名詞】意思、意義

13.	番組（ばんぐみ）$_0$	【名詞】節目
14.	進行（しんこう）$_0$	【名詞】前進、進行
15.	状態（じょうたい）$_0$	【名詞】在某個時間點事物變化的情形
16.	夜空（よぞら）$_1$	【名詞】夜晚的天空
17.	星（ほし）$_0$	【名詞】〔天體〕星星／新秀、眾人矚目的人／〔記號〕星號、記號／〔相撲〕得分／〔警界〕嫌疑犯、犯人
18.	集（あつ）める$_3$	【動詞】集中、收集
19.	放送（ほうそう）する$_0$	【動詞】廣播、播映
20.	入院（にゅういん）する$_0$	【動詞】住院
21.	光（ひか）る$_2$	【動詞】發光

學習項目3　文＋ので、…。

中文意思　因爲…，所以…。

用法

名詞　→　名詞な
イ形容詞　→　イ形容詞い
ナ形容詞　→　ナ形容詞な
動詞　→　動詞（常体）
（以上）＋ので、…。

↑
文

※【名詞＋な】
【イ形容詞・ナ形容詞・動詞】の連体修飾形
（以上）＋ので、…。

例句

1. 小学生以下は半額なので、中学生は大人と同じ料金になります。（名詞）

因爲小學生以下是半價，所以中學生和大人的費用一樣。

2. 数学が苦手なので、数学が嫌いです。（ナ形容詞）

因爲數學不好，所以討厭數學。

3. ガソリンスタンドで給油中にタバコに火をつけたりするのは危ないので、「火気厳禁」です。（イ形容詞）

在加油站加油時，做點菸之類的動作是很危險的，嚴禁煙火。

4. 財布を拾ったので、それを交番に届けました。（動詞）

因爲撿到了錢包，所以把它送到派出所去了。

5. 調理や掃除などの際、着物が汚れるので、それを防ぐために着用するエプロンを割烹着と言います。（動詞）

做菜或打掃時，因和服會髒掉，爲避免如此（即和服髒掉）而穿上的圍裙稱爲烹飪服。

6. バーゲンの時期になると、売り場が非常に混雑するので、すりなどにご注意ください。（動詞）

一到特價期間賣場都會很擁擠，因此敬請小心注意扒手宵小等。

單字

1.	以下（いか）$_1$	【名詞】以下、下面、後面
2.	半額（はんがく）$_0$	【名詞】半價、某個金額的一半設備物品
3.	料金（りょうきん）$_1$	【名詞】指除車資、交通費以外，使用某個物品或設備必須付的費用
4.	数学（すうがく）$_0$	【名詞】數學
5.	ガソリンスタンド$_6$	【名詞】加油站（gasoline+stand＝GS）
6.	給油中（きゅうゆちゅう）$_0$	【名詞】加油中

7.	火(ひ)$_0$	【名詞】火
8.	火気厳禁(かきげんきん)$_1$	【名詞】嚴禁煙火
9.	拾(ひろ)う$_0$	【動詞】撿
10.	調理(ちょうり)$_1$	【名詞】烹飪、調整
11.	際(さい)$_1$	【名詞】某事進行的時間、時機、場合
12.	着物(きもの)$_0$	【名詞】衣服、和服
13.	エプロン$_1$	【名詞】圍裙（西式圍裙，長度從胸部或從腰部至膝蓋）（apron）
14.	割烹着(かっぽうぎ)$_3$	【名詞】圍裙（日式圍裙，連身、帶長袖、只開背部）
15.	バーゲン$_1$	【名詞】大拍賣、大特價 ※バーゲンセール$_5$＝（bargain sale）
16.	時期(じき)$_1$	【名詞】做某件事的時間、時期、時節
17.	売(う)り場(ば)$_0$	【名詞】出售處、售票處、銷售處
18.	すり$_1$	【名詞】扒手
19.	苦手(にがて)$_{0\ or\ 3}$	【ナ形容詞】不擅長、不擅於對付的對手
20.	届(とど)ける$_3$	【動詞】寄送、遞送、申報
21.	汚(よご)れる$_0$	【動詞】弄髒、玷污
22.	防(ふせ)ぐ$_2$	【動詞】防止、預防、防守
23.	着用(ちゃくよう)する$_0$	【動詞】穿著
24.	混雑(こんざつ)する$_1$	【動詞】人或物很多而混亂、擁擠、沒秩序
25.	乗(の)り遅(おく)れる$_5$	【動詞】沒來得及搭上交通工具

學習項目４　…ために（原因・理由）

中文意思　因爲…，所以…。（原因、理由）

用法

名詞	→	名詞＋の	＋ために、…。
イ形容詞	→	イ形容詞い	
ナ形容詞	→	ナ形容詞な	
動詞	→	動詞（常体）	

※【名詞＋の】
【イ形容詞・ナ形容詞・動詞】の連体修飾形　＋ために、…。

例句

1. 展覧会（てんらんかい）のため（に）、いろいろな道具（どうぐ）を準備（じゅんび）しています。（名詞）
為了展覽會正準備著各式各樣的道具。

2. 娘（むすめ）が口下手（くちべた）なため（に）、友（とも）だち関係（かんけい）で困（こま）っています。（ナ形容詞）
我女兒因爲不擅言詞，正爲交朋友的事而感到頭痛。

3. 学生（がくせい）からの質問（しつもん）が多（おお）かったため（に）、授業（じゅぎょう）が長引（ながび）いてしまった。（イ形容詞）
因爲學生的問題很多，於是只好延長上課時間。

4. 2008年（ねん）は株価（かぶか）が急落（きゅうらく）したため（に）、多（おお）くの投資家（とうしか）が損失（そんしつ）を出（だ）している。（動詞）
2008年因股價急跌，致使很多投資家投資失利。

單字

※凡加上()之漢字，根據「記者ハンドブック・新聞用語用字集」應以平假名書寫。
單字之後加上＊者，表示該單字在課文例句中並未出現。

1.	展覧会（てんらんかい）$_3$	【名詞】展覽會
2.	道具（どうぐ）$_3$	【名詞】工具、道具、家具
3.	口下手（くちべた）$_0$	【名詞】不擅言詞、不會說話
4.	関係（かんけい）$_0$	【名詞】關係

5.	株価(かぶか)$_{2\ \text{or}\ 0}$	【名詞】股價
6.	損失(そんしつ)$_0$↔利益(りえき)$_1^*$	【名詞】失去財物或利益↔利潤
7.	長引(ながび)く$_3$	【動詞】超出預定的時間、延長時間
8.	急落(きゅうらく)する$_0$↔急騰(きゅうとう)する$_0^*$	【動詞】（行情或股價）急跌↔急漲
9.	肌(はだ)$_1$	【名詞】人體的表皮、皮膚、肌膚
10.	下着(したぎ)$_3$	【名詞】貼身衣物、內衣
11.	（木綿(もめん)）$_0$	【名詞】棉花、棉紗

學習項目５　文（常体）んだ/んです。or　文（常体）なんだ/なんです。

中文意思　肯定句中：對狀況的說明（說明理由、做解釋）。
疑問句中：表示希望得到對方的說明。

用法

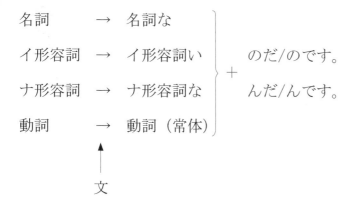

名詞 → 名詞な
イ形容詞 → イ形容詞い
ナ形容詞 → ナ形容詞な
動詞 → 動詞（常体）
（↑ 文）
＋ のだ/のです。
んだ/んです。

※【名詞＋な】
【イ形容詞・ナ形容詞・動詞】の連体修飾形
＋ のだ/のです。
んだ/んです。

例：旅行(りょこう)に行(い)きますか。
↓
［旅行(りょこう)に行(い)く］んですか。
是要去旅行是嗎？

頭(あたま)が痛(いた)いです。
↓
［頭(あたま)が痛(いた)い］んです。
＝［頭痛(ずつう)］なんです。
是頭痛。

例句

1. A：学校(がっこう)を卒業(そつぎょう)した後(あと)、生(う)まれ故郷(こきょう)で暮(く)らしたいです。

   學校畢業以後，想在（自己）出生長大的故鄉生活。

   B：失礼(しつれい)ですが、陳(ちん)さんの生(う)まれ故郷(こきょう)は台湾(たいわん)のどちらですか。

   請恕我冒昧，陳先生（小姐）出生長大的故鄉是在台灣的哪裡呢？

   A：台湾(たいわん)の中部(ちゅうぶ)にある「員林(ウェンリン)」という町(まち)なんです。

   是位於台灣中部，一個叫做「員林」的小鎮。

2. A：きょうはいつもと違(ちが)うかっけうをしていますね。パーティーか何(なに)かに行(い)くんですか。

   （你）今天跟平常不一樣的裝扮耶，是要去參加聚會之類的場合是嗎？

   B：ええ、友(とも)だちの結婚式(けっこんしき)に出席(しゅっせき)するんです。

   是啊，是要去參加朋友的結婚典禮。

   A：なるほど。とても素敵(すてき)ですよ。それでは、いってらっしゃい。

   原來如此，好美哦！那麼，一路小心。

單字

1.	頭痛(ずつう)$_{0}$	【名詞】頭痛、操心
2.	生(う)まれ$_{0}$	【名詞】出生、誕生
3.	故郷(こきょう)$_{1}$	【名詞】出生長大的地方、家鄉
4.	かっこう$_{0}$	【名詞】樣子、裝扮
5.	素敵(すてき)$_{0}$	【ナ形容詞】十分吸引人的樣子、很美好的
6.	なるほど$_{0}$	【副詞】的確、原來如此
7.	か何(なに)か	【連語】指與…同類的事物（語帶不確定）
8.	暮(く)らす$_{0}$	【動詞】生活、營生、過日子

學習項目6　どうして…の？/…んですか。or

どうして…なの？ /…なんですか。

中文意思　爲何會…呢？（尋求說明）

用法

どうして＋ { 名詞 → 名詞な / イ形容詞 → イ形容詞い / ナ形容詞 → ナ形容詞な / 動詞 → 動詞（常体） } ＋の？/んです。

（↑ 文）

名詞	→	名詞な
イ形容詞	→	イ形容詞い
ナ形容詞	→	ナ形容詞な
動詞	→	動詞（常体）

※【名詞＋な】

【イ形容詞・ナ形容詞・動詞】の連体修飾形 } ＋の？/んです。

例句

1. A：**いつ**引(ひ)っ越(こ)した**ん**ですか。（or 引(ひ)っ越(こ)した**の**ですか。）

（你）是什麼時候搬家的呢？

B：先週(せんしゅう) **なん**です。（or 先週(せんしゅう) **なの**です。）

就上星期。

2. A：**誰**(だれ)が窓(まど)のガラスを割(わ)った**ん**ですか。（or 割(わ)った**の**ですか。）

是誰把窗户的玻璃打破的呢？

B：さあ、あそこで野球(やきゅう)をやっている彼(かれ)らに聞(き)いてみてください。

這個嘛，請去問問看在那裡打棒球的他們那群人。

3. A：きのう**どうして**学校(がっこう)を休(やす)んだ**ん**ですか。（or 休(やす)んだ**の**ですか。）

（你）昨天爲什麼請假沒來上課呢？

B：熱(ねつ)が出(で)た**ん**です。（or 出(で)た**の**です。）

就發燒了。

A：そうですか。じゃあ、お医者(いしゃ)さんに（診(み)）てもらいましたか。

這樣喔。那，有請醫生看過嗎？

B：いいえ、まだです。これから行(い)く**ん**です。（or これから行(い)く**の**です。）

沒，還沒，現在正要去。

單字

※單字之後加上＊者，表示該單字在課文例句中並未出現。

1.	ガラス$_0$	【名詞】玻璃（glass）
2.	彼(かれ)ら$_1$	【名詞】他們
3.	彼(かれ)$_1$＊	【名詞】他、男朋友
4.	熱(ねつ)$_2$	【名詞】熱、發燒、熱情、關心
5.	引(ひ)っ越(こ)す$_3$	【動詞】搬家、遷居
6.	割(わ)る$_0$	【動詞】打破、分割
7.	止(と)める$_0$	【動詞】停止、制止
8.	直(なお)る$_2$	【動詞】復原、修復

學習項目７　文（常体）んですが、動詞ていただけませんか。

中文意思　…（説明事由），可否請您…呢？（會話時）

用法

名詞	→	名詞な	＋んですが、動詞のテ形＋いただけませんか。
イ形容詞	→	イ形容詞い	
ナ形容詞	→	ナ形容詞な	
動詞	→	動詞（常体）	
	↑ 文		

例句

1. あのう、フランス料理を食べたいんですが、どこかいいレストランを紹介していただけませんか。
   嗯，我想吃法國菜，是不是可以請您推薦好餐廳呢？

2. 日本語の手紙を書いたんですが、間違えたところを直してくださいませんか。
   我寫了日文信，可以請您幫忙訂正錯誤的地方嗎？

3. 眠くなって運転したくないんですが、（わたしの）代わりにしてもらえませんか。
   因為想睡覺而不想再開車，可以請你代替我開嗎？

單字

1.	眠い$_{0 \text{ or } 2}$	【イ形容詞】睏的、想睡覺的
2.	代わりに$_{0}$	【副詞】代替、取代

文法解説

學習項目１　の（名詞化）

說明

- 「形式名詞」指具有名詞的形式與功能，但本身沒有實質意義，必須借助連体修飾語才能當主語或述語使用的品詞（詞類）。「形式名詞」通常接在用言（動詞、形容詞、形容動詞）或文（句子）的連体形後面，使其前面的語詞或句子具有体言的形式與功能。
- 根據字典「の」屬於準体助詞，事實上行使類似「形式名詞」的功能。主要的「形式名詞」有「こと」、「もの（物）」、「もの（者）」、「ひと（人）」、「とき」、「ところ」等。
- 「の」接在用言的連体形後面，可用來指人或事或物。例如：

1. わたしが初めて日本へ行った**の**は大学二年生のときです。（主題）
   我第一次去日本是大二的時候。

2. 好きな人と別れる**の**は悲しいです。（主語）
   跟喜歡的人分離是很悲傷的。

3. わたしは人の悪口を言う**の**が嫌いです。（対象語）
   我討厭說別人的壞話。

4. 電気を消す**の**を忘れました。（目的語）
   忘了要關燈。

學習項目２　動詞こと

說明

- 「こと」也是「形式名詞」，通常接在用言的連体形或文之後，用來指前面用言或文的內容。例如：

1. 学生時代に経験したことは、今でもすごく懐かしいです。（主語）
學生時代所經歷過的事情，即使到現在還是十分懷念。

2. 計画することと行動することは、どちらも大事だと思います。（対象語）
我認爲計畫和行動這兩件事都很重要。

3. 子どもに競争することを教える前に、協力することを教えておいたほうがいいと思います。（目的語）
我認爲在教小孩子與人競爭這件事以前，要先教會他們幫助別人這件事會比較好。

【補充説明】

I.いろいろな形式名詞（各種形式名詞）

「もの（者）」：例）IDカードを持っていない**もの**は、立入禁止です。
（指不特定第三者）
未戴識別證者禁止進入。

「ひと（人）」：例）赤いセーターを着て、黒いズボンをはいている**ひと**は、笠原さんです。
（指某特定第三者）
穿紅色毛衣、黒色長褲的那個人是笠原先生（小姐）。

「もの（物）」：例）電車に忘れた**もの**は、傘でした。
忘在電車上的是傘。

「ところ（所）」：例）鈴木さんが生まれた**ところ**は、横浜です。
鈴木先生（小姐）的出生地是横濱。

「こと（事）」：例）村上さんが昨日の会議で言った**こと**は、みんなの本音です。
村上先生（小姐）在昨天會議上說的事情，是大家的心聲。

「とき（時）」：例）一人になった**とき**、よく昔のことを思い出します。
當獨處時，常常會想起以前的事。

Ⅱ.「の」&「こと」の違い（「の」&「こと」的差異）

「の」：

a.多用來指具體的動作或事件。多做爲主語的形式名詞。常出現在會話。

b.述語部分的名詞化不可使用「の」。

例1. わたしの趣味は、乗り物の模型を集める**こと**です。○（述語）

わたしの趣味は、乗り物の模型を集める**の**です。　×

兩句的中譯皆是：我的興趣是收集交通工具的模型。

例2. 生放送の意味は、番組などの進行状態が

そのまま同時に放送される**こと**です。　○

そのまま同時に放送される**の**です。×

兩句的中譯皆是：「立即實況轉播」的意思，是指節目等進行的狀態，原原本本地在同時被播出（的意思）。

「こと」：

a.多用來指述語會因時而異的形狀或狀態。指會產生・消滅的某種抽象的現象。

b.爲強調而「主題化」的語詞不可使用「こと」。

例：父がおととい入院した。

↓

父が入院した**の**は、おとといです。　○

父が入院した**こと**は、おとといです。×

家父前天住院了。

c.表感覺的動詞：如「見える」「聞こえる」「感じる」的內容不可使用「こと」。因爲以五官能直接體驗到的，大多是具體的動作、狀態或事件。「こと」多用來表現較抽象的概念。

例：夜空に星が光っている**の**が見える。　○

夜空に星が光っている**こと**が見える。×

兩句的中譯皆是：看得到星星在夜空裡發出光芒。

學習項目3 文＋ので、…。

說明

● 「ので」屬於接続助詞（接續助詞）接在語句後面，用來表述原因、理由、根據、動機等等，如以下例句所示，以「ので」所連結的前後語句，彼此間存在客觀的因果關係。因此，「ので」後面的語句大多是表示斷定的語句，或是事實的陳述。後句若是「命令・禁止・勧誘」等表示敘事者個人的判斷，或是心態等的情況，大多會改用另一個接続助詞「から」。

1. 小学生以下は半額なので、中学生は大人と同じ料金になります。（名詞）
   因爲小學生以下是半價，所以中學生和大人的費用一樣。

2. 数学が苦手なので、数学が嫌いです。（ナ形容詞）
   因爲數學不好，所以討厭數學。

3. ガソリンスタンドで給油中にタバコに火をつけたりするのは危ないので、「火気厳禁」です。（イ形容詞）
   在加油站加油時，做點菸之類的動作是很危險的，嚴禁煙火。

4. 財布を拾ったので、それを交番に届けました。（動詞）
   因爲撿到了錢包，所以把它送到派出所去了。

5. バーゲンの時期になると、売り場が非常に混雑するので、すりなどにご注意ください。(動詞)

一到特價期間賣場都會很擁擠，因此敬請小心注意扒手宵小等。

【補充説明】

「から」&「ので」の違い（「から」&「ので」的差異）

「から」：

a.「から」較偏重原因、理由的陳述，「ので」較委婉，偏重結果的陳述。因此，鄭重表示請求或道歉時，用「ので」比用「から」委婉。

例：電車に乗り遅れたから、遅刻してしまいました。 ×

電車に乗り遅れたので、遅刻してしまいました。 ○

兩句的中譯皆是：因爲沒趕上電車，所以就不小心遲到了。

「…から」因理所當然，感覺較沒禮貌。

b.…（常体）から、…（常体）。

例：料理ができないから、外食している。（較口語）

…（常体）から、…（敬体）。

例：料理ができないから、外食しています。（較正式）

…（敬体）から、…（敬体）。

例：料理ができませんから、外食しています。（較客套、愼重）

上述三句例句的中譯皆是：因爲不會做菜，所以一直都是吃外食。

「ので」：

a.「ので」不能用在句末。

例A：どうして遅刻(ちこく)したんですか。

為何遲到了呢？

↓

B_1：電車(でんしゃ)に乗(の)り遅(おく)れたからです。○

B_2：電車(でんしゃ)に乗(の)り遅(おく)れたのでです。×

B_3：電車(でんしゃ)に乗(の)り遅(おく)れましたんで。（ので→んで）○

★B_3屬於通俗的口語，多用來辯解或說明拒絕的理由

上述三句例句的中譯皆是：因為沒有趕上電車。

b.…（常体(じょうたい)）ので、…（常体(じょうたい)）。

例：電車(でんしゃ)に乗(の)り遅(おく)れたので、遅刻(ちこく)した。（較少見）

…（常体(じょうたい)）ので、…（敬体(けいたい)）。

例：電車(でんしゃ)に乗(の)り遅(おく)れたので、遅刻(ちこく)しました。（較常見）

…（敬体(けいたい)）ので、…（敬体(けいたい)）。

例：電車(でんしゃ)に乗(の)り遅(おく)れましたので、遅刻(ちこく)しました。（較常見於書信）

上述三句例句的中譯皆是：因為沒趕上電車，所以就不小心遲到了。

學習項目4　…ために（原因・理由）

說明

● 表示原因的「ため」屬於形式名詞，意思與「…が原因で」的說法相近，其他相似句型還有「…おかげで」（託…之福），大多用來表示正面的原因。「…せいで」（都怪…），大多用來表示負面的原因，帶有歸咎的意思。與各種品詞的單字接続（連結）的形式，如以下例句所示：

1. 展覧会の**ため（に）**、いろいろな道具を準備しています。（名詞）
   爲了展覽會正準備著各式各樣的道具。

2. 娘が口下手な**ため（に）**、友だち関係で困っています。（ナ形容詞）
   我女兒因爲不擅言詞，正爲交朋友的事而感到頭痛。

3. 学生からの質問が多かった**ため（に）**、授業が長引いてしまった。（イ形容詞）
   因爲學生的問題很多，於是只好延長上課時間。

4. 2008年は株価が急落した**ため（に）**、多くの投資家が損失を出していた。（動詞）
   2008年因股價急跌，致使很多投資家投資失利。

● 「ため」大多用來表示客觀事實的原因，所以後接的句子往往不會帶有「だろう」「…たい」等，表示敘事者個人見解、心態的句型。

1. あした試験がある**ため（に）**、今晩勉強したいです。×
   あした試験がある**から**、今晩勉強したいです。○
   因爲明天要考試，今晚我想念書。

2. 肌にやさしい**ため（に）**、下着はもめんのものがいいと思います。×
   肌にやさしい**から**、下着はもめんのものがいいと思います。○
   因爲對肌膚很溫和，我認爲內衣褲（的材質選）棉紗的比較好。

學習項目5　文（常体）んだ/んです。or
　　　　　　文（常体）なんだ/なんです。

説明

- 「文（常体）んだ（or　んです）」常用於「説明當時的狀況或就聽到的事情説明其原因、理由」。如以下所示，「…のだ」是書面用語，口語大多説成「…んだ」。「…のです」是其敬体的説法，用於很禮貌的會話，不過一般常用的形式是「…んです」。

名詞	→	名詞な		+ のだ/のです。 んだ/んです。
イ形容詞	→	イ形容詞い	（連体修飾形）	
ナ形容詞	→	ナ形容詞な	（連体修飾形）	
動詞	→	動詞常体	（連体修飾形）	
	↑ 文			

1. 旅行に行きますか。

　要去旅行嗎？

　↓

　旅行に行く　のですか。（=旅行に行く　んですか。）

　是要去旅行是嗎？（基於當時的情況或聽到的事情等，請對方説明）

2. 頭が痛いですか。

　頭會疼嗎？

　↓

　頭が痛い　のですか。（=頭が痛い　んですか。）

　頭痛　なのですか。（=頭痛　なんですか。）

　是頭疼是嗎？（基於當時的情況或聽到的事情等，請對方説明）

● 如以下例句所示，A基於見到B當時與平日不同的穿著打扮，於是問B：「是要去參加聚會之類的場合是嗎？」，請B說明原因。B基於A當時的提問，於是解釋：「是要去參加朋友的婚禮」。

例）A：きょうはいつもと違(ちが)うかっこうをしていますね。パーティーか何(なに)かに行(い)くんですか。

（你）今天跟平常不一樣的裝扮耶，是要去參加聚會之類的場合是嗎？

B：ええ、友(とも)だちの結婚式(けっこんしき)に出席(しゅっせき)するんです。

是啊，是要去參加朋友的結婚典禮。

A：なるほど。とても素敵(すてき)ですよ。それでは、いってらっしゃい。

原來如此，好美哦！那麼，一路小心。

學習項目６　どうして…の？/…んですか。 or どうして…なの？/…なんですか。

說明

● 「どうして（疑問詞(ぎもんし)）…の？（or…んですか）」用於詢問對方「爲何會…呢？」的情形。換句話說，這個句型大多用在「基於某種已經存在的事態，請對方提出說明（答覆）」的對話。例如：

1. A：**いつ**引(ひ)っ越(こ)した**ん**ですか。（or 引(ひ)っ越(こ)した**の**ですか。）

（你）是什麼時候搬家的呢？

B：先週(せんしゅう) **なん**です。（or 先週(せんしゅう) **なの**です。）

就上星期。

2. A：**誰**(だれ)が窓(まど)のガラスを割(わ)った**ん**ですか。（or 割(わ)った**の**ですか。）

是誰把窗户的玻璃打破的呢？

B：さあ、あそこで野球(やきゅう)をやっている彼(かれ)らに聞(き)いてみてください。
這個嘛，請去問問看在那裡打棒球的他們那群人。

3. A：きのう**どうして**学校(がっこう)を休(やす)ん**だん**ですか。（or 休(やす)んだ**の**ですか。）
（你）昨天爲什麼請假沒來上課呢？

B：熱(ねつ)が出(で)た**ん**です。（or 出(で)た**の**です。）
就發燒了。

A：そうですか。じゃあ、お医者(いしゃ)さんに診(み)てもらいましたか。
這樣喔。那，有請醫生看過嗎？

B：いいえ、まだです。これから行(い)く**ん**です。（or これから行(い)く**の**です。）
不，還沒，現在正要去。

❖試將一般的說法與「基於某種已經存在的事態，請對方提出說明（答覆）」的對照說法整理如下：

誰(だれ)が止(と)めましたか。 誰停止的呢？	★基於某種狀況的發言 → 如：或聽到某件事 看到某個狀態	**誰(だれ)**が止(と)めた**ん**ですか。 是誰停止的呢？
いつ直(なお)りますか。 何時會修復呢？		**いつ**直(なお)る**ん**ですか。 何時會修復呢？
どこで拾(ひろ)いましたか。 在哪裡撿到的呢？		**どこ**で拾(ひろ)った**ん**ですか。 在哪裡撿到的呢？
何(なに)を読(よ)んでいますか。 （你）正在看什麼呢？		**何(なに)**を読(よ)んでいる**ん**ですか。 （你）正在看什麼呢？
どうしましたか。 怎麼了呢？		**どう**した**ん**ですか。 怎麼了呢？
どのぐらい習(なら)いましたか。 學多久了呢？		**どのぐらい**習(なら)った**ん**ですか。 學多久了呢？

學習項目7　文（常体）んですが、動詞ていただけませんか。

說明

● 「文（常体）んですが、動詞ていただけませんか」多用於會話時，「…（說明事由），可否請您…呢？」很客氣地請對方做某個動作、行爲的情形，但說話者本身並不一起做這個動作、行爲。換句話說，這個句型大多用在請對方提供建議或做某件事的對話，是個相當客套的說法，按照語氣客氣程度的升高排序如下：

（請對方做事）

1. 眠くなって運転したくないんですが、（わたしの）代わりにしてもらえませんか。

因爲想睡覺而不想再開車，可以請你代替我開嗎？

2. 日本語の手紙を書いたんですが、間違えたところを直してくださいませんか。

我想寫日文信，可以請您幫忙訂正錯誤的地方嗎？

（請對方建議）

3. あのう、フランス料理を食べたいんですが、どこかいい店を紹介していただけませんか。

嗯，我想吃法國菜，是不是可以請您推薦好餐廳呢？

● 請對方提供建議或做某件事的對話，有相當多的說法，按照語氣客氣程度的升高排序如下：

中譯：嗯，我想吃法國菜，是不是可以請您推薦好餐廳？

Ⅰ. あのう、フランス料理を食べたいんですが、

1. …、どこかいい店を紹介してください。（最常用）

2. …、どこかいい店を紹介してくださいませんか。

Ⅱ. あのう、フランス料理を食べたいんですが、

1. …、どこかいい店を紹介してもらえますか。

2. …、どこかいい店(みせ)を紹介(しょうかい)してもらえませんか。

3. …、どこかいい店(みせ)を紹介(しょうかい)していただけますか。

4. …、どこかいい店(みせ)を紹介(しょうかい)していただけませんか。

● 請對方提供建議的句型除「文(ぶん)（常体(じょうたい)）んですが、動詞(どうし)ていただけませんか」以外，相似句型還有「文(ぶん)（常体(じょうたい)）んですが、疑問詞(ぎもんし)＋動詞(どうし)たらいいですか（or 動詞(どうし)ばいいですか）」。

中譯：我想參加朋友的婚禮，請問該穿什麼樣的服裝去才好呢？

Ⅰ. 友人(ゆうじん)の結婚式(けっこんしき)に出席(しゅっせき)したい**ん**ですが、

1. …、どんな服(ふく)を着(き)て行(い)ったらいいですか。

2. …、どんな服(ふく)を着(き)て行(い)ったらいいでしょうか。

Ⅱ. 友人(ゆうじん)の結婚式(けっこんしき)に出席(しゅっせき)したい**ん**ですが、

1. …、どんな服(ふく)を着(き)て行(い)けばいいですか。

2. …、どんな服(ふく)を着(き)て行(い)けばいいでしょうか。

第十一單元

學習項目1　…たら（条件）

中文意思　表示假設的條件。

用法Ⅰ. 如果…，…。

名詞＋だったら

【イ形容詞・ナ形容詞・動詞】タ形ら

例：

学生（がくせい）＋だ	→	学生（がくせい）だったら		学生（がくせい）ではない	→	学生（がくせい）でなかったら
高（たか）い	→	高（たか）かったら		高（たか）くない	→	高（たか）くなかったら
好（す）きだ	→	好（す）きだったら		好（す）きではない	→	好（す）きでなかったら
買（か）う	→	買（か）ったら		買（か）わない	→	買（か）わなかったら
…	→	…		…	→	…

例句

1. この美術館（びじゅつかん）の開館時間（かいかんじかん）はもし平日（へいじつ）だったら、午前（ごぜん）9：30から午後（ごご）5：00まで、土日（どにち）だったら、午前（ごぜん）9：00から午後（ごご）5：30までとなっています。

   這家美術館的開館時間，如果是平日的話是從上午9：30到下午5：00、週末的話是從上午9：00到下午5：30。

2. もし天気（てんき）がよかったら、研究室（けんきゅうしつ）の窓（まど）から海（うみ）がとてもきれいに見（み）えますよ。

   如果天氣好的話，從（我的）研究室的窗户看到的海，會看起來很美哦！

3. もし暇（ひま）だったら、ぜひ台湾（たいわん）へ遊（あそ）びにいらしてください（＝いらっしゃってください）。

   如果有空的話，請務必要來台灣玩。

4. もしわからないところがあったら、聞（き）いてくださいね。

   如果有不懂的地方，請一定要問哦。

用法Ⅱ. 做完…之後，就做…。

名詞＋だったら

例句

1. ダイエットを始めたら、まず食事制限をするのではなく、運動をしましょう。
一旦要開始節食的話，首先要做的不是控制飲食，而是請要運動。

2. 心配するから、向こうの飛行場に着いたら、電話をください。
因爲（我）會擔心，所以一抵達那邊的機場要打電話（給我）。

用法Ⅲ. 做了…，結果…。

名詞＋だったら

例句

1. 足にけがをしたら、いつものように走れなくなりますよ。
腳一受傷的話，就會變得不能像往常那樣跑步了喲。

2. 期末試験が終わったら、夏休みに入ります。
期末考結束的話，（緊接著）就要放暑假。

用法Ⅳ. 做了前句中敘述的事情後，結果發現後句中敘述的事情已經發生了。

名詞＋だったら

例句

1. 図書館へ本を返却しに行ったら、休館でした。
爲了還書一到圖書館，竟然休館了。

2. いすに腰を掛けたら、壊れてしまいました。
一坐到椅子上，（椅子）竟然就壞掉了。

3. 体重を量ったら、8キロも増えていた。

一秤體重，竟然增加了8公斤之多。

4. 箱を開けたら、中に前から欲しかったスカートが入っていた。

一打開盒子就看到裡面裝的是從之前就很想要的那件裙子。

用法V. 就不清楚的事情，詢問別人的意見。

疑問詞＋動詞たら＋いいですか。

例句

1. やる気を起こすには、どうしたらいいですか。

該怎麼做才能激發幹勁呢？

2. A：やむを得ず人の仕事を邪魔するとき、何と言ったらいいですか。

不得已要打擾別人的工作時，該怎麼說才好呢？

B：「お忙しいところ、どうもすみません。ちょっとよろしいですか」と言ったらどうですか。

就說「您正在忙眞是不好意思，我可以打擾一下嗎？」，（你）覺得如何？

單字

※凡加上()之漢字，根據「記者ハンドブック・新聞用語用字集」應以平假名書寫。
單字之後加上＊者，表示該單字在課文例句中並未出現。

1.	美術館（びじゅつかん）$_3$	【名詞】美術館
2.	開館時間（かいかんじかん）$_5$	【名詞】開館時間
3.	平日（へいじつ）$_0$	【名詞】平日、非假日、沒放假的日子
4.	土日（どにち）$_0$	【名詞】星期六日、週末
5.	食事制限（しょくじせいげん）$_4$	【名詞】控制飲食
6.	向こう（むこう）$_{2\ or\ 0}$	【名詞】對面、對方
7.	飛行場（ひこうじょう）$_0$	【名詞】機場

8.	きまつしけん 期末試験$_4$	【名詞】期末考
9.	きゅうかん 休館$_0$	【名詞】休館、閉館、不對外開放
10.	こし 腰$_0$	【名詞】腰部（上半身與下半身交接處）
11.	たいじゅう 体重$_0$	【名詞】體重
12.	しんちょう 身長$_0$*	【名詞】身高
13.	ひと 人$_0$	【名詞】人、別人、他人
14.	よろしい$_{3\ or\ 0}$	【イ形容詞】好（比「いい」更客套的說法）［丁寧語（ていねいご）］（慎重語）
15.	もし$_1$	【副詞】如果
16.	まず$_1$	【副詞】首先
17.	やむを得（え）ず	【連語】不得已只好…　※やむを得（え）ず＝やむを得（え）ない
18.	けんきゅう 研究する$_0$*	【動詞】研究
19.	はじ 始める$_3$	【動詞】開始、開創
20.	うんどう 運動する$_0$	【動詞】運動、活動
21.	か 掛ける$_2$	【動詞】坐在…上
22.	はか 量る$_2$	【動詞】秤（重量）、測量（長度、面積）
23.	ふ 増える$_2$	【動詞】增加
24.	お 起こす$_2$	【動詞】引起、激發、喚醒
25.	じゃま 邪魔する$_0$	【動詞】妨礙、打擾

學習項目2　…ば（条件）

中文意思　表示假設的條件。

用法Ⅰ. 如果…，…。

■動詞のバ形（動詞轉變成假定形的模式）

…段音	あ	い	う	え	お
…根手指	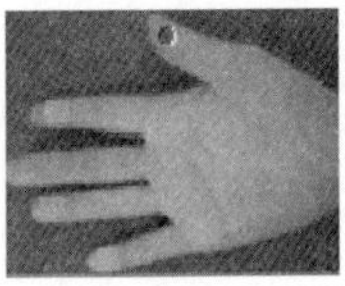	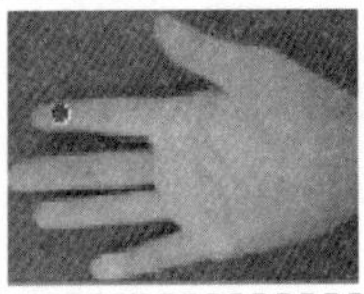	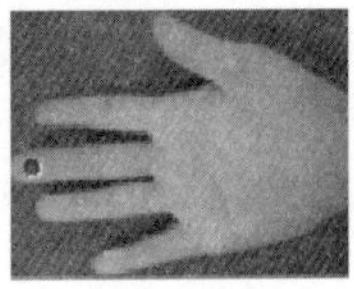	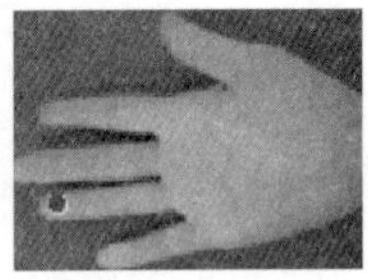	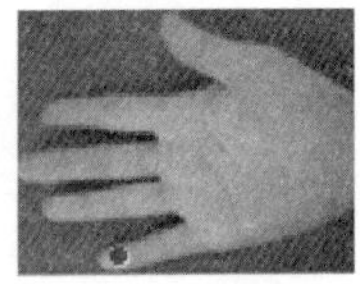
V	V_1	V_2	V_3	V_4	V_5

Ⅰ. 五段動詞		Ⅱ. 上・下一段動詞	Ⅲ. カ変動詞 サ変動詞
V_3 → V_4 ＋ ば		漢字V_2~~る~~＋れば 漢字V_4~~る~~＋れば	来る→来れば する→すれば
言う→言えば	死ぬ→死ねば	借りる→借りれば	来る→来れば
書く→書けば	呼ぶ→呼べば	見る　→見れば	する→すれば
出す→出せば	飲む→飲めば	食べる→食べれば	説明する ↓ 説明すれば
立つ→立てば	取る→取れば	寝る　→寝れば	

■名詞　＋　だ　→　なら（ば）

■ナ形容詞　だ　→　なら（ば）

■イ形容詞　~~い~~　→　ければ　　※い~~い~~　→　よければ

例：

学生＋だ	→	学生なら（ば）	学生ではない	→	学生でなければ
好きだ	→	好きなら（ば）	好きではない	→	好きでなければ
高い	→	高ければ	高くない	→	高くなければ
買う	→	買えば	買わない	→	買わなければ
…	→	…	…	→	…

例句

1. 日本語の翻訳なら、自信がありますが、同時通訳はちょっと自信がありませんね。

   如果是日文翻譯的話（我）有自信，但若是同步翻譯的話（我）就沒自信了。

2. ぶどうが好きなら、ぜひ一度農園へ行ってぶどう狩りの楽しみを体験してみてください。

   如果喜歡吃葡萄的話，請一定要去一趟農場體會看看採葡萄的樂趣。

3. バスケットボールの試合を聴きたければ、ラジオをつけてもいいですよ。

   or バスケットボールの放送を聴きたければ、ラジオをつけてもいいですよ。

   如果（你）想聽籃球賽轉播的話，可以打開收音機喔。

4. 夏になれば、海洋大学の後ろにある丘では 蛍 がたくさん見られます。

   or 夏になれば、海洋大学の後ろ（or 裏）にある丘では 蛍 をたくさん見ることができます。

   到了夏天，在海洋大學的後山可以看到許多螢火蟲。

用法Ⅱ．就不清楚的事情，詢問別人的意見。

疑問詞＋動詞バ形＋いいですか。

例句

1. 契約(けいやく)を結(むす)ぶとき、手付金(てつけきん)はいくら払(はら)えばいいですか。

   簽約時訂金要付多少錢好呢？

2. 赤(あか)ちゃんが生(う)まれるまでには、何(なに)を準備(じゅんび)すればいいですか。

   在嬰兒出生以前，要準備哪些東西呢？

單字

1.	翻訳(ほんやく) $_{0}$	【名詞】翻譯、譯本
2.	同時通訳(どうじつうやく) $_{4}$	【名詞】同步翻譯
3.	農園(のうえん) $_{0}$	【名詞】種植栽培花草、蔬果的農場
4.	ぶどう狩(が)り $_{0\text{ or }4}$	【名詞】採葡萄
5.	…狩(が)り	【接尾語】採…、摘…、獵…
6.	バスケットボール $_{6}$	【名詞】籃球（basketball）
7.	放送(ほうそう) $_{0}$	【名詞】廣播、播出、播送
8.	ラジオ $_{1}$	【名詞】無線電廣播、收音機（radio）
9.	丘(おか) $_{0}$	【名詞】小山崗、小山丘
10.	蛍(ほたる) $_{1}$	【名詞】螢火蟲
11.	楽(たの)しみ $_{3\text{ or }4}$	【名詞】樂趣、快樂、期待
12.	契約(けいやく) $_{0}$	【名詞】合約、契約
13.	手付金(てつけきん) $_{0}$	【名詞】訂金
14.	一度(いちど) $_{3}$	【副詞】一回、一次
15.	体験(たいけん)する $_{0}$	【動詞】親身體會、親身經歷
16.	結(むす)ぶ $_{2}$	【動詞】結盟、簽約、結合、打結
17.	払(はら)う $_{2}$	【動詞】付款、揮去

18.	準備（じゅんび）する$_1$	【動詞】預備、籌備

學習項目3　…なら（条件）

中文意思　表示假設的條件。

用法Ⅰ. 就對方談到的事情或當時的情況做爲話題，提出自己的見解、希望或請求，將與此有關的話題進行下去。

<table>
<tr><td>名詞</td><td rowspan="4">＋なら</td></tr>
<tr><td>イ形容詞（常体）</td></tr>
<tr><td>ナ形容詞（常体）</td></tr>
<tr><td>動詞（常体）</td></tr>
</table>

★名詞~~だ~~・ナ形容詞~~だ~~＋なら。

例句

1. A：今度（こんど）の連休（れんきゅう）に温泉（おんせん）へでも行（い）こうかと思（おも）っているんですよ。

   這次的連續假期我想說去泡個溫泉也不錯。

   B：いいですね。温泉（おんせん）なら北投温泉（ペイトウおんせん）がいいと思（おも）います。MRTで簡単（かんたん）に行（い）けるから、便利（べんり）だと思（おも）います。

   好好喔，如果是（要泡）溫泉，我覺得北投溫泉不錯。搭捷運很容易就可以到，我覺得很方便。

2. A：あれ、さっきまでここにあった灰皿（はいざら）は？

   咦？剛剛放在這裡的菸灰缸呢？

   B：あっ、それなら、ほら、阿部（あべ）さんが今（いま）使（つか）ってる。

   啊，那個（菸灰缸）的話，喏～你看，阿部先生（小姐）現在正在用呢！

   A：困（こま）ったなあ、さっきマッチがなかったから、今（いま）とって来（き）たのになあ…。

   眞是傷腦筋，剛剛因爲沒火柴，所以回頭去拿，現在（火柴）拿來了卻…。

用法Ⅱ. 就對方談到的事情提出自己的見解、請求。從時間順序上來看，大多數情況是，後句中提到的事情會先發生。

名詞
イ形容詞（常体）
ナ形容詞（常体）　＋なら
動詞（常体）

★名詞だ・ナ形容詞だ＋なら。

例句

1. A：先生、今年12月の日本語能力試験を受けようと思っていますが、受験のための勉強法やコツなどを教えてくださいませんか。

老師，我想去考今年12月的日檢，您可以教我一些準備考試的讀書方法及訣竅嗎？

B：いいですよ。でも、これといった勉強法がありませんよ。受験するなら、とにかくマイペースで勉強すればいいと思います。そして、コツと言えば、自分に合う学習スタイルを見つけて、誰よりも多く勉強することだと思いますね。

可以啊！只是，準備考試的讀書方法莫衷一是。要考的話，總之，我認爲以自己的步調好好準備就可以了。至於說到訣竅的話，我認爲就是找到適合自己的學習方式、比別人讀書讀得還要多就是了。

2. A：今度の土曜日に友人を食事に招待したいと思っています。

這個星期六我想招待朋友吃飯。

B：食事に招待したいなら、まず「好き嫌いがありますか」と聞いておいたほうがいいですね。

如果是要想招待朋友吃飯的話，我覺得先問他（她）對飲食是否有偏好或忌口會比較好哦。

單字

1.	連休(れんきゅう) 0	【名詞】連續假期
2.	温泉(おんせん) 0	【名詞】溫泉
3.	灰皿(はいざら) 0	【名詞】菸灰缸
4.	マッチ 1	【名詞】火柴、配和、比賽（match）
5.	勉強法(べんきょうほう) 0	【名詞】讀書方法
6.	コツ 0	【名詞】做事的要領、訣竅
7.	マイペース 3	【名詞】適合自己的步調〔和製英語 my＋pace〕
8.	学習(がくしゅう)スタイル 6	【名詞】學習方式　※スタイル 1＝style
9.	友人(ゆうじん) 0	【名詞】友人、朋友
10.	とにかく 1	【副詞】總而言之、先別提
11.	合(あ)う 1	【動詞】適合、符合、吻合
12.	招待(しょうたい)する 1	【動詞】招待、款待
13.	と言(い)えば	【連語】提到、說到

學習項目 4　動詞バ形＋動詞辞書形ほど…。

中文意思　越…，越…。

用法

動詞バ形＋動詞辞書形ほど…

イ形容詞 / ナ形容詞 ｝バ形＋｛ イ形容詞い / ナ形容詞な ｝ほど、…。

例句

1. 日本語(にほんご)は勉強(べんきょう)すれば、するほど難(むずか)しくなる。

   日文越學越難。

2. 忘(わす)れようと思(おも)えば、思(おも)うほど思(おも)い出(だ)します。

   越是想忘記越會想起。

3. アメリカの経済(けいざい)が悪化(あっか)すれば、するほどドルの価値(かち)はほかの貨幣(かへい)と比(くら)べて相対的(そうたいてき)に弱(よわ)くなります。

   美國的經濟越是惡化，美元比起其他貨幣的價值就會相對地變弱。

4. 貯金(ちょきん)は多(おお)ければ、多(おお)いほどいいです。

   存款是越多越好。

5. 通訳(つうやく)になる人(ひと)は日本語(にほんご)が上手(じょうず)ならば、上手(じょうず)なほどいいです。

   要當翻譯的人，日文是越強越好。

單字

※單字之後加上＊者，表示單字在課文例句中並未出現。

1.	経済(けいざい)$_1$	【名詞】經濟、節省
2.	ドル$_1$	【名詞】通常指美元（美、加、澳洲等國的貨幣單位） ※源自オランダ語（荷蘭文）：dollar（ドルラル）
3.	価値(かち)$_1$	【名詞】價值（有利於實現某種目的的性質或程度）
4.	ほか$_0$	【名詞】其他、除此以外
5.	貨幣(かへい)$_1$	【名詞】貨幣
6.	貯金(ちょきん)$_0$	【名詞】存款
7.	相対的(そうたいてき)$_0$↔絶対的(ぜったいてき)$_0$*	【ナ形容詞】相對的（就與其他事物的比較）↔絕對的
8.	思(おも)い出(だ)す$_{4\ or\ 0}$	【動詞】回想起來、想起
9.	悪化(あっか)する$_0$	【動詞】情況變差、變糟糕

10.	比べる(くら)$_0$	【動詞】比較

學習項目5　…と（条件）

中文意思　表示必然的條件。

用法Ⅰ. …的時候，總是…。

名詞
イ形容詞
ナ形容詞
動詞
} 現在形（常体）＋と、…。

★【イ形容詞・名詞】ナイ形必須變成：学生(がくせい)でない、好(す)きでない

例句

1. お米(こめ)を炊(た)くと、ご飯(はん)になります。（敘述自然的現象）
煮米就會變成飯。

2. 次(つぎ)の角(かど)を曲(ま)がると、右側(みぎがわ)に神社(じんじゃ)があります。（説明路線的走法）
在下一個街角轉彎，右手邊有（一個）神社。

3. このボタンを押(お)すと、電灯(でんとう)がつきます。（説明機械的操作）
按這個鍵燈就會亮。

4. 長(なが)い間(あいだ)全然(ぜんぜん)使(つか)わないと、習(なら)った日本語(にほんご)をすっかり忘(わす)れてしまいますよ。
長期完全不用日文，學過的日文就會全忘光哦！（説明一般的事實）

5. （説明理論）

1に1を足(た)すと、2になる。
1加1等於2。

11から1を引(ひ)くと、10になる。
11減1等於10。

10に5を掛けると、50になる。

10乘以5等於50。

50を5で割ると、10になる。

50除以5等於10。

用法Ⅱ.前句的事情發生後，緊接著後句的事情就會發生。

動詞辭書形＋と、…。

例句

1. 海洋大学に入学すると、その一員になる。

   進了海洋大學，就成爲海大的一份子。

2. 呼び出しボタンを押すと、駅員が出てくる。

   按了呼叫鍵，站務員就會出現。

3. 日本人は玄関に入ると、たいてい「ただいま」と言います。

   日本人一進玄關，大多會說「我回來了」。

用法Ⅲ.前句的事情發生後，發現後句的事情已經發生了。

動詞辭書形＋と、…。

例句

1. 駅に着くと、急行はもう行ってしまった。

   一到車站，快車已經開走了。

用法Ⅳ. 表示願望。

名詞 イ形容詞 ナ形容詞 動詞	現在形（常体）＋と、いい/いいです。

例句

1. 毎日休み(まいにちやす)だと、いいな。
   要是每天都放假就好了。

2. 皆(みな)さんが卒業(そつぎょう)するまでに日本語能力試験(にほんごのうりょくしけん)N2級(きゅう)の合格証書(ごうかくしょうしょ)が取得(しゅとく)できると、いいですね。
   大家如果都能在畢業以前取得日檢N2及格證書，那就好了。

單字

※單字之後加上＊者，表示該單字在課文例句中並未出現。

1.	米(こめ)$_{2}$（お米(こめ)$_{0}$）	【名詞】米
2.	神社(じんじゃ)$_{1}$	【名詞】神社
3.	電灯(でんとう)$_{0}$	【名詞】電燈
4.	一員(いちいん)$_{0\ or\ 2}$	【名詞】構成團體的其中一人、一員
5.	呼び出し(よびだし)$_{0}$	【名詞】呼叫、召喚出
6.	駅員(えきいん)$_{2\ or\ 0}$	【名詞】站務員
7.	玄関(げんかん)$_{1}$	【名詞】門口、玄關
8.	急行(きゅうこう)$_{0}$	【名詞】快車
9.	特別急行(とくべつきゅうこう)$_{5}$＊（特急(とっきゅう)$_{0}$）	【名詞】特快車（較快車速度還要快的列車）
10.	準急(じゅんきゅう)$_{0}$＊	【名詞】準快車（停車站數較快車稍多的列車）
11.	普通列車(ふつうれっしゃ)$_{4}$＊（普通(ふつう)$_{0}$）	【名詞】普通車（不加收快車、特快車費用的列車）

12.	各駅停車（かくえきていしゃ）$_{5}$* （各停（かくてい）$_{0}$）	【名詞】普通車（行駛路線每站都停的列車）
13.	合格証書（ごうかくしょうしょ）$_{5}$	【名詞】通過證書、及格證書
14.	クーラー$_{1}$	【名詞】冷氣機（cooler）
15.	すっかり$_{3}$	【副詞】完完全全、全部
16.	炊（た）く$_{0}$	【動詞】煮（飯）
17.	つく$_{1\ or\ 2}$	【動詞】燈點著、燈亮
18.	治（なお）る$_{2}$	【動詞】痊癒
19.	退院（たいいん）する$_{0}$	【動詞】出院
20.	冷（ひ）える$_{2}$	【動詞】感覺冷、冷卻、冷淡
21.	入学（にゅうがく）する$_{0}$	【動詞】入學
22.	足（た）す$_{0}$	【動詞】加　※「四則（しそく）$_{1}$」＝四則運算
23.	引（ひ）く$_{0}$*	【動詞】減
24.	掛（か）ける$_{2}$*	【動詞】乘
25.	割（わ）る$_{0}$*	【動詞】除
26.	取得（しゅとく）する$_{0}$	【動詞】取得

學習項目6　…のに

中文意思　…居然…。…竟然…。（表示吃驚、不滿、遺憾等語氣）

用法

名詞$_1$が
- 名詞$_2$＋な
- イ形容詞い
- ナ形容詞な
- 動詞（常体）

＋のに、…。

↑
文

※【名詞＋な】
【イ形容詞・ナ形容詞な・動詞】の連体修飾形
＋のに、…。

例句

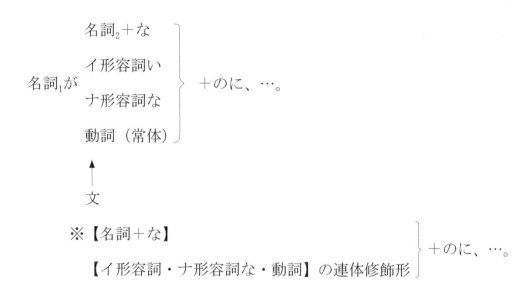

1. A：わたしたちは10年前にここで初めて会いましたね。覚えていますか。
我們10年前就是在這裡第一次見面的。（你）還記得嗎？

B：さあ、もう10年も昔のことなのに、まだ覚えていますか。覚えがいいですね。
這個嘛，都已經是10年前之久的往事，（你）還記得喔，記性眞好！

2. A：お好み焼きが嫌いなのに、そんなに無理に食べなくてもいいですよ。
（你）明明不喜歡吃大阪燒的，可以不必吃得那麼勉強哦。

B：そうですか。では、悪いですけど、やめます。すみません。
是嗎。那，我就不客氣，不吃了。不好意思。

3. A：寒いのに、どうして暖房が要らないと言いますか。
or 寒いのに、どうして暖房が要らないと言うのですか。
明明好冷，（你）為何還說不需要暖氣？

B：まだそれほどではありませんから。

因爲還沒（冷）到那種程度。

4. A：彼女(かのじょ)ときょうの午後(ごご)2時(じ)に会(あ)う約束(やくそく)をしたのに、来(き)ませんでした。

跟女朋友約好今天下午2點見面的，（她）卻沒來。

B：そうですか。彼女(かのじょ)は約束(やくそく)を破(やぶ)ったのですか。彼女(かのじょ)に電話(でんわ)して原因(げんいん)を聞(き)いてみましょうよ。

是喔。原來是她爽約了喔。（你）可以打電話給她問（她）原因看看啊。

A：うん、そうしましょう。ありがとう。

嗯，就這麼辦。謝了。

單字

1.	覚(おぼ)え 3 or 2	【名詞】記性、記憶力
2.	お好(この)み焼(や)き 0	【名詞】大阪燒
3.	暖房(だんぼう) 0	【名詞】暖氣設備
4.	彼女(かのじょ) 0 or 1	【名詞】她、女朋友
5.	約束(やくそく) 0	【名詞】約定、約會
6.	初(はじ)めて 2	【副詞】第一次
7.	そんなに 0	【副詞】那樣地、那般地
8.	それほど 0	【副詞】那般地、那種程度
9.	要(い)る 0	【動詞】要、需要、必要
10.	破(やぶ)る 2	【動詞】爽約、違反規定、打敗對手

文法解說

學習項目1　…たら（条件）

說明

● 所謂「条件表現」是指「某種條件（狀況）的敘述」，包含一般條件、假設條件、與事實相反條件、必要條件等。使用假設條件的情形大致如下：

● 「たら」原本是表示「過去」的助動詞「た」的仮定形「たらば」的縮約形（縮短形）。但是現在就「たら」文法上的功能，有被視爲「接続助詞」（接續助詞：具有連接功能的助詞）的傾向，一般大多用來表示假設的條件（即假設尚未成立的某種條件或狀況已經成立）。

● 「たら」的用法大致有以下幾種，分別舉例如下：

Ⅰ.如果…，…。　※敘述敘事者所假設的前句成立後，才會成立的情況。

名詞＋だったら

【イ形容詞・ナ形容詞・動詞】タ形ら

例）

名　　詞：学生＋だ→　学生だったら　学生ではない　→　学生ではなかったら

ナ形容詞：好きだ　→　好きだったら　好きではない　→　好きではなかったら

イ形容詞：高い　→　高かったら　高くない　→　高くなかったら

動　　詞：買う　→　買ったら　買わない　→　買わなかったら

1. この美術館の開館時間はもし平日**だったら**、午前9：30から午後5：00まで、土日**だったら**、午前9：00から午後5：30までとなっています。
   這家美術館的開館時間，如果是平日的話是從上午9：30到下午5：00、週末的話是從上午9：00到下午5：30。

2. もし天気が**よかったら**、研究室の窓から海がとてもきれいに見えますよ。
   如果天氣好的話，從（我的）研究室的窗户看到的海，會看起來很美哦！

3. もし暇（ひま）だったら、ぜひ台湾（たいわん）へ遊（あそ）びにいらしてください。

||

もし暇（ひま）だったら、ぜひ台湾（たいわん）へ遊（あそ）びにいらっしゃってください。

如果有空的話，請務必要來台灣玩。

4. もしわからないところがあったら、聞（き）いてくださいね。

如果有不懂的地方，請一定要問哦。

Ⅱ.做完…之後，就做…。　※敘述必將會成爲事實的前句成立後，接著要實現的內容。

動詞（どうし）たら、…。

1. ダイエットを始（はじ）めたら、まず食事制限（しょくじせいげん）をするのではなく、運動（うんどう）をしましょう。

一旦要開始節食的話，首先要做的不是控制飲食，而是請要運動。

2. 心配（しんぱい）するから、向（む）こうの飛行場（ひこうじょう）に着（つ）いたら、電話（でんわ）をください。

因爲（我）會擔心，所以一抵達那邊的機場要打電話（給我）。

Ⅲ.做了…，結果…。　※敘述敘事者所假設的前句成立後，將引發的結果。

動詞（どうし）たら、…。

1. 足（あし）にけがをしたら、いつものように走（はし）れなくなりますよ。

腳一受傷的話，就會變得不能像往常那樣跑步了喲。

2. 期末試験（きまつしけん）が終（お）わったら、夏休（なつやす）みに入（はい）ります。

期末考結束的話，（緊接著）就要放暑假。

Ⅳ.做了前句中敘述的事情後，發現後句中敘述的事情已經發生了。

※後句往往會是料想不到的事，且是過去式。

動詞(どうし)たら、…。

1. いすに腰(こし)を**掛**(か)**けたら**、壊(こわ)れてしまいました。
一坐到椅子上，（椅子）竟然就壞掉了。

2. 体重(たいじゅう)を**量**(はか)**ったら**、8キロも増(ふ)えていた。
一秤體重，竟然增加了8公斤之多。

※此種用法的「動詞(どうし)たら」可代換成「動詞辞書形(どうしじしょけい)と」。

1. いすに腰(こし)を掛(か)ける**と**、壊(こわ)れてしまいました。
一坐到椅子上，（椅子）竟然就壞掉了。

2. 体重(たいじゅう)を量(はか)る**と**、8キロも増(ふ)えていた。
一秤體重，竟然增加了8公斤之多。

V.就不清楚的事情，詢問別人的意見。　※用於尋求建議或徵詢別人的意見。

疑問詞(ぎもんし)＋動詞(どうし)たら＋いいですか。

1. A：やむを得(え)ず人(ひと)の仕事(しごと)を邪魔(じゃま)するとき、何(なん)と**言**(い)**ったら**いいですか。
不得已要打擾別人的工作時，該怎麼說才好呢？

B：「お忙(いそが)しいところ、どうもすみません。ちょっとよろしいですか」と**言**(い)**ったら**どうですか。
就說「您正在忙眞是不好意思，我可以打擾一下嗎？」，（你）覺得如何？

如以上所示，以書面或口語陳述建議、提案時常會使用「…たらどうですか」這個句型。以口語陳述建議、提案時，有時還會簡化如以下所示：

「…**たら**どうですか」
↓
「…**たら**どう？」
↓
「…**たら**？」

學習項目2　…ば（条件）

説明

- 「…ば」屬於「接続助詞(せつぞくじょし)」，一般用來表示假設的條件（即假設尚未成立的某種條件或狀況已經成立）。或是一般的條件（即敘述在某種條件或狀況下，通常會產生某種情況）。
- 「…ば」的用法大致有以下幾種，分別舉例如下：

Ⅰ.如果…，…。

名詞(めいし)　＋　だ　→　なら（ば）　※「なら」是助動詞(じょどうし)「だ」的仮定形(かていけい)。

ナ形容詞(けいようし)　~~だ~~　→　なら（ば）

イ形容詞(けいようし)　~~い~~　→　ければ　　※い~~い~~→よければ

例）

名　　詞(めいし)：	学生(がくせい)＋だ →	学生(がくせい)なら（ば）	学生(がくせい)ではない →	学生(がくせい)ではなければ
ナ形容詞(けいようし)：	好(す)きだ →	好(す)きなら（ば）	好(す)きではない →	好(す)きではなければ
イ形容詞(けいようし)：	高(たか)い →	高(たか)ければ	高(たか)くない →	高(たか)くなければ

- 動詞(どうし)のバ形(けい)（動詞轉變成假定形的模式）

五段動詞(ごだんどうし)：V_3 → V_4 ＋ ば

買(か)う →	買(か)えば	死(し)ぬ →	死(し)ねば
書(か)く →	書(か)けば	遊(あそ)ぶ →	遊(あそ)べば
泳(およ)ぐ →	泳(およ)げば	読(よ)む →	読(よ)めば
話(はな)す →	話(はな)せば	乗(の)る →	乗(の)れば
立(た)つ →	立(た)てば		

上・下一段動詞：漢V_2　or　V_4る　→ 漢V_2　or　V_4~~る~~　＋　れば

起きる　→　起きれば

食べる　→　食べれば

カ変・サ変動詞：来る　→　来れば

する　→　すれば　（例：勉強する　→ 勉強すれば）

名　詞：日本語の**翻訳なら（ば）**、自信がありますが、同時通訳はちょっと自信がありませんね。

如果是日文翻譯的話（我）有自信，但若是同步翻譯的話（我）就沒自信了。

ナ形容詞：ぶどうが**好きなら（ば）**、ぜひ一度農園へ行ってぶどう狩りの楽しみを体験してみてください。

如果喜歡吃葡萄的話，請一定要去一趟農場體會看看採葡萄的樂趣。

★以上是就對方談到的事情或當時的情況做爲話題，提出自己的見解、希望或請求，將與此有關的話題進行下去的用法。「名詞　or　ナ形容詞なら（ば）」可代換成「名詞　or　ナ形容詞だったら」。

イ形容詞：どうしても**ほしければ**、買ってあげましょう。

如果（你）無論如何都想要，（我）就買給你吧。

動　詞：夏に**なれば**、海洋大学の後ろにある丘では蛍がたくさん見られます。 or

夏に**なれば**、海洋大学の後ろ（or　裏）にある丘では蛍をたくさん見ることができます。

到了夏天，在海洋大學的後山可以看到許多螢火蟲。

Ⅱ.就不清楚的事情，詢問別人的意見。

疑問詞＋動詞バ形＋いいですか。

例：契約(けいやく)を結(むす)ぶとき、手付金(てつけきん)はいくら**払(はら)えば**いいですか。

簽約時訂金要付多少錢好呢？

【補充説明】

關於「…ば」的各種用法

Ⅰ.假設前句實現時，後句必然會成立的用法。

後句往往會是表「断定(だんてい)」或「推量(すいりょう)」的句型。換句話說就是，前句使用「…ば」，後句不可以是表示已知的結果，或是既成事實的過去式。例如：

1. 氷(こおり)を**入(い)れれば**、冷(つめ)たくなる。○　※断定(だんてい)

   放進冰塊的話，就會變成冰的。

2. 氷(こおり)を**入(い)れれば**、すぐに冷(つめ)たくなるだろう。○　※推量(すいりょう)

   放進冰塊的話，馬上就會變成冰的吧。

3. 氷(こおり)を**入(い)れれば**、すぐに冷(つめ)たくなった。×　※過去(かこ)（既成的事實）

   放進冰塊的話，馬上就變成冰的了。

4. 氷(こおり)を**入(い)れたら**、すぐに冷(つめ)たくなった。○　※過去(かこ)（既成的事實）

   一放進了冰塊之後，馬上就變成冰的了。

Ⅱ.以前句所表述的內容爲條件，表示自己想做的事、或是要對方去做的事、以及不想要對方去做的事。前句的述語(じゅつご)多半是「イ形容詞(けいようし)」、或是「いる」、「ある」、「可能動詞(かのうどうし)」等狀態性的動詞(どうし)，後句也往往會是請託、願望、邀約、禁止、許可、意志、命令、建議等表示敘事者心態的句型。例如：

❖依頼(いらい)（請託）：動詞(どうし)てください／動詞(どうし)てくださいませんか

❖願望(がんぼう)（願望）：動詞(どうし)たいです

❖誘(さそ)い（邀約）：動詞(どうし)ましょう／動詞(どうし)ませんか

❖禁止（禁止）：動詞てはだめ／動詞てはいけません

❖許可（許可）：動詞てもかまわない／動詞てもいいです

❖意志（意志）：動詞よう／動詞ようと思います

❖命令（命令）：動詞命令形／動詞マス形＋なさい

❖ 忠告（建議）：動詞タ形＋ほうが…／動詞タ形＋ほうが…です

1. 来月、仕事が**忙しくなければ**、帰省するつもりです。※打算
   下個月如果工作不忙的話，打算返鄉省親。

2. 今度の土曜日、雨が**降らなければ**、お花見に行きませんか。※邀約
   這個星期六如果沒下雨的話，要不要一起去賞花呢？

Ⅲ.表示實際上並不存在或從未做過的事情，想像其實現時的用法（即所謂「與事實相反的假設」用法），因爲是假設已經實現的情形，所以後句往往會是過去式，常被用來表示對後句所表述的內容感到遺憾。例如：

もっと早く**知っていれば**、こんなことにはならなかったのに。※遺憾
如果能早一點知道的話，事情就不會演變成這樣了。

學習項目3　…なら（条件）

説明

● 「…なら」的用法大致有以下幾種，分別舉例如下：

Ⅰ.就對方談到的事情或當時的情況做爲話題，提出自己的見解、希望或請求，將與此有關的話題進行下去。

名　詞：A：あれ、さっきまでここにあった灰皿は？
　　　　　咦？剛剛放在這裡的菸灰缸呢？

B：あっ、**それなら（ば）**、ほら、阿部さんが今使ってる。
啊，那個（菸灰缸）的話，喏～你看，阿部先生（小姐）現在正在用呢！

ナ形容詞：**嫌いなら（ば）**、早く言ってよ！

如果不喜歡的話，早說嘛！

★如在學習項目２中所述，這種用法的「名詞 or ナ形容詞なら（ば）」可代換成「名詞 or ナ形容詞だったら」。

イ形容詞：肉や魚が**高い（の）なら**、野菜を**食べれば**いいじゃない。

如果肉類或魚類很貴的話，吃蔬菜不就好了。

動　詞：ご両親がそんなに**反対する（の）なら**、あきらめたほうがいいです。

您的父母親如果那麼反對的話，你還是死心比較好。

★「…なら」接在用言辭書形後面

1. 如果是有「の」的情況（「…のなら」）大多用來表示「如果事實是那樣的話」或是「如果實際情況是那樣的話」的意思，可代換成「イ形容詞 or 動詞のだったら」。
2. 如果是沒有「の」的情況（「…なら」）大多用來表示「一般在那種情況下」的意思，則不可代換成「イ形容詞 or 動詞のだったら」。

Ⅱ.就對方談到的事情提出自己的見解、請求。從時間順序上來看，大多數情況是，後句中提到的事情會先發生。例如：

1. A：先生、今年12月の日本語能力試験を受けようと思っていますが、受験のための勉強法やコツなどを教えてくださいませんか。

老師，我想去考今年12月的日檢，您可以教我一些準備考試的讀書方法及訣竅嗎？

B：いいですよ。でも、これといった勉強法がありませんよ。**受験するなら**、とにかくマイペースで**勉強すれば**いいと思います。そして、コツと**言えば**、自分に合う学習スタイルを見つけて、誰よりも多く勉強することだと思いますね。

可以啊！只是，準備考試的讀書方法莫衷一是。要考的話，總之，我認爲以自己的步調好好準備就可以了。至於說到訣竅的話，我認爲就是找到適合自己的學習方式、比別人讀書讀得還要多就是了。
註：此句中老師建議的讀書方法是發生在應考以前。

2. A：今度の土曜日に友人を食事に招待したいと思っています。

這個星期六我想招待朋友吃飯。

B：食事に**招待したいなら**、まず「好き嫌いがありますか」と聞いておいたほうがいいですね。

如果是想要招待朋友吃飯的話，我覺得先問他（她）對飲食是否有偏好或忌口會比較好哦。

註：此句中建議詢問客人對食物的好惡是發生在招待客人吃飯以前。

【補充說明】

關於「…たら」與「…なら」在用法上的不同

如下列例句1所示，「…たら」用於假設前句實現時，後句爲以此爲先決條件而成立的結果。時間上必須是前句先成立，後句才會發生的情形。

1. 日本に**留学したら**、まず日本語能力試験を受けなさい。
   如果已到日本留學，先去考日語能力測驗。

2. 日本に**留学するなら**、まず日本語能力試験を受けなさい。
   如果要到日本留學，先去考日語能力測驗。

例句2可用在時間上後句的結果先實現，然後前句的假設條件才發生的情形。

學習項目4　動詞バ形＋動詞辞書形ほど…。

説明

- 「動詞(どうし)バ形＋動詞辞書形(どうしじしょけい)＋ほど（副助詞(ふくじょし)）…」用在隨著「動詞辞書形(どうしじしょけい)ほど」所表示之事態程度的提高，另一方的程度也會隨之升高的情形，也就是表示「越…越…」的意思。例如：

1. 日本語(にほんご)は**勉強(べんきょう)すれば**、する**ほど**難(むずか)しくなる。
   日文越學越難。

2. 忘(わす)れようと**思(おも)えば**、思(おも)う**ほど**思(おも)い出(だ)します。
   越是想忘記越會想起。

- 「イ形容詞(けいようし)（形容詞(けいようし)）」、「ナ形容詞(けいようし)（形容動詞(けいようどうし)）」、「名詞(めいし)」如以下所示，也可套用這個句型表示「越…越…」的意思。例如：

イ形容詞(けいようし) ／ ナ形容詞(けいようし)　｝バ形(けい)＋　イ形容詞(けいようし)い ／ ナ形容詞(けいようし)な　｝ほど、…。

イ形容詞(けいようし)：貯金(ちょきん)は**多(おお)ければ**、多(おお)い**ほど**いいです。
存款是越多越好。

ナ形容詞(けいようし)：通訳(つうやく)になる人(ひと)は日本語(にほんご)が**上手(じょうず)なら（ば）**、上手(じょうず)な**ほど**いいです。

||

※較常見→通訳(つうやく)になる人(ひと)は日本語(にほんご)が**上手(じょうず)であれば**、ある**ほど**いいです。
兩句的中譯皆是：要當翻譯的人，日文是越強越好。

註：上手(じょうず)だ　→　上手(じょうず)**なら（ば）**
上手(じょうず)である　→　上手(じょうず)**であれば**

學習項目5　…と（条件）

說明

- 「…と、…」的用法大致有以下幾種，分別舉例如下：

Ⅰ.…的時候，總是…。

名詞（めいし）
イ形容詞（けいようし）
ナ形容詞（けいようし）
動詞（どうし）
} 現在形（げんざいけい）（常体（じょうたい））＋と、…。

★【イ形容詞（けいようし）・名詞（めいし）】ナイ形必須變成：学生（がくせい）でない、好（す）きでない

1. 敘述自然的現象

お米（こめ）を炊（た）く**と**、ご飯（はん）になります。

煮米就會變成飯。

2. 說明路線的走法

次（つぎ）の角（かど）を曲（ま）がる**と**、右側（みぎがわ）に神社（じんじゃ）があります。

在下一個街角轉彎，右手邊有（一個）神社。

3. 說明機械的操作

このボタンを押（お）す**と**、電灯（でんとう）がつきます。

按這個鍵燈就會亮。

4. 說明一般的事實

長（なが）い間（あいだ）全然（ぜんぜん）使（つか）わない**と**、習（なら）った日本語（にほんご）をすっかり忘（わす）れてしまいますよ。

長期完全不用日文，學過的日文就會全忘光哦！

5. 説明理論

1に1を足（た）すと、2になる。

1加1等於2。

11から1を引（ひ）くと、10になる。

11減1等於10。

10に5を掛（か）けると、50になる。

10乘以5等於50。

50を5で割（わ）ると、10になる。

50除以5等於10。

Ⅱ.前句的事情發生後，緊接著後句的事情就會發生。

動詞辞書形（どうしじしょけい）＋と、…。

海洋大学（かいようだいがく）に入学（にゅうがく）すると、その一員（いちいん）になる。

進了海洋大學，就成爲海大的一份子。

Ⅲ.前句的事情發生後，發現後句的事情已經發生了。

動詞辞書形（どうしじしょけい）＋と、…。

駅（えき）に着（つ）くと、急行（きゅうこう）はもう行（い）ってしまった。

一到車站，快車已經開走了。

Ⅳ.表示願望。

名詞（めいし）
イ形容詞（けいようし）
ナ形容詞（けいようし）
動詞（どうし）
} 現在形（げんざいけい）（常体（じょうたい））＋と、いい/いいです。

毎日休（まいにちやす）みだと、いいな。

要是每天都放假就好了。

【補充説明】

Ⅰ.「…たら」較多使用於對話，且多用於敘述只發生一次的狀況。例如：

1. **冷（ひ）えたら**、クーラーを消（け）してください。○
2. **冷（ひ）えると**、クーラーを消（け）してください。×

兩句的中譯皆是：感覺冷就請把冷氣關掉。

Ⅱ.「…と」的後句不能是表示意志、希望、命令、請求的句型。例如：

1. 病気（びょうき）が**治（なお）ったら**、退院（たいいん）するつもりだ。○
2. 病気（びょうき）が**治（なお）ると**、退院（たいいん）するつもりだ。×

兩句的中譯皆是：病情痊癒就打算出院。

Ⅲ.如學習項目３中所述，「…なら」的後句多是就對方談到的事情提出自己的見解、請求。所以大多是表示意志、希望、命令、請求等較主觀的表達形式，不能用於敘述必然會發生的事情或是經過一段時間必然會發生的情況。例如：

1. 病気が**治れば**、退院する。○

如果病情痊癒的話，就會出院。

2. 病気が**治ったら**、退院する。○

病情痊癒了之後，就會出院。

3. 病気が**治ると**、退院する。○

病情痊癒，就出院。

4. 病気が**治るなら**、退院する。×

如果病情是會痊癒的，要出院。？？？

↓

病気が**治る（の）なら**、退院するつもりだ。○

如果病情是會痊癒的，打算要出院。

Ⅳ.根據「記者ハンドブック・新聞用語用字集」，「はかる」的用法分別如下：

N_1：「図る」、N_2：「計る・量る・測る」

❖図る：意図（企圖）

❖計る：計算・計画（計算、計畫）

❖量る：計量・推量（測量、推測）

例：体重を量る（秤體重）、容積を量る（測量容積）

❖測る：物事の広狭・深浅・長短・遠近・高低、測定、測量、推測

（測出或量出事物的寬窄、深淺、長短、遠近、高低／測量／推測）

例：距離を測る、真意を測る、体温を測る、速度を測る、…

丈量距離　測試眞心　量體溫　測量速度

學習項目6　…のに

說明

- 「…のに、…」屬於「接続助詞（せつぞくじょし）」，用於表示「（和前半句預想的不同）居然、竟然…」的意思。言下之意帶有「吃驚、不滿、遺憾」等語氣。因此，**「のに」之後的句子不能有表示意志、推測的意思**。例如：

Ⅰ.意志

車（くるま）は必要（ひつよう）なので、高（たか）い**のに**買（か）うつもりだ。×

車（くるま）は必要（ひつよう）なので、高（たか）い**けれども**買（か）うつもりだ。○

兩句的中譯皆是：因為必須要開車，所以雖然很貴，還是打算買。

Ⅱ.推測

彼（かれ）は病気（びょうき）な**のに**、学校（がっこう）に来（く）るでしょう。×

彼（かれ）は病気（びょうき）だ**が**、学校（がっこう）に来（く）るでしょう。○

兩句的中譯皆是：他雖然生病，可是會來學校吧。

第十二單元

學習項目1　受身表現

中文意思　把接受動作者當主詞時使用的句型。

■動詞(どうし)の受身形(うけみけい)（動詞轉變成被動形的模式）

…段音	あ	い	う	え	お
…根手指	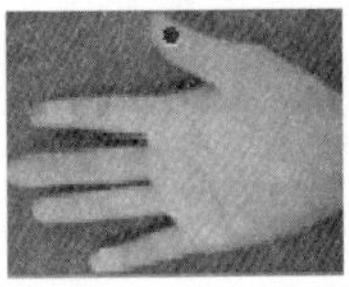	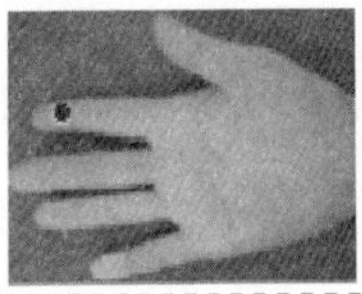	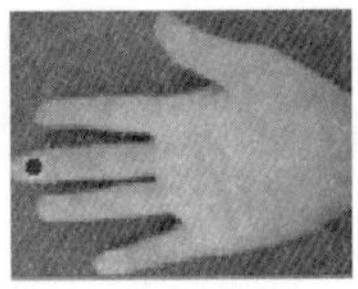	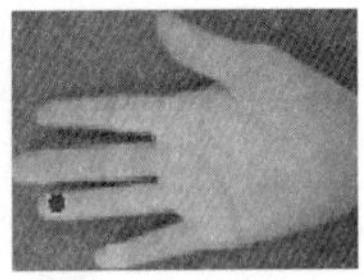	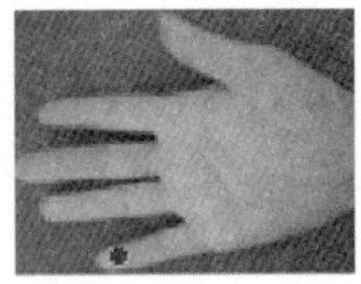
V	V_1	V_2	V_3	V_4	V_5

Ⅰ. 五段動詞		Ⅱ. 上・下一段動詞	Ⅲ. カ変動詞 サ変動詞
V_3 → $\underline{V_1}$ ＋ れる		漢字V_2~~る~~＋られる 漢字V_4~~る~~＋られる	来(く)る→来(こ)られる する→される
言(い)う→言(い)われる	死(し)ぬ→死(し)なれる	借(か)りる→借(か)りられる	来(く)る→来(こ)られる
書(か)く→書(か)かれる	呼(よ)ぶ→呼(よ)ばれる	見(み)る　→見(み)られる	する→される
出(だ)す→出(だ)される	飲(の)む→飲(の)まれる	食(た)べる→食(た)べられる	紹介(しょうかい)する ↓ 紹介(しょうかい)される
立(た)つ→立(た)たれる	取(と)る→取(と)られる	得(え)る　→得(え)られる	

用法Ⅰ. 某個人被另一個人做了某個動作。

$人_1$は（or が）$人_2$に動詞受身形。

例：先生(せんせい)が学生(がくせい)を褒(ほ)めた。

老師誇獎了學生。

↓

学生(がくせい)が先生(せんせい)に褒(ほ)められた。

學生被老師誇獎了。

例句

1. 子(こ)どものころ、よく成績(せいせき)のことで母(はは)にしかられました。

   小時候常常因爲成績的事被媽媽罵。

2. きのうコンサートに誘(さそ)われましたが、用事(ようじ)があって断(ことわ)りました。とても残念(ざんねん)です。

   昨天被邀請去（聽）音樂會，但卻因爲有事只好拒絕了，好遺憾。

3. 周(まわ)りの人(ひと)に反対(はんたい)されたとき、どうすればいいですか。

   被周遭所有的人反對時，該怎麼辦才好呢？

4. 人形浄(にんぎょうじょう)瑠璃(るり)（文楽(ぶんらく)）の人形(にんぎょう)は「主遣(おもづか)い」、「左遣(ひだりづか)い」、「足遣(あしづか)い」という人形遣(にんぎょうづか)い、三人(さんにん)が一体(いったい)となって操(あやつ)られています。

   「人形淨琉璃」的人偶，一直以來是由稱爲「主遣」「左遣」「足遣」的人偶師3位一體操縱的。

用法Ⅱ. 接受動作的是接受動作者身體的一部分或接受動作者擁有的物品。

人$_1$は（or が）人$_2$に物を動詞受身形。

例：弟(おとうと)がわたしのケイタイを壊(こわ)した。

弟弟弄壞了我的手機。

↓

わたしは弟(おとうと)にケイタイを壊(こわ)された。

我（的）手機被弟弟弄壞了。

例句

1. ラッシュの電車(でんしゃ)で、隣(となり)の人(ひと)がわたしの足(あし)を踏(ふ)んだ。

   在交通尖峰時段的電車中，旁邊的人踩了我的腳。

   ||

   ラッシュの電車(でんしゃ)で、わたしは隣(となり)の人(ひと)に足(あし)を踏(ふ)まれた。

   在交通尖峰時段的電車中，我被旁邊的人踩到腳。

2. けんかのとき、相手(あいて)に鼻(はな)を殴(なぐ)られて血(ち)が出(で)た。

吵架的時候被對方打到鼻子還流了血。

3. ちょっと席(せき)を外(はず)している間(あいだ)に、誰(だれ)かにまだ半分残(はんぶんのこ)っていた缶(かん)ジュースを捨(す)てられた。

就在離開座位一下子的時候，不曉得被誰把還喝剩下一半的罐裝果汁給拿去丟掉了。

用法Ⅲ. 由於某人的行爲，或者是某一狀況的原因，讓當事者感覺受到傷害或蒙受損失。

人$_1$は（or が）人$_2$に動詞受身形。

例句

1. ゆうべ子(こ)どもに泣(な)かれて、よく眠(ねむ)れなかった。

昨晚被小孩哭得沒睡好。

※ ゆうべ子(こ)どもが泣(な)いていたから、（わたしは）よく眠(ねむ)れなかった。

昨晚小孩一直哭，所以（我）沒睡好。

2. 傘(かさ)を持(も)っていなかったから、雨(あめ)に降(ふ)られてぬれてしまいました。

因爲沒帶傘，所以被雨淋得渾身濕答答的。

3. さっきの授業(じゅぎょう)で、先生(せんせい)に発音(はつおん)を注意(ちゅうい)されて、ちょっと恥(は)ずかしかった。

剛剛在課堂上被老師糾正發音，覺得有點不好意思。

用法Ⅳ. 行使動作者很多，或指出是誰並不重要時使用。

事 or 物は＋動詞受身形。

例句

1. 海洋大学(かいようだいがく)は1953年(ねん)に設立(せつりつ)されました。

   海洋大學於1953年創校。

2. 今(いま)、英語(えいご)は世界共通語(せかいきょうつうご)と言(い)われています。

   現在英文被視爲世界共通語言。

3. 台湾(たいわん)では、卒業式(そつぎょうしき)は6月(がつ)ごろに行(おこな)われます。

   在台灣，畢業典禮都是在6月的時候舉行。

4. この大(おお)きな木(き)は今(いま)から約(やく)50年前(ねんまえ)にここに植(う)えられたのですよ。

   這棵大樹是在距今約50年前被種在這裡的喲。

單字

1.	用事(ようじ)$_0$	【名詞】事情、該做的事
2.	周(まわ)り$_0$	【名詞】周遭、附近
3.	人形浄瑠璃(にんぎょうじょうるり)$_5$	【名詞】由「太夫(たゆう)」＋「三味線(しゃみせん)」＋「人形(にんぎょう)」＝人形浄(にんぎょうじょう)瑠璃(るり)（文楽(ぶんらく)）是日本的傳統表演藝術。
4.	人形(にんぎょう)$_0$	【名詞】人偶、娃娃
5.	一体(いったい)$_0$	【名詞】一體、同心、合力／大體上、一般
6.	ケイタイ$_0$	【名詞】手機　※「携帯電話(けいたいでんわ)$_5$」的簡稱
7.	ラッシュ$_1$	【名詞】交通尖峰時段（ラッシュアワ$_4$＝rush hour）的簡稱（rush）
8.	鼻(はな)$_0$	【名詞】鼻子
9.	血(ち)$_0$	【名詞】血液
10.	半分(はんぶん)$_3$	【名詞】一半、二分之一
11.	缶(かん)ジュース$_3$	【名詞】罐裝果汁（juice）
12.	発音(はつおん)$_0$	【名詞】發音

13.	紫式部(むらさきしきぶ)$_{6}$	【名詞】平安中期女作家。（西元973～1014年）
14.	源氏物語(げんじものがたり)$_{6}$	【名詞】紫式部著，計五十四帖。被視爲「物語文學」登峰之作。
15.	物語(ものがたり)$_{3}$*	【名詞】故事、文學作品類型之一（重點在敘事、非人物的描寫）
16.	大(おお)きな$_{1}$	【ナ形容詞】大大的
17.	褒(ほ)める$_{2}$	【動詞】稱讚、誇獎
18.	しかる$_{0\ or\ 2}$	【動詞】罵、責備
19.	誘(さそ)う$_{0}$	【動詞】邀請、誘發
20.	断(ことわ)る$_{3}$	【動詞】拒絕、事先取得共識
21.	反対(はんたい)する$_{0}$	【動詞】相反、反對
22.	操(あやつ)る$_{3}$	【動詞】操縱、操作
23.	踏(ふ)む$_{0}$	【動詞】踏、踩
24.	殴(なぐ)る$_{2}$	【動詞】用力打、毆打
25.	外(はず)す$_{0}$	【動詞】暫時離開一下、取下（眼鏡等）、偏離目標
26.	残(のこ)る$_{2}$	【動詞】剩下、留下
27.	捨(す)てる$_{0}$	【動詞】丟掉、拋棄、扔掉
28.	（濡(ぬ)）れる$_{0}$	【動詞】溼、淋溼
29.	植(う)える$_{0}$	【動詞】種、植
30.	（喧嘩(けんか)）する$_{0}$	【動詞】口角、爭吵、打架
31.	探(さが)す$_{0}$	【動詞】「探(さが)す」：找尋、尋求（想得到的東西） ※「捜(さが)す」：尋找（看不見或不見了的東西）

學習項目2　使役表現

中文意思　某人使（令、讓）另一個人做某個動作。

用法Ⅰ. 某個人讓另一個人做某個動作。 ※動詞是自動詞時

■動詞(どうし)の使役形(しえきけい)（動詞轉變成使役形的模式）

…段音	あ	い	う	え	お
…根手指	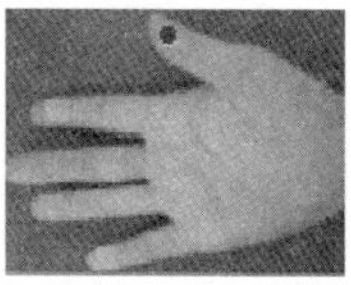	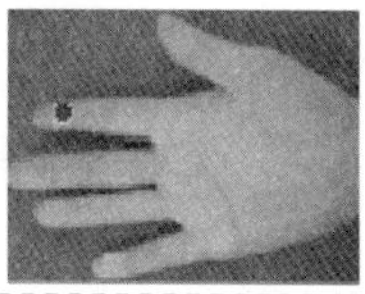	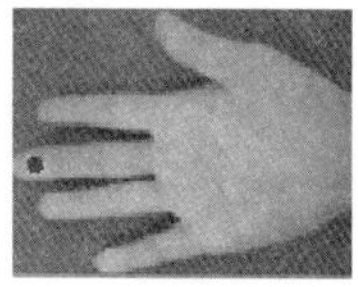	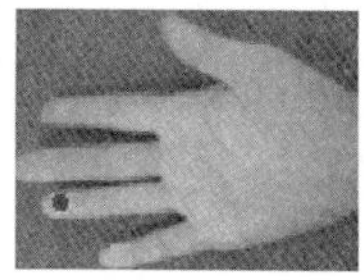	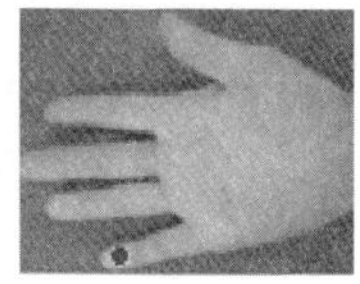
V	V_1	V_2	V_3	V_4	V_5

Ⅰ.五段動詞		Ⅱ.上・下一段動詞	Ⅲ.カ変動詞 サ変動詞
V_3 → V_1 ＋ せる		漢字 V_2 ~~る~~＋させる 漢字 V_4 ~~る~~＋させる	来(く)る→来(こ)させる する→させる
言(い)う→言(い)わせる	死(し)ぬ→死(し)なせる	借(か)りる→借(か)りさせる	来(く)る→来(こ)させる
書(か)く→書(か)かせる	呼(よ)ぶ→呼(よ)ばせる	見(み)る　→見(み)させる	する→させる
出(だ)す→出(だ)させる	飲(の)む→飲(の)ませる	食(た)べる→食(た)べさせる	紹介(しょうかい)する ↓ 紹介(しょうかい)させる
立(た)つ→立(た)たせる	取(と)る→取(と)らせる	得(え)る　→得(え)させる	

人$_1$は（or が）人$_2$を動詞使役形。

例句

1. A：両親(りょうしん)が結婚(けっこん)する気(き)のない兄(あに)**を**結婚(けっこん)させるため、（両親(りょうしん)が）むりやりにお見合(みあ)いさせた。

　　我爸媽爲了要讓不想結婚的哥哥結婚，逼他去相親。

　B：そっか、お兄(にい)さん**を**お見合(みあ)いさせたのか。で、どうだった？うまく行(い)った？

　　這樣喔，要你哥哥去相親喔。那，（相親以後）結果呢？有很順利嗎？

A：さあ…。

這個嘛（我就不清楚了）。

2. （先生は）気分が悪いと言った学生**を**早く帰らせました。

（老師）讓感覺身體不適的學生提早回家了。

用法Ⅱ. 某個人使另一個人做某個動作。　※動詞是他動詞時

人$_1$は（or が）人$_2$に（事 or 物）を動詞使役形。

例句

1. 幼稚園のときから娘**に**ピアノ**を**習わせています。（ピアノ**を**習う）

（我）從幼稚園的時候開始，就讓女兒學鋼琴。　（學鋼琴）

2. 人**に**同じこと**を**何回も言わせないでください。（同じこと**を**言う）

請不要讓別人同樣的話要說好幾次。　（說同樣的話）

用法Ⅲ. 某個人令另一個人抱有某種感情，因此而抱有感情者用「に」或「を」表示。

人$_1$は（or が）人$_2$に（or を）動詞使役形。

例句

1. 大切な人**を**喜ばせる贈り物には、どんなものがありますか。

要讓自己很重視的人感覺開心的禮物有哪些呢？

2. 両親**を**安心させるために、早くいい結婚相手を見つけて結婚したほうがいいです。

爲了要讓父母放心，最好早點找到好的結婚對象然後結婚會比較好些。

單字

1.	見合い(みあい)$_0$（お見合い(みあい)$_0$）	【名詞】相親
2.	気分(きぶん)$_1$	【名詞】生理反應所引起的感覺、心思、心情
3.	贈り物(おくりもの)$_0$	【名詞】禮物
4.	むりやり（に）$_0$	【副詞】勉爲其難地、很勉強地
5.	大切(たいせつ)$_0$	【ナ形容詞】重要的、寶貴的
6.	自由自在(じゆうじざい)$_2$	【ナ形容詞】隨心所欲的、自由自在的
7.	喜ぶ(よろこぶ)$_3$	【動詞】高興、喜悅
8.	安心する(あんしんする)$_0$	【動詞】安心、放心

學習項目3　使役受身表現

中文意思　非出於自願，而是受命做某件事。

用法Ⅰ. 某人不是出於自願，而是被另一個人驅使去做某件事。

■動詞(どうし)の使役受身形(しえきうけみけい)（動詞轉變成使役被動形的模式）

…段音	あ	い	う	え	お
…根手指	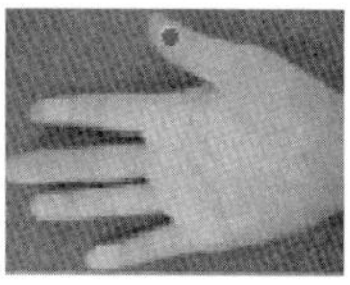	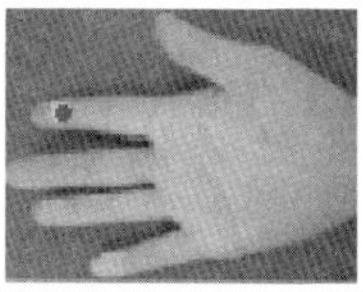	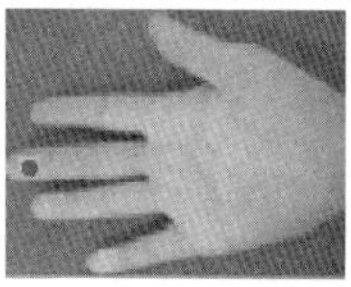	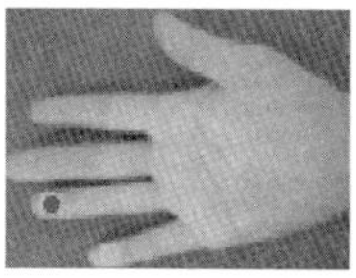	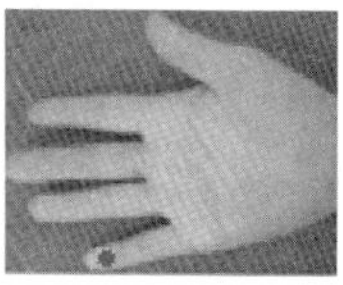
V	V_1	V_2	V_3	V_4	V_5

Ⅰ. 五段動詞		Ⅱ. 上・下一段動詞	Ⅲ. カ変動詞 サ変動詞
V_3 → V_1 ＋ される 使役：V_3 → V_1 ＋ せる 受身：V_3 → V_1 ＋ れる		漢字V_2~~る~~＋させられる 漢字V_4~~る~~＋させられる	来(く)る→来(こ)させられる する→させられる
言(い)う→言(い)わされる	*死(し)ぬ→死(し)なされる	借(か)りる→借(か)りさせられる	来(く)る→来(こ)させられる
書(か)く→書(か)かされる	呼(よ)ぶ→呼(よ)ばされる	見(み)る →見(み)させられる	する→させられる
出(だ)す→出(だ)させられる	飲(の)む→飲(の)まされる	食(た)べる→食(た)べさせられる	派遣(はけん)する ↓ 派遣(はけん)させられる
立(た)つ→立(た)たされる	取(と)る→取(と)らされる	得(え)る →得(え)させられる	

*雖然就詞形變化來看，「死(し)ぬ」是可以如此變化，但在日文的使用上，這個動詞詞形是不存在的。

★辞書形(じしょけい)以「す」結尾的動詞

例：話す → 話さされる ×　　　出す → 出さされる ×

　　　　　話させられる ○　　　　　出させられる ○

人$_1$は（or が）人$_2$に（事 or 物）を動詞使役受身形。

例句

1. 会社(かいしゃ)の人(ひと)はわたしにお酒(さけ)を飲(の)ませた。

   公司同事要我喝酒。

   ‖

   わたしは会社(かいしゃ)の人(ひと)にお酒(さけ)を飲(の)まされた。

   我被公司同事灌酒。

2. 母はわたしにしょう油を買いに行かせた。

媽媽要我去買醬油。

||

わたしは母にしょう油を買いに行かされた。

我被媽媽差遣去買醬油。

3. 歯医者に予約時間通りに行ったのに、（歯医者さんはわたしを）1時間以上待たせました！

雖然照預約時間去牙醫那裡（牙科診所）牙醫卻讓我等了1小時以上！

||

（わたしは歯医者さんに）1時間以上待たされました！

（我卻被牙醫）害得等了1小時以上！

用法Ⅱ. 由於某人的行爲而抱有某種感情。抱有感情者是句子的主詞。

人$_1$は（or が）人$_2$（or 事 or 物）に（事 or 物）を動詞使役受身形。

例句

1. この歴史の本はわたしにいろいろなことを考えさせた。

這本歷史書讓我思考了很多事情。

||

この歴史の本を読んで、（わたしは）いろいろなことを考えさせられた。

讀了這本歷史書引發我思考了很多事情。

2. A：「世界の中心で愛を叫ぶ」という連続ドラマを見たことある？

妳看過「在世界的中心呼喊愛」這齣連續劇嗎？

B：あるある。最初から最後まで何回も泣かされたドラマは、これが初めてなの。

有、有看過。從一開始到最後讓我哭了好次的連續劇，這還是第一齣哩！

A：わたしもそうなの。あんなに泣かされたドラマは久しぶりだわ。

我也是耶。那樣引人熱淚的連續劇，許久未見哩！

單字

1.	歯医者（はいしゃ）$_{1}$	【名詞】牙醫師　※在例句中是指牙科診所
2.	以上（いじょう）$_{1}$	【名詞】以上、截至目前爲止、到此爲止
3.	歴史（れきし）$_{0}$	【名詞】歷史
4.	中心（ちゅうしん）$_{0}$	【名詞】中心、正中央、事物集中的地方
5.	連続（れんぞく）ドラマ$_{5}$	【名詞】連續劇（drama）
6.	最初（さいしょ）$_{0}$	【名詞】最初、開始
7.	最後（さいご）$_{1}$	【名詞】最後、最終
8.	叫（さけ）ぶ$_{2}$	【動詞】呼喊、喊叫

學習項目４　動詞（さ）せてください

中文意思　請求對方讓自己做某件事。

用法

動詞使役形テ形＋ください

例句

1. すみません。ちょっと一言（ひとこと）言（い）わせてください。
不好意思，請容許我說句話。

2. 先生（せんせい）、すみません、さっきのCD、もう一度（いちど）聞（き）かせてくださいませんか。
老師，不好意思。剛剛那個CD可以讓我再聽一次嗎？

3. 機械（きかい）によって自転車（じてんしゃ）を大量生産（たいりょうせいさん）している工場（こうじょう）を見学（けんがく）した感想（かんそう）を聞（き）かせてください。
請讓我聽聽（你）在參觀過利用機械大量生產自行車的工廠後的感想。

單字

1.	一言(ひとこと)$_2$	【名詞】一個字、很簡短的話
2.	機械(きかい)$_2$	【名詞】機械
3.	大量(たいりょう)$_0$	【名詞】大量
4.	工場(こうじょう)$_3$	【名詞】工廠
5.	感想(かんそう)$_0$	【名詞】感想
6.	生産(せいさん)する$_0$	【動詞】生產、製造
7.	見学(けんがく)する$_0$	【動詞】參觀、親眼目睹以增加知識

文法解說

學習項目1　受身表現

說明

- 所謂「受身表現(うけみひょうげん)」（被動表現）是指「把接受動作者當主詞時使用的句型」。雖然「受身(うけみ)」一般大多譯爲「被動」，其實在理解的層面上最好把所謂的「受身(うけみ)」意會爲「受動(じゅどう)」（接受對方的動作），會更有利於學習及運用這類型的表現。

- 動詞(どうし)の受身形(うけみけい)（動詞轉變成被動形的模式）：

五段動詞(ごだんどうし)：V_3 → $\underline{V_1}$ ＋ れる

買(か)う	→	買(か)われる	死(し)ぬ	→	死(し)なれる
書(か)く	→	書(か)かれる	遊(あそ)ぶ	→	遊(あそ)ばれる
泳(およ)ぐ	→	泳(およ)がれる	読(よ)む	→	読(よ)まれる
話(はな)す	→	話(はな)される	乗(の)る	→	乗(の)られる
立(た)つ	→	立(た)たれる			

上(かみ)・下一段動詞(しもいちだんどうし)：漢V_2　or　V_4る　→　漢V_2　or　V_4~~る~~　+　られる

借(か)りる　→　借(か)りられる

食(た)べる　→　食(た)べられる

カ変(へん)・サ変動詞(へんどうし)：来(く)る　→　来(こ)られる

する　→　される　（例：紹介(しょうかい)する　→　紹介(しょうかい)される）

● 「受身(うけみ)表現(ひょうげん)」的用法大致有以下幾種，分別舉例如下：

Ⅰ.某個人被另一個人做了某個動作。

先生(せんせい)が学生(がくせい)を褒(ほ)めた。

老師誇獎了學生。

↓站在受誇讚者的立場表述

学生(がくせい)が先生(せんせい)に**褒(ほ)められた**。

學生被老師誇獎了。

如以上所示，一旦被動（受動(じゅどう)）者成爲主詞時，接助詞(じょし)「が」；加諸動作、行爲者後面則接助詞(じょし)「に」。例如：

1. 子(こ)どものころ、よく成績(せいせき)のことで母(はは)に**しかられました**。

   小時候常常因爲成績的事被媽媽罵。

2. きのうコンサートに**誘(さそ)われました**が、用事(ようじ)があって断(ことわ)りました。とても残念(ざんねん)です。

   昨天被邀請去（聽）音樂會，但卻因爲有事只好拒絕了，好遺憾。

3. 周(まわ)りの人(ひと)に**反対(はんたい)された**とき、どうすればいいですか。

   被周遭所有的人反對時，該怎麼辦才好呢？

【補充説明】

1. 當後面的動詞是具有創造或製作意思的時候，「に」可以用「によって」來表示行使動作者。例如：

『源氏物語（げんじものがたり）』は紫（むらさき）式部（しきぶ）によって**書（か）かれた**作品（さくひん）です。

「源氏物語」是紫式部所寫的文學著作。

2. 對被加諸的動作表示歡迎、感謝時，不用「受身形（うけみけい）」而用「…てもらう」表示。例如：

先輩（せんぱい）にいいアパートを探（さが）してもらいました。○

託學長幫忙找到了好公寓。

先輩（せんぱい）にいいアパートを**探（さが）されました**。　×

被學長找到了好公寓。

Ⅱ.接受動作的是接受動作者身體的一部分或是接受動作者所擁有的物品。例如：

ラッシュの電車（でんしゃ）で、隣（となり）の人（ひと）がわたしの足（あし）を踏（ふ）んだ。

在交通尖峰時段的電車中，旁邊的人踩了我的腳。

↓站在受害者的立場表述

ラッシュの電車（でんしゃ）で、わたしは隣（となり）の人（ひと）に足（あし）を**踏（ふ）まれた**。（身體的一部分）

在交通尖峰時段的電車中，我被旁邊的人踩到腳。

如以上所示，一旦被動（受動（じゅどう））者成爲主詞時，後面應接助詞（じょし）「が」或「は」（主題化（しゅだいか）時）；實際上承受動作的部分，如：被動（受動（じゅどう））者身體的一部分或其所擁有的物品，則須於後面接助詞（じょし）「を」。理由是：會產生所謂的「被動（受動（じゅどう））」意識者是人，身體的一部分或物品是不會有感受的，所以還是和原先一樣維持不變，後接助詞（じょし）「を」。例如：

1. けんかのとき、相手に鼻を**殴られ**て血が出た。
吵架的時候被對方打到鼻子還流了血。

2. ちょっと席を外している間に、誰かにまだ半分残っていた缶ジュースを**捨てられた**。
就在離開座位一下子的時候，不曉得被誰把還喝剩下一半的罐裝果汁給拿去丟掉了。

Ⅲ.由於某人的行爲，或者是某一狀況的原因，讓當事者感覺受到傷害或蒙受損失。

例如：

ゆうべ子どもが泣いていたから、（わたしは）よく眠れなかった。
昨晚小孩一直哭，所以我沒睡好。

↓站在受害者的立場表述

ゆうべ子どもに**泣かれ**て、よく眠れなかった。
昨晚被小孩哭得沒睡好。

如以上所示，讓當事者感覺受傷害時，其中文翻譯可解釋爲「遭遇某種狀況」或「遭受到某種對待」的意思。同屬於這種用法的其他例句如下：

1. 傘を持っていなかったから、雨に**降られ**てぬれてしまいました。
因爲沒帶傘，所以被雨淋得渾身濕答答的。

2. さっきの授業で、先生に発音を**注意され**て、ちょっと恥ずかしかった。
剛剛在課堂上被老師糾正發音，覺得有點不好意思。

3. 急に会社に**リストラされ**て、部長は悩んでいます。
突然被公司給裁員了，經理很苦惱。

※リストラ＝restructuring

Ⅳ.行使動作者很多，或指出是誰並不重要時使用。例如：

sbが608年に法隆寺を建てた。　※sb=一群建築工人 → 行爲者很多

某些人在西元608年時建造了法隆寺。

↓站在被動者或物的立場表述

法隆寺は（sb に）608年に**建てられた**。

‖

法隆寺は608年に**建てられた**。

法隆寺於西元608年完工。

如以上所示，這種用法用在行使動作者很多、或是沒有必要特別指出是誰的情形。因此，句中往往不會出現指出行使動作者的「某人に」或是「某團體から」這類的文節，所以自然就會把焦點放在「被動（受動）者」上，而大多會將表示「被動（受動）者」的文節移到句首，予以「主題化」。同屬於這種用法的其他例句如下：

1. 海洋大学は1953年に**設立されました**。

   海洋大學於1953年創校。

2. 今、英語は世界共通語と**言われています**。

   現在英文被視爲世界共通語言。

3. この大きな木は今から約50年前にここに**植えられた**のですよ。

   這棵大樹是在距今約50年前被種在這裡的喲。

學習項目2　使役表現

說明

- 所謂「使役表現」（使役表現）是指「某人（使役者）使／令／讓另一個人（受使役者）做某個動作或抱有某種情感時所使用的句型。

這種句型以撞球來比喻，如下圖所示，基本上有以下兩種情形：

Ⅰ.白球直接將色球擊入球袋

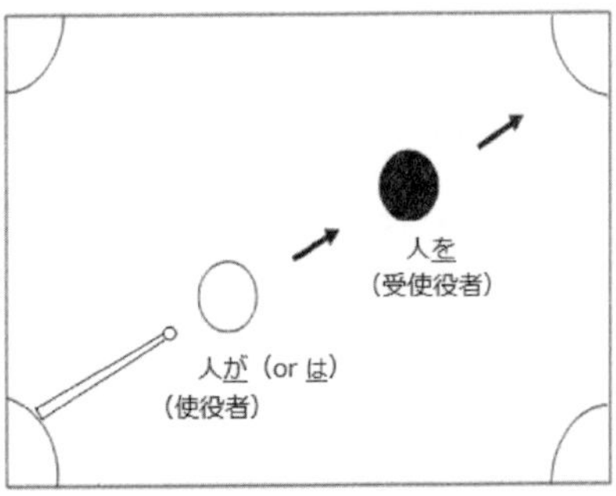

Ⅱ.白球先撞擊前一個色球，再由該色球間接將另一個色球擊入球袋

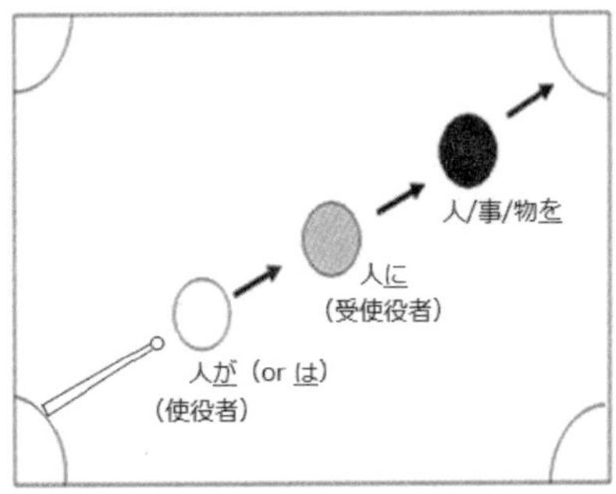

Ⅰ.的情形是：使役者使／令／讓受使役者做某個動作或抱有某種情感時，並不會及於兩者以外的人／事／物。因此，受使役者須於後面接助詞「を」。

Ⅱ.的情形是：使役者使／令／讓受使役者做某個動作或抱有某種情感時，會及於兩者以外的人／事／物。因此，受使役者須於後面接助詞「に」，而受到受使役者波及的人／事／物，則必須於後面接助詞「を」。

- 動詞の使役形（動詞轉變成使役形的模式）：

五段動詞：V_3 → V_1 ＋ せる

買う	→	買わせる	死ぬ	→	死なせる
書く	→	書かせる	遊ぶ	→	遊ばせる
泳ぐ	→	泳がせる	読む	→	読ませる
話す	→	話させる	乗る	→	乗らせる
立つ	→	立たせる			

上・下一段動詞：漢V_2 or V_4る → 漢V_2 or V_4~~る~~ + させる

借りる → 借りさせる

食べる → 食べさせる

カ変・サ変動詞：来る → 来させる

する → される （例：紹介する → 紹介させる）

● 「使役表現」的用法大致有以下幾種，分別舉例如下：

Ⅰ.某個人讓另一個人做某個動作。

※動詞是自動詞（自動詞）時，所謂「自動詞」是指所表示的動作不會及於其他人／事／物的動詞。

例如：

1. A：両親が結婚する気のない兄を**結婚させる**ため、（両親が）むりやりに**お見合いさせた**。

我爸媽為了要讓不想結婚的哥哥結婚，逼他去相親。

B：そっか、お兄さんを**お見合いさせた**のか。で、どうだった？うまく行った？

這樣喔，要你哥哥去相親喔。那，（相親以後）結果呢？有很順利嗎？

A：さあ…。

這個嘛（我就不清楚了）。

2. （先生は）気分が悪いと言った学生を**早く帰らせました**。

（老師）讓感覺身體不適的學生提早回家了。

【補充說明】

即使是「自動詞」，也會有使用助詞「を」的時候，但是此時「を」所代表的意義和「他動詞」作用對象所代表的「を」不同。

下列例句中出現的「を」爲表示「經過、通過」的意思。另外，不論是「自動詞」還是「他動詞」的使役句，助詞「に」都是表示受使役者（即採取實際行動的人）。

小さい子どもに一人で道を**渡らせてはいけません**。これは小鳥に空を自由自在に**飛ばせる**のと、全然違いますから。

不可以讓小孩子單獨過馬路。因爲這跟讓小鳥自由自在地在天空翱翔，完全是兩碼子事。

Ⅱ.某個人使另一個人做某個動作。

※動詞是他動詞（他動詞）時，所謂「他動詞」是指所表示的動作會及於其他人／事／物的動詞。

例如：

1. 幼稚園のときから娘にピアノを**習わせています**。（ピアノを習う）
   （我）從幼稚園的時候開始，就讓女兒學鋼琴。（學鋼琴）

2. 人に同じことを何度も**言わせないでください**。（同じことを言う）
   請不要讓別人同樣的話要說好幾次。（說同樣的話）

Ⅲ.某個人令另一個人抱有某種情感，因此而抱有情感者用「に」或「を」表示。

例如：

1. 大切な人を**喜ばせる**贈り物には、どんなものがありますか。
   要讓自己很重視的人感覺開心的禮物有哪些呢？

2. 両親を**安心させる**ために、早くいい結婚相手を見つけて結婚したほうがいいです。

為了要讓父母放心，最好早點找到好的結婚對象然後結婚會比較好些。

【補充説明】

關於上述Ⅲ.的用法。抱有情感者用「を」表示時，代表使役者積極地想讓受使役者有此感受。用「に」表示時，代表使役者如受使役者所願讓受使役者有此感受。也就是說用「に」表示時，代表受使役者期待使役者能令其有此感受，於是使役者便如其所願地令受使役者感受如此。

學習項目3　使役受身表現

説明

● 所謂「使役受身表現」（使役被動表現）是指「某個人（受使役者）非出於自願，而是受命於另一個人（使役者）做某件事時使用的句型」。

● 動詞の使役受身形（動詞轉變成使役被動形的模式）：

五段動詞：（使役）V_3 → $\underline{V_1}$ ＋ せる
（受身）V_3 → $\underline{V_1}$ ＋ れる
} $\underline{V_1}$ ＋ される

買う → 買わせる → 買わせられる → 買わされる
買われる

書く → 書かせる → 書かせられる → 書かされる
書かれる

泳ぐ → 泳がせる → 泳がせられる → 泳がされる
泳がれる

話(はな)す　→　（使役(しえき)）話(はな)させる　→　話(はな)させられる　→

話(はな)さされる？

（受身(うけみ)）話(はな)される

★辭書形(じしょけい)以「す」結尾的動詞(どうし)，如以上所示，語言形式上有問題，

必須變更形式爲：話(はな)さされる　×　→　話(はな)させられる

立(た)つ　→　立(た)たせる　→　立(た)たせられる　→　立(た)たされる

立(た)たれる

死(し)ぬ　→　死(し)なせる　→　死(し)なせられる　→　死(し)なされる

死(し)なれる

遊(あそ)ぶ　→　遊(あそ)ばせる　→　遊(あそ)ばせられる　→　遊(あそ)ばされる

遊(あそ)ばれる

読(よ)む　→　読(よ)ませる　→　読(よ)ませられる　→　読(よ)まされる

読(よ)まれる

乗(の)る　→　乗(の)らせる　→　乗(の)らせられる　→　乗(の)らされる

乗(の)られる

上(かみ)・下一段動詞(しもいちだんどうし)：

漢V_2　or　V_4る→（使役(しえき)）漢V_2　or　V_4~~る~~+させる
漢V_2　or　V_4る→（受身(うけみ)）漢V_2　or　V_4~~る~~+られる

漢V_2　or　V_4~~る~~ +させられる

借(か)りる　→　借(か)りさせられる

食(た)べる　→　食(た)べさせられる

★「寝る → 寝させられる」雖然就詞形變化來看，是可以變化的，但在日文使用上，這個活用形是不存在的。

カ変・サ変動詞：

来る → （使役）来させる ⎫
　　 → （受身）来られる ⎭ 来させられる

する → （使役）させる ⎫
　　 → （受身）される ⎭ させられる　例：派遣させられる

● 「使役受身表現」的用法大致有以下幾種，分別舉例如下：

Ⅰ.某人不是出於自願，而是被另一個人驅使去做某件事。例如：

1. 会社の人はわたしにお酒を飲ませた。

　公司同事要我喝酒。

　‖

　わたしは会社の人にお酒を**飲まされた**。

　我被公司同事灌酒。

2. 母はわたしにしょう油を買いに行かせた。

　媽媽要我去買醬油。

　‖

　わたしは母にしょう油を買いに**行かされた**。

　我被媽媽差遣去買醬油。

3. 歯医者に予約時間通りに行ったのに、

雖然照預約時間去牙醫（牙科診所）那裡

（歯医者さんはわたしを）1時間以上待たせました！

牙醫卻讓我等了1小時以上！

||

（わたしは歯医者さんに）1時間以上**待たされました**！

（我卻被牙醫）害得等了1小時以上！

Ⅱ.由於某人的行爲而抱有某種感情。抱有感情者是句子的主詞。例如：

1. この歴史の本はわたしにいろいろなことを考えさせた。

這本歷史書讓我思考了很多事情。

||

この歴史の本を読んで、（わたしは）いろいろなことを**考えさせられた**。

讀了這本歷史書引發我思考了很多事情。

2. A：「世界の中心で愛を叫ぶ」という連続ドラマを見たことある。

妳看過「在世界的中心呼喊愛」這齣連續劇嗎？

B：あるある。最初から最後まで何度も**泣かされた**ドラマは、これが初めてなの。

有、有看過。從一開始到最後讓我哭了好次的連續劇，這還是第一齣哩！

A：わたしもそうなの。あんなに**泣かされた**ドラマは久しぶりだわ。

我也是耶。那樣引人熱淚的連續劇，許久未見哩！

學習項目4　動詞（さ）せてください

說明

- 「動詞てください」是很客氣地請對方做某個動作、行爲，並且說話者本身大多不會一起做這個動作、行爲。相對於此，「動詞（さ）せてください」是用於「請求對方讓自己做某件事」的情形。例如：

1. すみません。ちょっと一言**言わせてください**。
   不好意思，請容許我說句話。

2. 先生、すみません、さっきのCD、もう一度**聞かせてくださいませんか**。
   老師，不好意思。剛剛那個CD可以讓我再聽一次嗎？

3. 機械によって自転車を大量生産している工場を見学した感想を**聞かせてください**。
   請讓我聽聽（你）在參觀過利用機械大量生產自行車的工廠後的感想。

第十三單元

學習項目1　文（疑問詞なし）＋かどうか、…。

中文意思　是否…。（全部疑問）

用法

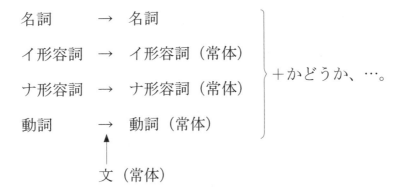

名詞	→	名詞	＋かどうか、…。
イ形容詞	→	イ形容詞（常体）	
ナ形容詞	→	ナ形容詞（常体）	
動詞	→	動詞（常体）	

↑
文（常体）

★名詞だ・ナ形容詞だ＋かどうか、…。

例句

1. 結構(けっこう)真面目(まじめ)な顔(かお)をして言(い)って（い）たから、それがうそかどうか、よくわかりません。（名詞）
   因爲（他）說的時候神情相當認眞，所以說的是不是謊言，我搞不清了。

2. あのオーバーを着(き)て温(あたた)かいかどうか、外見(がいけん)では判断(はんだん)しにくいと思(おも)います。
   我認爲那件大衣穿上後是否會感覺很暖和，很難憑外觀下判斷。（イ形容詞）

3. 入学試験(にゅうがくしけん)があるかどうかは、先輩(せんぱい)に聞(き)いてください。（動詞）
   是否有考入學考請去問學長（姐）。

單字

1.	うそ$_1$	【名詞】謊言、假話
2.	オーバー$_1$	【名詞】外套、大衣（over coat）
3.	外見(がいけん)$_0$	【名詞】外表、外觀

學習項目２　文（疑問詞あり）＋か、…。

中文意思　是…？（部分疑問）

用法

名詞	→	名詞	＋か、…。
イ形容詞	→	イ形容詞（常体）	
ナ形容詞	→	ナ形容詞（常体）	
動詞	→	動詞（常体）	

↑ 文（常体）

★名詞だ・ナ形容詞だ＋か、…。

例句

1. 去年の試験にどんな問題が出たかは、先輩に聞いてください。

去年考試出現什麼樣的題目，請去問學長（姐）。

2. この大学に台湾からの 留 学生が何人いるか、知りません。

不知道這所大學有幾位來自台灣的留學生。

3. タイペイ行きの学生専用バスは何時に発車するか、インターネットで調べることができます。

開往台北的學生專車幾點開車可以上網查。

學習項目3　こんな/そんな/あんな＋名詞

中文意思　a.舉例、b.指對方所說的事、c.輕視

用法

こんな
そんな　｝＋名詞
あんな

例句

1. このかばんはポケットがたくさん付いていてとても便利ですね。前からこんなかばんが欲しかったです。どうもありがとうございました。（舉例）
   這個包包附有很多口袋好方便喔！（我）從之前就想要一個像這樣的包包。非常謝謝！

2. A：薬指に指輪をしていますね。もう結婚してるんですか。
   （妳的）無名指上戴著戒指耶，已經結婚了嗎？

   B：いいえ、サイズが合うから、はめてるだけです。
   不，就只因爲大小剛好才戴（在無名指上）的。

   A：そうですか。すてきな指輪ですね。わたしもそんな指輪が欲しいです。
   是喔。好漂亮的戒指喔，我也想要妳那樣的戒指。（指對方的物品）

3. あんな水道も電気もない島での生活は、不便でおもしろくないでしょう。（輕視）
   在像那種既沒自來水又沒電的島嶼上的生活，想必既不方便又無趣吧。

4. A：きのう、仁科先生を見かけたよ。
   我昨天有看到仁科老師哦！

   B：そんなわけはないよ。絶対見間違いだ。（指對方所說的事）
   不可能啦！（你）絕對是認錯人了。

A：なんで？

為何？

B：だって、仁科先生(にしなせんせい)はきのうから台湾(たいわん)へ一週間出張(いっしゅうかんしゅっちょう)だもん。

因為仁科老師從昨天開始就去台灣出差一個禮拜啊！

A：そうなの…。見間違(みまちが)いかもしれない。

是喔，說不定眞是（我）認錯人了。

5. A：この度(たび)は、ご親切(しんせつ)な案内(あんない)のおかげで、とてもいい思(おも)い出(で)ができました。これはそのお礼(れい)です。

這次承蒙（你）親切的導覽，才能留下美好回憶。這個是謝禮。

B：いえいえ、いただくわけには行(い)きません。

喔、不，我沒道理收（您的禮物）。

A：ほんの気持(きも)ちだけですから、どうぞ受(う)け取(と)ってください。

這只是一點點小心意，請收下。

B：そうですか。では、いただきます。ありがとうございます。

是嗎？那麼，我就收下了，謝謝。

單字

※凡加上()之漢字，根據「記者ハンドブック・新聞用語用字集」應以平假名書寫。
單字之後加上＊者，表示該單字在課文例句中並未出現。

1.	ポケット$_{2\ or\ 1}$	【名詞】口袋（pocket）
2.	指（ゆび）$_{2}$＊	【名詞】手指
3.	親指（おやゆび）$_{0}$＊	【名詞】拇指、拇趾
4.	人（ひと）（差）（さ）し指（ゆび）$_{4}$＊	【名詞】食指、食趾
5.	中指（なかゆび）$_{2}$＊	【名詞】中指、中趾
6.	薬指（くすりゆび）$_{3}$	【名詞】無名指、無名趾
7.	小指（こゆび）$_{0}$＊	【名詞】小指、小趾
8.	島（しま）$_{2}$	【名詞】島、島嶼
9.	生活（せいかつ）$_{0}$	【名詞】生活
10.	水道（すいどう）$_{0}$	【名詞】自來水（管）
11.	度（たび）$_{2}$	【名詞】次、回
12.	おかげ$_{0}$	【名詞】託福、多虧您、因…緣故
13.	思（おも）い出（で）$_{0}$	【名詞】回憶、往事
14.	礼（れい）$_{0}$（お礼（れい）$_{0}$）	【名詞】謝禮、謝意
15.	（訳）（わけ）$_{1}$	【名詞】意思、內容、理由、原因
16.	ほんの…$_{0}$	【名詞】很少、很小（表謙遜時使用）
17.	付（つ）く$_{1}$	【動詞】附帶、附加／附著、接在一起
18.	はめる$_{0}$	【動詞】套上、設圈套
19.	案内（あんない）する$_{3}$	【動詞】引導、解說
20.	受（う）け取（と）る$_{0\ or\ 3}$	【動詞】收取、收下
21.	だって$_{1}$	【接續詞】可是、因爲（用於反駁對方時使用）

學習項目4　こう/そう/ああ+動詞

中文意思　a.舉例、b.指對方所說的動作、c.輕視

用法

こう
そう　} +動詞
ああ

例句

1. わたしの名前(なまえ)はこう書(か)くんです。(舉例)
   我的名字這麼寫。

2. A：あるところを見物(けんぶつ)する前(まえ)に、先(さき)にそこの地理(ちり)や歴史(れきし)、特(とく)に文化(ぶんか)などについて調(しら)べておいたほうがもっと勉強(べんきょう)になると思(おも)いますよ。
   我認爲去參觀某個地方以前,先就那個地方的地理、歷史,尤其是文化等等事先查清楚的話,將會更加有收穫。

   B：そうですね。そうしましょう。(指對方所說的事)
   說得對,我們就那麼做吧。

3. ああでもないこうでもないと、難(むずか)しい人(ひと)ですね。(舉例)
   如果那樣也不行這樣也不行,那可眞是個難搞的人。

4. まさかああなるとは思(おも)わなかった。(輕視)
   當初沒想到竟然會變那樣。

單字

1.	地理(ちり)$_{1}$	【名詞】地理
2.	文化(ぶんか)$_{1}$	【名詞】文化
3.	特(とく)に$_{1}$	【副詞】特別、尤其
4.	まさか$_{1}$	【副詞】怎麼想也沒想到（後面須加否定句）、還真的是如此地
5.	見物(けんぶつ)する$_{0}$	【動詞】觀光、遊覽

學習項目5　縮約形

中文意思　在很隨性、無顧忌的會話中使用。

用法Ⅰ. ちゃ（＝ては）

ては　→　ちゃ

では　→　じゃ

なくては　→　なくちゃ

例句

1. 親(おや)に心配(しんぱい)を掛(か)けるようなことをしちゃいけないよ。
   不能做會讓父母操心的事哦。

2. 買(か)い物(もの)するとき、価格(かかく)だけで選(えら)んじゃだめよ。
   買東西的時候，不能光憑價錢做選擇喲。

3. たまにはソファで寝(ね)てもいいけど、ちゃんとベッドで寝(ね)なくちゃ。
   雖然偶而睡沙發也可以，但是還是必須要好好地睡在床上。

用法Ⅱ. ちゃう（＝てしまう）

てしまう → ちゃう

te simau　　tyau

例：食べてしまう　→　食(た)べちゃう

將要整個吃掉。

食べてしまった　→　食(た)べちゃった

將整個吃掉了。

でしまう → じゃう（ぢゃう）

te simau　　Jyau　（dyau）

例：飲(の)んでしまう　→　飲(の)んじゃう

將要整個喝掉。

飲(の)んでしまった　→　飲(の)んじゃった

將整個喝掉了。

例句

1. 容疑者(ようぎしゃ)が屋上(おくじょう)まで逃(に)げた。すると、そこで待(ま)っていた警官(けいかん)に捕(つか)まえられちゃった。

嫌疑犯逃到了屋頂，於是被早就等候在那邊的警官給逮著了。

2. 言(い)っちゃいけない秘密(ひみつ)を言(い)っちゃいました。

‖

言(い)ってはいけない秘密(ひみつ)を言(い)ってしまいました。

把不能說的秘密給說了出來。

3. あっ、しまった。指(ゆび)でフィルムに触(さわ)ったから、指紋(しもん)が残(のこ)っちゃった。

啊，完蛋了！（我的）手指碰到底片了，（在上面）留下指紋了。

單字

※單字之後加上＊者，表示該單字在課文例句中並未出現。

1.	価格（かかく）$_{0\ or\ 1}$	【名詞】價錢、標價
2.	ソファ$_{1}$	【名詞】沙發（sofa）
3.	ベッド$_{1}$	【名詞】床（bed）
4.	容疑者（ようぎしゃ）$_{3}$	【名詞】嫌犯（嫌疑犯）※法律上稱之爲「被疑者（ひぎしゃ）$_{2}$」
5.	屋上（おくじょう）$_{0}$	【名詞】屋頂
6.	警官（けいかん）$_{0}$	【名詞】警官
7.	警察（けいさつ）$_{0}$＊	【名詞】警察
8.	秘密（ひみつ）$_{0}$	【名詞】秘密
9.	フィルム$_{1}$	【名詞】底片、薄膜、影片（film）
10.	指紋（しもん）$_{0}$	【名詞】指紋
11.	たまに$_{0}$	【副詞】偶而
12.	掛（か）ける$_{2}$	【動詞】把某種行爲加諸別人身上
13.	選（えら）ぶ$_{2}$	【動詞】選擇
14.	捕（つか）まえる$_{0}$	【動詞】捕捉、抓
15.	触（さわ）る$_{0}$	【動詞】觸摸、觸碰

學習項目6　…の・…だい・…かい

中文意思　疑問（用於會話）。

用法

●疑問詞＋の。

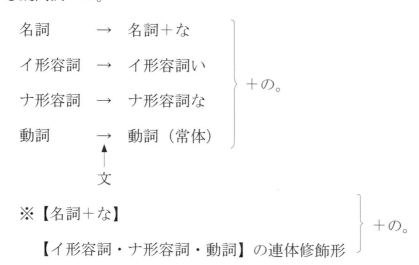

名詞	→	名詞＋な	＋の。
イ形容詞	→	イ形容詞い	
ナ形容詞	→	ナ形容詞な	
動詞	→	動詞（常体）	
	↑ 文		

※【名詞＋な】
【イ形容詞・ナ形容詞・動詞】の連体修飾形 ＋の。

●名詞文：「…だ」＋い。　★「…」大多是疑問詞

●疑問詞＋かい。

名詞	→	名詞	＋かい。
イ形容詞	→	イ形容詞（常体）	
ナ形容詞	→	ナ形容詞（常体）	
動詞	→	動詞（常体）	
	↑ 文		

※名詞~~だ~~・ナ形容詞~~だ~~＋かい。

例句

1. あしたの予定って何**なの**。何とか都合をつけてくれないかい。

‖

あしたの予定って何**なの**。何とか都合してくれないないかい。

（你）明天的預定（行程）是什麼？能不能想辦法安排個時間給我？

＊不過「都合する」大多用來指籌錢。

2. 毎日の食卓に上る食材は、日本ではほとんどが外国から輸入されていることを知っているが、台湾でも輸入されたものが割合に多い**の**。

每天餐桌上的食材，在日本幾乎都是從國外進口，在台灣也是進口食材佔比較多嗎？

3. 刺身、嫌い**なの**。さっきから全然食べていないけど。

不敢吃生魚片嗎？（or 不喜歡吃生魚片嗎？）（你）從剛剛到現在完全都沒吃。

4. 進路のことなんだけど、先生に相談する**の**、しない**の**。それとも、もう決まった**の**。

關於畢業以後出路的事，（你）是要找老師商量呢？還是不要？或者是（你）已經有定案了？

5. いつまで寝ているん**だい**。

（你）是要睡到什麼時候啊？

6. 体の具合はどう**だい**。

（你）現在身體情況如何啊？

7. そんなことあるもん**かい**。

天底下會有那樣的事嗎（怎麼可能有）？

8. A：医学に興味ある**かい**。

（你）對醫學有興趣嗎？

B：ううん、全然。興味あるのは法律**なの**（or 法律**なん**だ）。

不，一點也沒有。（我）有興趣的是法律。

單字

1.	予定$_0$	【名詞】預定、事先的安排、計劃
2.	都合$_0$	【名詞】時間、時機上的安排、理由
3.	食卓$_0$	【名詞】餐桌
4.	進路$_1$	【名詞】畢業後的出路
5.	具合$_0$	【名詞】情況、狀態

6.	医学(いがく)$_1$	【名詞】醫學
7.	興味(きょうみ)$_1$	【名詞】興趣
8.	法律(ほうりつ)$_0$	【名詞】法律
9.	何(なん)とか$_1$	【副詞】想盡辦法做某件事、雖不滿意但總算是
10.	ほとんど$_2$	【副詞】幾乎全部
11.	割合(わりあい)に$_0$	【副詞】比較地
12.	それとも$_3$	【接続詞】或者、還是、並非如此而是
13.	都合(つごう)する$_0$	【動詞】準備、安排
14.	輸入(ゆにゅう)する$_0$	【動詞】進口
15.	相談(そうだん)する$_0$	【動詞】商量
16.	決(き)まる$_0$	【動詞】固定、成定案、決定

文法解説

學習項目1　文（疑問詞なし）+かどうか、…。

説明

● 連結兩個句子，前句中若沒有出現疑問詞(ぎもんし)時，如以下所示，要使用「かどうか」表示「是否…」的意思。而後句也大多會是「知(し)らない（不清楚）／わからない（不明白）／自信(じしん)がない（沒信心）」等表示對整件事「沒把握、不清楚」意思的動詞(どうし)。例如：

この大学に台湾からの留学生がいますか。or
この大学に台湾からの留学生がいませんか。or　}（それを）全然知りません。
この大学に台湾からの留学生が………？

↓

この大学に台湾からの留学生がいる**かどうか**、全然知りません。
完全不知道這所大學是否有來自台灣的留學生。

其個別用法如下：

名詞　1. 結構真面目な顔をして言って（い）たから、それがうそ**かどうか**、よくわかりません。
因爲（他）說的時候神情相當認眞，所以說的是不是謊言，我搞不清了。

イ形容詞　2. あのオーバーを着て温かい**かどうか**、外見では判断しにくいと思います。
我認爲那件大衣穿上後是否會感覺很暖和，很難憑外觀下判斷。

動詞　3. 入学試験がある**かどうか**は、先輩に聞いてください。
是否有考入學考請去問學長（姐）。

● 如以下所示，使用対義語（反義詞）或「肯定形・否定形」對照的說法，不用「かどうか」。例如：

1. 先日起こった事件は　自殺**か**他殺**か**　いまだにわかりません。
日前所發生的事件究竟是自殺呢？還是他殺呢？到現在還不知道。

2. 合格できる**か**できない**か**、まだわかりません。
究竟是能考上呢？還是考不上呢？還不知道。

學習項目２　文（疑問詞あり）＋か、…。

説明

● 連結兩個句子，前句中若出現「何、誰、どこ、いつ」等疑問詞時，如以下所示，要使用「…か、…」表示對疑問詞的部分「不是很清楚掌握」或「還未定」或「沒有必要說」的意思。如果疑問詞的部分是針對數量的疑問詞，言下之意還會有「數量應該不會很多」的意思。

1. 去年の試験に**どんな**問題が出た**か**先輩に聞いてください。
   去年考試出現什麼樣的題目，請去問學長（姐）。

2. タイペイ行きの学生専用バスは**何時**に発車する**か**、インターネットで調べることができます。
   開往台北的學生專車幾點開車可以上網查。

3. この大学に台湾からの 留 学生が**何人**いる**か**全然知りません。
   完全不知道這所大學有幾位來自台灣的留學生。

學習項目３　こんな/そんな/あんな＋名詞

説明

● 「こんな/そんな/あんな」屬於形容動詞（ナ形容詞），如以下所示「こんな＋名詞」多用於舉例、「そんな＋名詞」多用於指對方所説的事、「あんな＋名詞」多用於表示輕視的情形。例如：

1. このかばんはポケットがたくさん付いていてとても便利ですね。前から**こんな**かばんが欲しかったです。どうもありがとうございました。（舉例）
   這個包包附有很多口袋好方便喔！（我）從之前就想要一個像這樣的包包。非常謝謝！

2. A：薬 指に指輪をしていますね。もう結婚してるんですか。
   （你的）無名指上戴著戒指耶，已經結婚囉？

B：いいえ、サイズが合うから、はめてるだけです。

不，就只因爲大小剛好才戴（在無名指上）的。

A：そうですか。すてきな指輪ですね。わたしも**そんな**指輪が欲しいです。（指對方的物品）

是喔。好漂亮的戒指喔，我也想要妳那樣的戒指。

3. A：きのう、仁科先生を見かけたよ。

（我）昨天有看到仁科老師哦！

B：**そんな**わけはないよ。絶対見間違いだ。（指對方所說的事）

不可能啦！（你）絕對是認錯人了。

4. あんな水道も電気もない島での生活は、不便でおもしろくないでしょう。（輕視）

在像那種既沒自來水又沒電的島嶼上的生活，想必既不方便又無趣吧。

● 「こんな＋名詞」大多用來表述就在敘事者身邊的某個人、事、物的程度或狀態。和「こんな＋名詞」意思相近的說法，如「こういう＋名詞」「このような＋名詞」等，感覺上較客觀。此外，「こんな＋人」的說法，大多數是對此人的評價是貶低，而不是褒揚。例如：

1. 表示敘事者對某個人的觀感，譬如認爲某人是 好人或是壞人。

こんな人とは思わなかった。

（我）沒想到（某人）會是這種人。

2. 敘事者就某個人的狀況做說明，譬如某人對自己好或是不好。

こういう人とは思わなかった。

（我）不認爲（某人）會是如此作爲的人。

● 「そんな＋名詞」大多用來表述對方先前提過，或是指對方身邊的某個人、事、物的程度或狀態。表示貶低或否定的語氣時也可使用「そんな＋名詞」的說法，但較正式的場合時，大部分都不使用「そんな＋名詞」，而是使用「そのような＋名詞」。「そんなに…」的說法不用來修飾名詞，而是用在舉出某種程度或數量的情形。例如：

A：わたしは昨夜一人で缶ビールをおよそ5本飲みました。
我昨晚一個人大概就喝了五罐罐裝啤酒。

B：えっ？**そんなに**たくさん飲みましたか。（指對方所說的事）
什麼？！你喝那麼多！

● 「あんな＋名詞」大多用來表述既不靠近敘事者、也不靠近聽話的對方那一方的某個人、事、物的程度或狀態，或是用來表述敘事者與聽話的對方兩者有共識的某個人、事、物的程度或狀態。表示貶低或否定的語氣時也可使用「あんな＋名詞」的說法，但較正式的場合時，大部分都不使用「あんな＋名詞」，而是使用「あのような＋名詞」。

學習項目4　こう/そう/ああ＋動詞

說明

● 「こう/そう/ああ」屬於副詞（副詞），如以下所示「こう＋動詞」多用於舉例、「そう＋動詞」多用於指對方所說的事、「ああ＋動詞」多用於表示輕視的情形。例如：

1. わたしの名前は**こう**書くんです。（舉例）
我的名字這麼寫。

2. A：あるところを見物(けんぶつ)する前(まえ)に、先(さき)にそこの地理(ちり)や歴史(れきし)、特(とく)に文化(ぶんか)などについて調(しら)べておいたほうがもっと勉強(べんきょう)になると思(おも)いますよ。

我認爲去參觀某個地方以前，先就那個地方的地理、歷史，尤其是文化等等事先查清楚，將會更加有收穫。

B：そうですね。**そう**しましょう。（指對方所說的事）

說得對，我們就那麼做吧。

3. **ああ**でもない**こう**でもないと、難(むずか)しい人(ひと)ですね。（舉例）

如果那樣做也不行這樣做也不行，那可眞是個難搞的人。

4. まさか**ああ**なるとは思(おも)わなかった。（輕視）

當初沒想到竟然會變那樣。

- 「こう＋動詞(どうし)」大多用來指敘事者的行動，或是與敘事者關係較近的某件事、物的狀況。和「こう＋動詞(どうし)」相似的說法，其他還有「このように＋動詞(どうし)」「こんなふうに＋動詞(どうし)」。
- 「そういう＋名詞(めいし)」和「ああいう＋名詞(めいし)」都只能用來修飾名詞(めいし)。

學習項目5　縮約形

說明

- 縮約形(しゅくやくけい)（簡化形）在與對方很熟，很隨性、無顧忌的會話中才會使用。較常用者如下：

用法Ⅰ. ちゃ（＝ては）

ては　→　ちゃ

では　→　じゃ

なくては　→　なくちゃ

1. 親(おや)に心配(しんぱい)を掛(か)けるようなことをし**ちゃ**いけないよ。

不能做會讓父母操心的事哦。

2. 買(か)い物(もの)するとき、価格(かかく)だけで選(えら)ん**じゃ**だめよ。

買東西的時候，不能光憑價錢做選擇喲。

3. たまにはソファで寝(ね)てもいいけど、ちゃんとベッドで寝(ね)なく**ちゃ**。

‖

たまにはソファで寝(ね)てもいいけど、ちゃんとベッドで寝(ね)なく**ては**ならない。

雖然偶而睡沙發也可以，但是還是必須要好好地睡在床上。

【補充説明】

では＋ない　　　　では（ては）＋いけない（＝だめ）

↓　　　　　　　　　　　　↓

じゃ＋ない　　　　じゃ（ちゃ）＋いけない（＝だめ）

例：読(よ)んではいけない

読(よ)んじゃいけない

読(よ)んじゃだめ

三句的中譯皆是：不許看。

● 話(はな)し言葉(ことば)（口語）

行(い)かなければならない　　　行(い)かなくてはならない

↓　　　　　　　　　　　↓

行(い)かなきゃならない　　　行(い)かなくちゃならない

↓　　　　　　　　　　　↓

行(い)かなきゃ（なんない）　　行(い)かなくちゃ（なんない）

三句的中譯皆是：非去不可（必須去）。

● 書き言葉（書面用語）

行かなければならない

↓

行かねばならない

兩句的中譯皆是：非去不可（必須去）。

用法Ⅱ. ちゃう（＝てしまう）

てしまう → ちゃう

te simau　tyau

例：食べてしまう → 食べちゃう

將要整個吃掉。

食べてしまった → 食べちゃった

將整個吃掉了。

でしまう → じゃう（ぢゃう）

te simau　Jyau　（dyau）

例：飲んでしまう → 飲んじゃう

將要整個喝掉。

飲んでしまった → 飲んじゃった

將整個喝掉了。

1. 容疑者(ようぎしゃ)が屋上(おくじょう)まで逃(に)げた。すると、そこで待(ま)っていた警官(けいかん)に捕(つか)まえられ**ちゃ**った。

嫌疑犯逃到了屋頂，於是被早就等候在那邊的警官給逮著了。

2. 言(い)っ**ちゃ**いけない秘密(ひみつ)を言(い)っ**ちゃ**いました。

||

言(い)っ**ては**いけない秘密(ひみつ)を言(い)っ**てしま**いました。

把不能說的秘密給說了出來。

學習項目6　…の・…だい・…かい

說明

- 「…の」、「…だい」、「…かい」都屬於終助詞(しゅうじょし)，使用在對話的句末，用來表示敘事者想傳達給對方的語氣。例如：
- 如以下所示「…の」原本是說明句的「…のだ」省略「だ」之後所形成的，現在幾乎都做爲終助詞(しゅうじょし)用在與熟人或晚輩的對話。

仕事(しごと)をやめた**のだ**。→　仕事(しごと)をやめた**の**。

把工作給辭了。

- 如果以下降語調發聲時，敘事者大多是女性，用來緩和斷定的語氣。例如：

会社(かいしゃ)をやめるんじゃなくて、会社(かいしゃ)を休(やす)む**の**。

不是要辭職，而是要跟公司請假。

- 如果以上昇語調發聲時，敘事者男女皆可，大多用來表示疑問的語氣。例如：

意味不明(いみふめい)**なの**。

不懂是什麼意思是嗎？

● 「…の」與句末語詞的接続（連接）方式如以下所示：

【名詞＋な】
【イ形容詞・ナ形容詞・動詞】の連体修飾形 ｝＋の。

名詞：あしたの予定って何なの。何とか都合をつけてくれないかい。

‖

あしたの予定って？何とか都合してくれないかい。

兩句的中譯皆是：（你）明天的預定（行程）是什麼？能不能想辦法安排個時間給我？

※不過「都合する」大多用來指籌錢。

イ形容詞：毎日の食卓に上る食材は、日本ではほとんどが外国から輸入されていることを知っているが、台湾でも輸入されたものが割合に多いの。

每天餐桌上的食材，在日本幾乎都是從國外進口，在台灣也是進口食材佔比較多嗎？

ナ形容詞：刺身、嫌いなの。さっきから全然食べていないけど。

不敢吃生魚片嗎？（or 不喜歡吃生魚片嗎？）（你）從剛剛到現在完全都沒吃。

動詞：進路のことなんだけど、先生に相談するの、しないの。それとも、もう決まったの。

關於畢業以後出路的事，（你）是要找老師商量呢？還是不要？或者是（你）已經有定案了？

● 終助詞「…かい」是由終助詞「…か」＋ 終助詞「…い」所形成的。
● 終助詞「…だい」則是由名詞文「…だ」＋ 終助詞「…い」所形成的。

● 「…かい」和「…だい」皆爲男性用語，用在與熟人或晚輩的對話，大多用來表示疑問的語氣。例如：

1. いっしょに行(い)く**かい**。
   要一起去嗎？

2. これは何(なん)**だい**。
   這是什麼？

● 「…かい」、「…だい」與句末語詞的接続(せつぞく)（連接）方式如以下所示：

名詞(めいし)	→	名詞(めいし)	＋かい。
イ形容詞(けいようし)	→	イ形容詞(けいようし)（常体(じょうたい)）	
ナ形容詞(けいようし)	→	ナ形容詞(けいようし)（常体(じょうたい)）	
動詞(どうし)	→	動詞(どうし)（常体(じょうたい)）	

※名詞(めいし)だ・ナ形容詞(けいようし)だ＋かい。

● 名詞文：「…だ」＋い。　★「…」大多是疑問詞(ぎもんし)

【補充說明】

終助詞（しゅうじょし）使用在對話的句末，用來表示敘事者想傳達給對方的語氣。

終助詞	表示的語氣
か	疑問
の	疑問
い（かい・だい）	疑問
ね（え）	同意、確認、邀約、表明主張、願望
よ	表明主張、明確告知、委託、命令
な（あ）	禁止、感嘆、確認
わ	同意、確認
さ	不委婉地向對方表明主張（語氣不強）
ぞ	向對方強烈表明主張（可用在自言自語時）
ぜ	向對方強烈表明主張
もの（もん）	說明理由、藉口
かしら	向對方表示疑問（語氣不強，也可用於表達自己的希望或請託）
って	代替引用的助詞「と」，表示聽說、據說
っけ	邊回想已知的事，邊向對方確認內容
や	向對方表明主張（語氣不強）
とも	理所當然

● 從常体（じょうたい）語句句末的終助詞（しゅうじょし）可以看出男性和女性在用語上的差別，也就是說有些終助詞（しゅうじょし）較偏向男性、或是女性使用，當然其中有些是男女皆可使用。這種性別上的差異雖然日漸消失，不過仍然可以大致分類如下：

男女皆可用語：ね（え）・よ・か・の・って・っけ・や

男　性　用　語：な（あ）・さ・ぞ・ぜ・い（かい・だい）・とも

女　性　用　語：わ・もの（もん）・かしら

第十四單元

學習項目１　動詞タ形ばかりだ／ばかりです。

中文意思　動作剛剛結束。才剛…。

用法Ⅰ. 動作剛剛結束。

動詞タ形＋ばかりだ／ばかりです。

例句

1. 来年(らいねん)の8月(がつ)で定年退職(ていねんたいしょく)するので、先月郊外(せんげつこうがい)に新(あたら)しい家(いえ)を建(た)てたばかりです。
   因爲將於明年8月退休，所以上個月在郊區的新家（新房子）才剛蓋好。

2. 彼(かれ)は鏡(かがみ)に映(うつ)ったひげをそったばかりの自分(じぶん)の顔(かお)をじっと見(み)ていた。
   他盯著鏡子裡映照出的，自己那張才剛刮掉鬍子的臉，看了好一會兒。

3. A：おなかすいたなあ。何(なに)か食(た)べるものはない？
   我肚子餓了，有沒有什麼吃？

   B：沸(わ)いたばかりのお湯(ゆ)とカップ麺(めん)はあるけど、このカップ麺(めん)は賞味期限(しょうみきげん)を過(す)ぎたばかりなの。どうする？食(た)べる？
   有剛煮沸的熱開水跟杯麵，可是這個杯麵剛過期。怎麼樣？（你）要吃嗎？

4. 塗(ぬ)ったばかりのネイルエナメルが速(はや)く乾(かわ)く方法(ほうほう)はないでしょうか。
   有沒有能讓才剛塗上的指甲油快點乾的方法？

5. A：君(きみ)、歩(ある)き方(かた)がちょっとおかしいよ。どうしたの。
   你走路的方式有點奇怪喔。是怎麼了？

   B：実(じつ)はバナナの皮(かわ)を踏(ふ)んで滑(すべ)って、足(あし)の骨(ほね)が折(お)れてしまったので、入院(にゅういん)していたの。きのう退院(たいいん)したばかりなんだ。
   其實（我）踩到香蕉皮滑倒，腳骨斷掉而住院了，昨天才剛出院。

A：えっ、全然(ぜんぜん)知(し)らなかったよ。ごめんね。病院(びょういん)にお見舞(みま)いに行(い)かなくて。

咦？！（我）完全沒聽說，眞是不好意思，都沒去醫院探望（你）。

B：いえ、いえ、気(き)にしないで。

不會啦，請不要在意。

A：で、まだ痛(いた)い？

話説，還會痛嗎？

B：ううん、別(べつ)に。もう大丈夫(だいじょうぶ)。

不，不痛，已經沒事兒了。

A：それでは、お大事(だいじ)に。

那，請多多保重。

B：ありがとう。じゃあね。

謝謝，再見！

用法Ⅱ. 總是吃（學、做、…）某個東西（某件事情、…）

名詞＋ばかり…。

例句

1. バーベキューでは、肉(にく)ばかり食(た)べないと損(そん)ですか。

（去）吃烤肉時，如果沒有一個勁兒地就只吃肉，就算是吃虧嗎？

2. ゲームばかりやって（い）ないで、たまには文学作品(ぶんがくさくひん)でも読(よ)みなさいよ。

不要一味地打電玩，偶而也看一些文學作品吧。

3. 就職(しゅうしょく)活動(かつどう)で日本商社(にほんしょうしゃ)ばかり回(まわ)っていましたが、全滅(ぜんめつ)しました。

求職活動就只鎖定日本商社周旋，但結果是全軍覆沒。

4. 人生は、山あり谷あり、いつも、いつでもうまく行くことばかりじゃない。

人生有高山有深谷（起起落落），不會一直都是、或是無論何時都是諸事順遂的。

用法Ⅲ. 同一件事情做好幾次

動詞テ形＋ばかり＋いる/います。

例句

1. 授業中寝てばかりいる人もいるし、おしゃべりしている人もいるし、好きな科目だと、腹が立つ。

上課時有人一直睡覺，也有人聊天，如果是（自己）喜歡的科目就會很生氣。

2. 自分を人と比べてばかりいる人生では、いつまでたっても幸せは訪れないでしょう。

一路都愛跟別人比較的人生，是永遠都無法得到幸福吧。

3. 自分の意見を言ってばかりいないで、人の意見も聞いてあげてよ。

不要一直自顧自地發表意見，請也好好聽一下別人的意見嘛。

單字

※凡加上()之漢字，根據「記者ハンドブック・新聞用語用字集」應以平假名書寫。
單字之後加上＊者，表示該單字在課文例句中並未出現。

1.	定年退職（ていねんたいしょく）$_5$	【名詞】退休
2.	郊外（こうがい）$_1$	【名詞】郊外、郊區
3.	鏡（かがみ）$_3$	【名詞】鏡子
4.	（鬚）（ひげ）$_0$	【名詞】鬍鬚、鬍子　※「髭（ひげ）」：嘴巴周圍、「鬚（ひげ）」：下巴、「髯（ひげ）」：臉頰。
5.	カップ（麺）（めん）$_3$	【名詞】杯裝的泡麵 ※カップヌードル$_4$（cup noodle）
6.	賞味期限（しょうみきげん）$_4$	【名詞】保存期限、食用期限

7.	インスタントラーメン$_7$*	【名詞】泡麵　※インスタント（instant）
8.	ネイルエナメル$_4$	【名詞】指甲油（nail-enamel）
9.	君（きみ）$_0$	【名詞】你（男性稱呼平輩或平輩以下的人）
10.	バナナ$_1$	【名詞】香蕉（banana）
11.	皮（かわ）$_2$	【名詞】包覆動植物的外皮、表皮
12.	足（あし）$_2$	【名詞】腳、腿
13.	骨（ほね）$_2$	【名詞】骨骼、骨頭、骨架
14.	バーベキュー$_3$	【名詞】烤肉、將肉串起來直接用火烤熟（barbecue）
15.	損（そん）$_1$	【名詞】吃虧、不利、損失
16.	文学作品（ぶんがくさくひん）$_5$	【名詞】文學作品、文學創作　※「文学（ぶんがく）$_1$」
17.	就職活動（しゅうしょくかつどう）$_5$	【名詞】求職活動
18.	日本商社（にほんしょうしゃ）$_4$	【名詞】日本商社（規模及營業項目雖然各自不同，但大多從事物流・金融・資訊三種行業）
19.	谷（たに）$_2$	【名詞】山谷、河谷
20.	意見（いけん）$_1$	【名詞】意見
21.	じっと$_0$	【副詞】一直盯著看（凝視）、一直忍著、一動也不動
22.	別に（べつに）$_0$	【副詞】另外、區別、分別
23.	建てる（たてる）$_2$	【動詞】蓋、建立
24.	映る（うつる）$_2$	【動詞】映、照、投射
25.	（剃（そ））る$_1$	【動詞】剃（頭髮或鬍子）
26.	沸く（わく）$_0$	【動詞】沸騰
27.	過ぎる（すぎる）$_2$	【動詞】經過

28.	塗（ぬ）る$_0$	【動詞】塗、抹
29.	乾（かわ）く$_2$	【動詞】乾
30.	滑（すべ）る$_2$	【動詞】滑
31.	折（お）れる$_2$	【動詞】折、斷
32.	回（まわ）る$_0$	【動詞】周遊、走遍、旋轉、繞
33.	全滅（ぜんめつ）する$_0$	【動詞】全軍覆沒
34.	（経（た））つ$_1$	【動詞】（時間的）經過
35.	訪（おとず）れる$_4$	【動詞】某個時節或狀態來臨、造訪某地或某人
36.	お大事（だいじ）に$_0$	【挨拶語】請保重、請好好照顧身體
37.	気（き）にする↔気（き）にしない	【慣用句】在意、擔心　不在意、不擔心
38.	腹（はら）が立（た）つ	【慣用句】生氣、火大

學習項目2　動詞ところだ／ところです。

中文意思　表示具時間性的事態、情境。

用法Ⅰ．就在做某事之前。正要…。

動詞辭書形＋ところだ／ところです。

例句

1. A：もしもし、謝（しゃ）さん、今何（いまなに）をしていますか。
喂～，謝先生（小姐）你現在正在做什麼？

B：これから駅（えき）に来客（らいきゃく）を迎（むか）えに行（い）くところです。
正要去車站接來訪的客人。

A：あっ、そうですか。じゃ、話(はなし)はまた後(あと)でいいから、行(い)ってらっしゃい。

啊，這樣喔。那，事情就過一會兒再說好了，（你先）慢走哦！

2. 今(いま)から試験(しけん)を始(はじ)めるところだから、急(いそ)いで着席(ちゃくせき)してください。

考試現在要開始，請趕快入座。

用法Ⅱ. 正在做某事。

動詞ている＋ところだ／ところです。

例句

1. A：ねえ、そのきれいな包装紙(ほうそうし)で包(つつ)んであるプレゼントは何(なん)ですか。or

ねえ、そのきれいな包装紙(ほうそうし)で包(つつ)まれているプレゼントは何(なん)ですか。

喂～，那個用漂亮的包裝紙包起來的禮物是什麼東西呢？

B：今開(いまひら)いているところだから、ちょっと待(ま)って。ああ、素敵(すてき)なナイフとスプーン、スイス製(せい)です。変(か)わったプレゼントですね。

（我）現在正在打開，等一下。啊～好漂亮的刀子跟湯匙哦！是瑞士製造的。好與眾不同的禮物喔。

2. 押(お)し入(い)れから布団(ふとん)を出(だ)して畳(たたみ)に敷(し)いているところに、停電(ていでん)した。

從壁櫥拿出棉被，正要鋪在榻榻米上時，停電了。

3. わたしがシャワーを浴(あ)びているところ、お湯(ゆ)が出(で)なくなった。

當我正在淋浴時，沒熱水了。

用法Ⅲ. 剛剛做完某事。才剛…。

動詞タ形＋ところだ／ところです。

例句

1. A：今(いま)、どこ？

你現在人在哪裡？

B：今(いま)、お風呂(ふろ)から上(あ)がって、バスタオルで髪(かみ)の毛(け)をふいているところなの。あなたは？

現在才剛洗完澡，正在用浴巾擦頭髮哩。你呢？

A：今(いま)、帰(かえ)ってきたところ。着信(ちゃくしん)アリを見(み)たから。

現在才剛到家，因爲看到有「來電未接」顯示，所以…。

單字

※單字之後加上＊者，表示該單字在課文例句中並未出現。

1.	来客(らいきゃく)$_0$	【名詞】來訪的客人
2.	包装紙(ほうそうし)$_3$	【名詞】包裝紙
3.	ナイフ$_1$	【名詞】刀子（knife）
4.	スプーン$_2$	【名詞】湯匙、勺（spoon）
5.	スイス$_2$	【名詞】瑞士（フランス語 = Suisse）
6.	押(お)し入(い)れ$_0$	【名詞】壁櫥
7.	布団(ふとん)$_0$	【名詞】棉被、被子
8.	畳(たたみ)$_0$	【名詞】榻榻米
9.	湯(ゆ)$_1$	【名詞】熱水、溫泉
10.	バスタオル$_3$	【名詞】浴巾、洗完澡後用來擦身體的毛巾（bath towel）
11.	髪(かみ)$_2$の毛(け)$_0$	【名詞】毛、頭髮
12.	毛(け)$_0$のセーター$_1$*	【名詞】（紡織業界）羊毛、毛織品
13.	着信(ちゃくしん)アリ$_5$	【名詞】來電未接
14.	迎(むか)える$_0$	【動詞】迎接
15.	着席(ちゃくせき)する$_0$	【動詞】坐在座位上
16.	包(つつ)む$_2$	【動詞】包、包覆、包裝
17.	開(ひら)く$_2$	【動詞】開放、打開

18.	敷(し)く$_0$	【動詞】鋪平、墊在下面
19.	停電(ていでん)する$_0$	【動詞】停電
20.	(拭(ふ))く$_0$	【動詞】擦、擦拭

學習項目3　…そうだ/そうです。〈様態〉

中文意思　從外觀、狀態判斷，大概…。

用法I.　從外觀、狀態判斷，大概…。

【イ形容詞・ナ形容詞】の語幹＋そうだ/そうです。

※名詞＋　そうだ/そうです。　×

名詞＋の＋ようだ/ようです。○

例句

1. 今夜(こんや)デートに行(い)く大久保(おおくぼ)さんは、きょうは朝(あさ)からうれしそうですね。
今晚要去約會的大久保先生（小姐），今天從早上開始就一付很開心的樣子耶。

2. 社長(しゃちょう)夫人(ふじん)が高(たか)そうなバッグを持(も)っています。
社長夫人拿著一個看起來蠻高貴的包包。

3. プリンターのインクがなさそうだから、新(あたら)しいのと取(と)り替(か)えてください。
印表機的墨水看來快用完了，請更換新的。

4. 公園(こうえん)で太極拳(たいきょくけん)をしている年配(ねんぱい)の方々(かたがた)は、みんな元気(げんき)そうです。
在公園打太極拳的老人家們，大家看起來都很有精神的樣子。

5. 店員(てんいん)たちが暇(ひま)そうにおしゃべりしている。
店員們一付很閒的樣子正在聊天。

用法Ⅱ. 從狀態來推斷很快就會…。眼看就快要…的樣子。

動詞~~マス~~形＋そうだ/そうです。

例句

1. あっ、荷物(にもつ)が棚(たな)から落(お)ちそうですよ。

啊！行李快從架子上掉下來了哦。

2. ああ、わたしが作(つく)った料理(りょうり)をみんなが食(た)べそうもないから、すごくショックを受(う)けた。

唉～，我做的菜大家都一付不想吃的樣子，眞是大受打擊。

3. おなかがすいて死(し)にそうです。

肚子餓得快死掉了。

4. 日本語(にほんご)を覚(おぼ)えるのに役(やく)に立(た)ちそうなHP（ホームページ）をたくさん教(おし)えてください。

請多告訴我一些對學習日語有幫助的網頁。

單字

1.	デート$_1$	【名詞】日期、男女的約會（date）
2.	プリンター$_{2\ or\ 0}$	【名詞】印表機（printer）
3.	インク$_1$	【名詞】墨水（ink）
4.	太極拳(たいきょくけん)$_5$	【名詞】太極拳
5.	年配(ねんぱい)$_0$	【名詞】上年紀的人（中年以上）
6.	方々(かたがた)$_2$	【名詞】複數個人的敬詞
7.	店員(てんいん)$_0$	【名詞】店員
8.	おしゃべり$_2$	【名詞】聊天、閒聊
9.	棚(たな)$_0$	【名詞】棚架

10.	ショック$_{1}$	【名詞】打擊、衝擊、撞擊
11.	HP（ホームページ$_{4}$）	【名詞】網頁、網站（home page）
12.	元(もと)カレ$_{0}$（元彼(もとかれ)$_{0}$）	【名詞】前男友
13.	性格(せいかく)$_{0}$	【名詞】人的個性、事物具有的特質
14.	取(と)り替(か)える$_{0\ or\ 4}$	【動詞】更換、替換
15.	落(お)ちる$_{2}$	【動詞】落下、掉落、脫落
16.	受(う)ける$_{2\ or\ 4}$	【動詞】收、接受、受到、認同、承受
17.	（空(す)）く$_{0}$	【動詞】空、餓（「おなかがすく」）、人多的地方人變少
18.	役(やく)$_{2}$に立(た)つ$_{1}$	【連語】有益、有幫助

學習項目 4　…はずだ/…はずです。

中文意思　從常理上考量，當然應該…。照理說應該…。理應…。

用法

名詞 → 名詞＋の
イ形容詞 → イ形容詞い
ナ形容詞 → ナ形容詞な
動詞 → 動詞（常体）
＋はずだ/はずです。

※【名詞＋の】
【イ形容詞・ナ形容詞・動詞】の連体修飾形
＋はずだ/はずです。

例句

1. 季節(きせつ)は冬(ふゆ)のはずですが、暖(あたた)かくてまるで春(はる)のようです。（名詞）

   以季節來說應該是冬季，但是天氣暖和得簡直像春天一樣。

   ＊「…はずだ」未放在句末的衍生用法。

2. お姉(ねえ)さんは美人(びじん)だから、妹(いもうと)さんもきれいなはずです。（ナ形容詞）

   姊姊是個美女，照理說妹妹應該也很漂亮。

3. これは本物(ほんもの)のルイ・ヴィトンのバッグなので、高(たか)いはずです。（イ形容詞）

   因爲這是眞品的LV包包，所以照理說應該很貴。

   ※ルイ・ヴィトン（Louis Vuiton → LV）

4. 書類(しょるい)は速達(そくたつ)で出(だ)したから、あした届(とど)くはずです。（動詞）

   因爲文件是以快遞寄出的，所以照理說應該明天會寄到。

5. 今(いま)の時間(じかん)では、みんなもう寝(ね)ているはずです。（動詞）

   以現在的時間來看，照理說大家都應該已經在睡覺。

6. １時間前(じかんまえ)にメールを出(だ)したから、もう届(とど)いたはずです。（動詞）

   因爲是1個小時前寄出電子郵件，所以照理說應該已經寄到。

7. ゼロからスタートの初心者(しょしんしゃ)には、社説(しゃせつ)なんかの内容(ないよう)がわからないはずです。

   對從零開始學習的初學者來說，照理說應該是看不懂社論之類文章的內容。（動詞）

8. ゼロからスタートの初心者(しょしんしゃ)には、社説(しゃせつ)なんかの内容(ないよう)がわかるはずがありません。

   對從零開始學習的初學者來說，根本就不可能看得懂社論之類文章的內容。（動詞）

   ＊「…はずだ」未放在句末的衍生用法。

9. 保健所(ほけんじょ)は感染症(かんせんしょう)にかかっていると疑(うたが)うに足(た)りる正当(せいとう)な理由(りゆう)のある者(もの)に対(たい)して、健康状態(けんこうじょうたい)の報告(ほうこく)の要請(ようせい)、外出自粛(がいしゅつじしゅく)などの協力要請(きょうりょくようせい)を行(おこな)うことができるはずです。（動詞）

   衛生所對於有正當理由足以懷疑罹患傳染病的人，照理說可以要求對方提報身體的狀況或是配合衛生所的要求進行居家隔離等等。

單字

1.	…はず$_{0}$	【名詞】照理說應該…
2.	きせつ 季節$_{2\text{ or }1}$	【名詞】季節
3.	ゼロ$_{1}$	【名詞】零（zero）
4.	スタート$_{2}$	【名詞】出發、開始（start）
5.	しょしんしゃ 初心者$_{2}$	【名詞】初學者、生手
6.	ほけんじょ 保健所$_{0\text{ or }4}$	【名詞】衛生所
7.	かんせんしょう 感染症$_{0}$	【名詞】傳染病
8.	りゆう 理由$_{0}$	【名詞】理由、緣故、藉口
9.	けんこうじょうたい 健康状態$_{5}$	【名詞】身體狀況、健康情形
10.	ほうこく 報告$_{0}$	【名詞】報告、告知（研究、調查、任務的結果內容）
11.	ようせい 要請$_{0}$	【名詞】要求
12.	がいしゅつ 外出$_{0}$	【名詞】外出、出門
13.	じしゅく 自粛$_{0}$	【名詞】自律
14.	きょうりょく 協力$_{0}$	【名詞】針對某個目的合作
15.	せいとう 正当$_{0}$	【ナ形容詞】合理的、正確的
16.	かかる$_{2}$	【動詞】罹患、得病
17.	うたが 疑う$_{0}$	【動詞】懷疑
18.	た 足りる$_{0}$	【動詞】夠、足夠
19.	たい 対する$_{3}$	【動詞】針對、對於（視爲對象）
20.	なん 何か（なんか）	【連語】之類、諸如此類

文法解説

學習項目1　動詞タ形ばかりだ／ばかりです。

説明

- 「ばかり」屬於副助詞。如以下用法Ⅰ所示，往往會以「動詞タ形+ばかり」的形式出現，用來表示某個動作完成後不久的狀態。除了用法Ⅰ之外，「ばかり」還有其他用法。例如：

用法I. 才做完某件事

1. 来年の8月で定年退職するので、先月郊外に新しい家を建てた**ばかり**です。
   因為將於明年8月退休，所以上個月在郊區的新家（新房子）才剛蓋好。

2. A：おなかすいたなあ。何か食べるものはない？
   我肚子餓了，有沒有什麼吃？

   B：沸いた**ばかり**のお湯とカップ麺はあるけど、このカップ麺は賞味期限を過ぎた**ばかり**なの。どうする？食べる？
   有剛煮沸的熱開水跟杯麵，可是這個杯麵剛過期。怎麼樣？（你）要吃嗎？

【補充説明】

1. 「…たところ」&「…たばかり」の違い（「…たところ」&「…たばかり」的差異）

❖「…たところ」

表示目前正是某個動作、行為才剛發生後的狀況，所以大多會和表示「就在剛剛」的意思，如「今、さっき、ちょっと前」等副詞一起使用。

❖「…たばかり」

較主觀，即一個動作、行爲完成後沒多久，即使下一個動作、行爲沒接著發生，完全視敘事者認爲中間沒隔多少時間便能使用。

例：寺尾(てらお)さん夫婦(ふうふ)は去年結婚(きょねんけっこん)した**ばかり**です。○

寺尾(てらお)さん夫婦(ふうふ)は去年結婚(きょねんけっこん)した**ところ**です。×

兩句中譯皆爲：寺尾先生和寺尾太太去年才剛結婚。

2. 過(す)ぎ：事物超出程度。「~~マス~~形(けい)（連用形(れんようけい)）＋**過(す)ぎ**」

例）遊(あそ)び**過(す)ぎ**、食(た)べ**過(す)ぎ**

玩過頭　　吃太多

すぎ：超過某個時刻・年限・距離，當做接尾語(せつびご)。

例）五十(ごじゅう)**すぎ**の男性(だんせい)、30キロ**すぎ**、昼(ひる)**すぎ**

年過50歲的男子　　超過30公斤　　過午

過(す)ぎる：超過某個時刻・年限・距離，當做動詞(どうし)。

例）五十歳(ごじゅっさい)を**過(す)ぎ**て、正午(しょうご)を**過(す)ぎ**て

年過50歲　　過午

用法Ⅱ. 總是吃（學、做、…）某個東西（某件事、…）

● 這種用法往往會以「名詞(めいし)＋ばかり」的形式出現，用來表示局限於某個範圍的意思。

1. バーベキューでは、肉(にく)**ばかり**食(た)べないと損(そん)ですか。

去吃烤肉時，如果沒有一個勁兒地就只吃肉，就算是吃虧嗎？

2. ゲーム**ばかり**やっていないで、たまには文学作品でも読みなさいよ。

不要一味地打電玩，偶而也看一些文學作品吧。

3. 就職活動で日本商社**ばかり**回っていましたが、全滅しました。

求職活動就只鎖定日本商社周旋，但結果是全軍覆沒。

4. 人生は、山あり谷あり、いつも、いつでもうまく行くこと**ばかり**じゃない。

人生有高山有深谷（起起落落），不會一直都是、或是無論何時都是諸事順遂的。

※這種用法除了名詞以外，「ばかり」也可以接在用言（如動詞、イ形容詞、ナ形容詞）的連体形後面表示相同的意思。（參考資料來源：小学館『デジタル大辞泉』）

例：あとは清書する**ばかり**だ。（動詞）

剩下要做的事就是一個勁兒地謄寫。

大きい**ばかり**が、能じゃない。（イ形容詞）

大而無用。

用法Ⅲ. 同一件事情做好幾次

- 這種用法往往會以「動詞テ形＋ばかり＋いる」的形式出現，用來表示**同一件事情做好幾次**以及**一直做同一件事**的意思。

1. 授業中寝て**ばかり**いる人もいるし、おしゃべりしている人もいるし、好きな科目だと、腹が立つ。

上課時有人一直睡覺，也有人聊天，如果是（自己）喜歡的科目就會很生氣。

2. 自分を人と比べて**ばかり**いる人生では、いつまでたっても幸せは訪れないでしょう。

一路都愛跟別人比較的人生，是永遠都無法得到幸福吧。

3. 自分の意見を言って**ばかり**いないで、人の意見も聞いてあげてよ。

不要一直自顧自地發表意見，請也好好聽一下別人的意見嘛。

學習項目2　動詞ところだ／ところです。

說明

- 「ところ」和「こと」「もの」一樣，同屬於形式名詞。如以下例句所示，可用於表示具體的地點、場所，或是像例3這樣指某一個部分，用來表示屬於較抽象的場所。

1. ここにお名前と**おところ**を書いてください。（地點）
   請在這裡寫上您的大名及住址。

2. 〈地図を見ながら〉ここは皇居と言って、天皇のお住まいがある**ところ**です。
   〈一邊看地圖一邊說〉這裡稱爲皇居，是天皇的宮邸所在的地方。（地點）

3. 日本語で手紙を書いたんですが、間違った**ところ**を直してくださいませんか。（某個部分）
   （我）用日文寫了（一封）信，請（您）幫我批改錯誤的地方好嗎？

- 例4中的「ところ」其實是用來表示時間，所以可以代換爲「今」，但是較「今」所表示的時間，在長度上稍微長一些些。因此故意將「今のところ」譯爲「現階段」以示區別。

4. 今の**ところ**は、順調です。（時間）
   現階段一切順利。

   今は、順調です。（時間）
   目前一切順利。

● 用法Ⅰ～Ⅲ中的「…ところ」則是用來表示狀況，分別說明如下：

用法Ⅰ. 就在要做某件事之前…

1. 今から試験を始める**ところだ**から、急いで着席してください。
   考試現在要開始，請趕快入座。

2. A：もしもし、謝さん、今何をしていますか。
   喂～，謝先生（小姐）你現在正在做什麼？

   B：これから駅に来客を迎えに行く**ところです**。
   將要去車站接來訪的客人。

3. 出掛けようとした**ところに**、電話がかかってきた。
   就在（我）正要出門的時候，有來電。

※根據『日本語文型辭典（中文語訳簡体字版）』，「動詞意志形としたところに」（…的時候）多用於表示動作或變化將要開始的「臨近、咫尺」的意思，並且後面接的句子大部分會是表示妨礙阻撓事情進展的狀況。

用法Ⅱ. 正在做某件事

1. A：ねえ、そのきれいな包装紙で包んであるプレゼントは何ですか。or
   ねえ、そのきれいな包装紙で包まれているプレゼントは何ですか。
   喂～，那個用漂亮的包裝紙包起來的禮物是什麼東西呢？

   B：今開いている**ところだ**から、ちょっと待って。ああ、素敵なナイフとスプーン、スイス製です。変わったプレゼントですね。
   （我）現在正在打開，等一下。啊～好漂亮的刀子跟湯匙哦！是瑞士製造的。好與眾不同的禮物喔！

2. 押し入れから布団を出して畳に敷いている**ところに**、停電した。
   從壁櫥拿出棉被，正要鋪在榻榻米上時，停電了。

3. わたしがシャワーを浴びている**ところ**、お湯が出なくなった。
   當我正在淋浴時，沒熱水了。

用法Ⅲ. 才剛做完某件事

例）A：今（いま）、どこ？
你現在人在哪裡？

B：今（いま）、お風呂（ふろ）から上（あ）がって、バスタオルで髪（かみ）の毛（け）をふいている**ところ**なの。あなたは？
現在剛洗完澡，正在用浴巾擦頭髮哩。你呢？

A：今（いま）、帰（かえ）ってきた**ところ**。着信（ちゃくしん）アリを見（み）たから。
現在才剛到家，因爲看到有「來電未接」顯示，所以…。

【補充說明】

「…ところで」・「…ところに」・「…ところへ」・「…ところを」の違（ちが）い
（「…ところで」・「…ところに」・「…ところへ」・「…ところを」的差異）

除了「…ところで」以外，「…ところに」・「…ところへ」・「…ところを」都是表示「就在要做某件事」、「正在做某件事」、「才剛做完某件事」的某一時刻，出現了新狀況的意思。

「…ところで」：

因爲「…ところで」是由形式名詞（けいしきめいし）「ところ」＋表示動作發生地點的助詞（じょし）「で」所形成的，所以強調的重點在於「…」這部分的動作發生以後的狀況下，某個狀況發生或是起變化。因此「…」這部分的動詞（どうし）一定是タ形（けい），後面接的動詞（どうし）也大多會是表示事態變化或動態的動詞（どうし），例如「開始（かいし）する・終（お）わる・なる・変（か）わる・倒（たお）れる」等。

1. バスに乗（の）った**ところで**雨（あめ）が降（ふ）ってきました。
剛搭上公車就下起雨來了。

2. インストールが終(お)わった**ところで**PCを再起動(さいきどう)してみました。
剛安裝完後，試著重開機了一次。

「…ところに」・「…ところへ」：

「…ところに」・「…ところへ」強調的重點在於「…」這部分的動作、行爲啓動或發生的時機。如以下例句所示，在「…ところに」・「…ところへ」之後出現的也大多會是對「…」這部分的動作、行爲「造成妨礙」或是「時機上恰巧」的狀況。換句話說，在「…ところに」・「…ところへ」前後出現的動作、行爲，彼此間往往會有具有關連性。不過，有時也會出現彼此間不具關連性的句子，因此，在「…ところに」・「…ところへ」前後出現的動作、行爲並非絕對一定要有關連性。

此外，因爲「…ところに」・「…ところへ」分別是由形式名詞(けいしきめいし)「ところ」＋表示帰着點(きちゃくてん)的助詞(じょし)「に」、表示方向的助詞(じょし)「へ」所形成的，所以後面接的動詞(どうし)往往會是「行(い)く・来(く)る・帰(かえ)る」或「ある」這類的動詞(どうし)。例如：

1. 出掛(でか)けようとした**ところに**、電話(でんわ)がかかってきた。
出掛(でか)けようとした**ところへ**、電話(でんわ)がかかってきた。
正要出門的時候，有來電。

2. ちょうど食事(しょくじ)をしている**ところに**、友(とも)だちがお酒(さけ)を持(も)ってきた。
在吃飯的時候，朋友正巧帶了酒過來。

「…ところを」：

「…ところを」是由形式名詞(けいしきめいし)「ところ」＋表示經過地點的助詞(じょし)「を」所形成的。所以敘述的重點除了「…ところを」的「…」這部分的動作、行爲啓動或發生的時間點以外，更強調前述動作、行爲啓動或發生的場合、地點，帶有「當場…」的意思。所以如以下例句所示，在「…ところを」之後出現的狀況也大多會是「當場看見或發現」（見(み)る、見(み)つける、発見(はっけん)する）；「當場叫住、抓住、攻擊、救援」（呼び止める、捕まる、襲う、助ける）這類的動作、行爲。不過，有時也會出現並非如此的情形，但還是會帶有「正當…的時候」的意思，而後面接的也往往會是「ありがとう」或是「すみません」這類的說詞。例如：

1. 泥棒が非常階段を下りて逃げようとした**ところを**、警官に捕まったんだ。
   小偷正要下逃生梯逃跑的時候，當場讓警官逮住。

2. お忙しい**ところを**、お邪魔してどうもすみません。
   您正在忙的時候，還來打擾您眞是過意不去。

學習項目3　…そうだ/そうです。〈様態〉

說明

- 「そうだ」屬於助動詞（助動詞），如以下例句所示，接在動詞・助動詞的連用形，以及イ形容詞・ナ形容詞的語幹（即イ形容詞~~い~~・ナ形容詞~~だ~~）之後，表示「從外觀、狀態來推測，大概是…」的意思。
- 名詞沒有「名詞＋そうだ　×」的用法，若要表示「從外觀、狀態來推測，大概是…」的意思，必須以「名詞＋の＋ようだ」的型式表達。

用法Ⅰ. 從外觀、狀態判斷，大概…。

【イ形容詞・ナ形容詞】の語幹＋そうだ/そうです。

1. 今夜デートに行く大久保さんは、きょうは朝からうれし**そうです**ね。
   今晚要去約會的大久保先生（小姐），今天從早上開始就一付很開心的樣子耶。（イ形容詞）

2. プリンターのインクがなさそう**だ**から、新しいのと取り替えてください。
   印表機的墨水看來快用完了，請更換新的。（イ形容詞）

3. 公園で太極拳をしている年配の方々は、みんな元気**そうです**。（ナ形容詞）
   在公園打太極拳的老人家們，大家看起來都很有精神的樣子。

※名詞＋そうだ/そうです。　　例：外は雨そうです。×
外面好像是在下雨？？？

名詞＋の＋ようだ/ようです。　例：外は雨のようです。○
外面好像是在下雨。

如以下所示，當イ形容詞・ナ形容詞的語幹加上「そうだ」之後，便會成爲一個派生ナ形容詞（衍生ナ形容詞），可用來修飾名詞或動詞。

語幹＋そうだ　→　…**そうな**名詞

辛**そうな**スープ　　丈夫**そうな**いす
看起來很辣的湯　　看起來很耐用的椅子

語幹＋そうだ　→　…**そうに**動詞

1. 悲し**そうに**元カレの写真を見ています。
   一付很哀傷的神情看著前男友的相片。

2. 店員たちが暇**そうに**おしゃべりしている。
   店員們一付很閒的樣子正在聊天。

【補充説明】

1. イ形容詞・ナ形容詞的語幹爲單一音節者，須加上「さ」才可以再加上「そうだ」。當「そうだ」接在助動詞「ない」、「たい」後面時，也必須以「…な＋さ＋そうだ」、「…た＋さ＋そうだ」的型式表達。例如：

い~~い~~ → い ・ **濃~~い~~** → **濃** ・ **な~~い~~** → **な**　※只有一個音節

いい・ない・濃い　→　…~~い~~＋**さ**＋そうだ/そうです

よ**さ**そうだ　　濃**さ**そうだ　　な**さ**そうだ　　※寒くな**さ**そうだ
看起來不錯的樣子　看起來很濃的樣子　看起來沒有的樣子　看起來不冷的樣子

2. 一看就知道，無須推測的情況不能用表示「樣態」（外觀、事態）的「そうだ」。例如：

このノートパソコンは重**そうです**。 ○
這部筆記型電腦看起來蠻重的。

このノートパソコンは大き**そうです**。×
這部筆記型電腦看起來蠻大的。

用法Ⅱ. 從狀態來推測很快就會…、眼看就快要…的樣子。

動詞~~マス~~形＋そうだ/そうです。

1. あっ、荷物が棚から落ち**そうです**よ。
   啊！行李快從架子上掉下來了喲。

2. ああ、わたしが作った料理をみんなが食べ**そう**も（or に or にも）ないから、すごくショックを受けた。
   唉～，我做的菜大家都一付不想吃的樣子，眞是大受打擊。

3. おなかがすいて死に**そうです**。
   肚子餓得快死掉了。

如以上所示，因爲是接在動詞連用形（即動詞マス形）的後面，因此會有「眼看就快要…」的意思。此外，與前述的イ形容詞・ナ形容詞的情形相同，動詞的連用形加上「そうだ」之後，便成爲一個派生ナ形容詞（衍生ナ形容詞），可以用來修飾名詞或動詞。

動詞~~マス~~形＋そうだ → …**そうな**名詞

壊れ**そうな**机　　今にも泣き**そうな**顔
看起來快要壞掉的桌子　　眼看就快要哭泣的臉

動詞~~マス~~形＋そうだ　→　…**そうに**動詞

例：なぜだかわからないけど、この曲を聞くと、泣き**そうに**なる。

不知道什麼緣故，只要聽到這首曲子就立刻變得想哭。

【補充説明】

動詞的連用形加上「そうだ」之後，爲表示「根本就不可能會…」的意思。有下列幾種強調語氣的説法。

…そうだ　→　…そうもない/そうもありません。

…そうだ　→　…そうにない/そうにありません。

…そうだ　→　…そうにもない/そうにもありません。

例：あの人は性格が悪いから、結婚でき**そう**もないね。

那個人個性不好，看來根本是無法成家的。

學習項目４　…はずだ/…はずです。

説明

- 「はず」屬於名詞。如以下例句所示，接在名詞或是用言（如動詞、イ形容詞、ナ形容詞）的連体形後面，表示「從常理上考量，當然應該…」、「照理説應該…」的意思。

名詞：季節は冬の**はず**ですが、暖かくてまるで春のようです。

以季節來説應該是冬季，但是天氣暖和得簡直像春天一樣。

※「…はずだ」未放在句末的衍生用法。

イ形容詞：これは本物のルイ・ヴィトンのバッグなので、高い**はず**です。

因爲這是眞品的LV包包，所以照理説應該很貴。

※ルイ・ヴィトン（Louis Vuiton → LV）

ナ形容詞：お姉さんは美人だから、妹さんもきれいなは**ず**です。

姊姊是個美女，照理說妹妹應該也很漂亮。

動詞：書類は速達で出したから、あした届く**はず**です。

因爲文件是以快遞寄出的，所以照理說應該明天會寄到。

動詞：今の時間では、みんなもう寝ているは**ず**です。

以現在的時間來看，照理說大家都應該已經在睡覺。

動詞：1時間前にメールを出したから、もう届いた**はず**です。

因爲是1個小時前寄出電子郵件，所以照理說應該已經寄到。

【比較】

ゼロからスタートの初心者には、

對從零開始學習的初學者來說，

1. 社説なんかの内容がわからない**はず**です。

   照理說應該是看不懂社論之類文章的內容。

2. 社説なんかの内容がわかる**はず**がありません。

   根本就不可能看得懂社論之類文章的內容。　※「…はずだ」未放在句末的衍生用法。

第十五單元

學習項目1　…かも知れない／かも知れません

中文意思　推測有…的可能性。說不定…。

用法

名詞　→　名詞
イ形容詞　→　イ形容詞（常体）
ナ形容詞　→　ナ形容詞（常体）
動詞　→　動詞（常体）
↑
文（常体）

} ＋かも＋知れない／知れません。

★名詞だ・ナ形容詞だ＋かも＋知れない／知れません。

例句

1. 伝染病の感染を効果的に防ぐため、電車で通勤している人は、できるだけ定期的に予防注射したほうがいいかも知れません。

為有效防堵流行性疾病的傳染，搭電車通勤的人最好盡量定期施打預防針說不定情況會好一點。

2. 来年度から学費がさらに上がるかも知れません。

從下年度開始，學費說不定還會再漲。

3. パソコンを使って長時間仕事をするとき、1時間おきに約10分から15分休憩を取れば、より効率的かも知れません。

使用電腦長時間工作時，若能每隔1小時休息個10到15分鐘，說不定工作會更加有效率。

4. ガチャンと音がしたので、窓ガラスが割れたかも知れない。

因為有聽到發出「碰」的聲音，所以窗户的玻璃說不定破了。

單字

※凡加上()之漢字，根據「記者ハンドブック・新聞用語用字集」應以平假名書寫。

1.	でんせんびょう 伝染病$_0$	【名詞】傳染病
2.	かんせん 感染$_0$	【名詞】感染
3.	つうきん 通勤$_0$	【名詞】通勤
4.	らいねんど 来年度$_3$	【名詞】下個年度
5.	がくひ 学費$_0$	【名詞】學費
6.	きゅうけい 休憩$_0$	【名詞】休息
7.	まど 窓ガラス$_3$	【名詞】窗户玻璃
8.	こうかてき 効果的$_0$	【ナ形容詞】有效的
9.	ていきてき 定期的$_0$	【ナ形容詞】定期的
10.	こうりつてき 効率的$_0$	【ナ形容詞】有效率的
11.	さら （更）に$_1$	【副詞】維持既有程度外，更進一步地
12.	より$_0$	【副詞】較事物原先程度更進一步地
13.	ガチャン（と）$_2$	【副詞】硬物碰撞時發出的巨大聲響
14.	でき （出来）るだけ$_0$	【連語】盡力、竭盡所能、盡可能地
15.	お …（置）きに	【接尾語】隔、每隔
16.	ふせ 防ぐ$_2$	【動詞】防止、防堵、防守、防備
17.	よぼうちゅうしゃ　ちゅうしゃ 予防注射する$_4$（注射する$_0$）	【動詞】預防注射、打預防針
18.	あ 上がる$_0$	【動詞】上漲、提高、昂揚
19.	わ 割れる$_0$	【動詞】破裂、破碎

學習項目2　…そうだ/そうです。〈伝聞〉

中文意思　表示得自他人、書籍、報章雜誌、媒體上的訊息。

用法

名詞 → 名詞
イ形容詞 → イ形容詞（常体）
ナ形容詞 → ナ形容詞（常体）
動詞 → 動詞（常体）
↑
文（常体）

（以上）＋そうだ/そうです。

例句

1. きょうは青木(あおき)さんの誕生日(たんじょうび)だそうです。
   據說今天是青木先生（小姐）的生日。

2. きょうは青木(あおき)さんの誕生日(たんじょうび)じゃないそうです。
   據說今天不是青木先生（小姐）的生日。

3. きのうは青木(あおき)さんの誕生日(たんじょうび)だったそうです。
   據說昨天是青木先生（小姐）的生日。

4. 日本(にほん)は米(こめ)に限(かぎ)らず、食品(しょくひん)の安全基準(あんぜんきじゅん)は世界一厳(せかいいちきび)しいそうです。
   據說日本不只是白米，食品的安全檢驗標準是全世界最嚴格的。

5. 日本(にほん)は米(こめ)に限(かぎ)らず、食品(しょくひん)の安全基準(あんぜんきじゅん)は世界一厳(せかいいちきび)しかったそうです。
   據說日本不只是白米，食品的安全檢驗標準以前是全世界最嚴格的。

6. 日本(にほん)は米(こめ)に限(かぎ)らず、食品(しょくひん)の安全基準(あんぜんきじゅん)は昔(むかし)ほど厳(きび)しくないそうです。
   據說日本不只是白米，食品的安全檢驗標準不如以前嚴格了。

7. 2003年(ねん)の時点(じてん)で、工業製品(こうぎょうせいひん)の輸出割合(ゆしゅつわりあい)が最(もっと)も大(おお)きい国(くに)（地域(ちいき)）は台湾(たいわん)で、94パーセントを占(し)めたそうです。
   據說在2003年那一年，工業產品的出口比例最高的國家（區域）就是台灣，佔94%。

8. 世界(せかい)で一番(いちばん)のお金持(かねも)ちはアメリカの著名(ちょめい)な投資家(とうしか)であるウォーレン・バフェット（Warren Edward Buffett）氏(し)だそうです。
   據說全世界最有錢的人是美國著名的投資專家華倫巴菲特。

單字

1.	安全基準（あんぜんきじゅん）$_5$	【名詞】安全檢驗標準
2.	時点（じてん）$_1$	【名詞】時間點
3.	工業（こうぎょう）$_1$	【名詞】工業
4.	輸出（ゆしゅつ）$_0$	【名詞】出口
5.	割合（わりあい）$_0$	【名詞】比率、比例
6.	地域（ちいき）$_1$	【名詞】區域、地區
7.	パーセント$_3$	【名詞】百分比（percent）
8.	（お）金持ち（かねも）$_0$	【名詞】有錢人
9.	投資家（とうしか）$_0$	【名詞】投資家（投資：以獲利爲目的，將資金投入證券或事業）
10.	天気予報（てんきよほう）$_4$	【名詞】氣象預報
11.	…氏（し）	【名詞】接於男子姓名之後表示敬意
12.	アンケート調査（ちょうさ）$_6$	【名詞】問卷調查（法文）※フランス語＝enquête
13.	結果（けっか）$_0$	【名詞】結果
14.	半数（はんすう）$_3$	【名詞】半數
15.	社説（しゃせつ）$_0$	【名詞】社論
16.	失業率（しつぎょうりつ）$_3$	【名詞】失業率
17.	予測（よそく）$_0$	【名詞】預估、預測
18.	倍（ばい）$_0$	【名詞】倍數
19.	著名（ちょめい）$_0$	【ナ形容詞】有名、名聲廣爲世人所知
20.	最も（もっと）$_3$	【副詞】最
21.	占める（し）$_2$	【動詞】佔、佔住、佔據、佔用
22.	…に限らず（かぎ）	【連語】不僅限於、不只是

23.	続(つづ)ける$_0$	【動詞】持續
24.	超(こ)える$_0$	【動詞】超過、超越、越過
25.	上昇(じょうしょう)する$_0$	【動詞】上升、攀升
26.	…によると	【連語】由於…、根據…

學習項目3　…ようだ/ようです。〈推量〉

中文意思　表推測。似乎…。好像…。

用法

名詞　→　名詞＋の
イ形容詞　→　イ形容詞い
ナ形容詞　→　ナ形容詞な
動詞　→　動詞（常体）
} ＋ようだ/ようです。

※【名詞＋の】
【イ形容詞・ナ形容詞・動詞】の連体修飾形
} ＋ようだ/ようです。

例句

1. 天気予報(てんきよほう)によれば、あしたは晴(は)れのようです。
根據氣象預報明天似乎是晴天。

2. 天気予報(てんきよほう)によれば、あしたは晴(は)れじゃないようです。
根據氣象預報明天似乎不是晴天。

3. ゆうべ篠(しの)さんは留守(るす)だったようです。何回(なんかい)ノックしても誰(だれ)も出(で)てきませんでしたから。
昨晚篠先生（小姐）好像不在家，因爲敲了幾次門也都沒人出來應門。

4. 風(かぜ)の音(おと)が聞(き)こえるから、外(そと)は今風(いまかぜ)が強(つよ)いようです。
因爲聽得到風聲，所以外面現在似乎風很強。

5. 人の声が聞こえるから、隣の部屋に誰かいるようです。

因爲聽得到人聲，所以隔壁房間好像有人在。

6. 部長は声が高くなったから、怒っているようです。

因爲部長（or 經理）的聲音變高亢了，所以他似乎是在生氣。

單字

1.	ノックする$_1$	【動詞】敲門、（棒球）在外野練習打擊（knock）

學習項目4　…みたいだ/みたいです。〈推量〉

中文意思　表推測。似乎…。好像…。※「…ようだ/ようです」的口語形式。

用法

名詞 → 名詞
イ形容詞 → イ形容詞（常体）
ナ形容詞 → ナ形容詞（常体）
動詞 → 動詞（常体）
↑
文（常体）

} ＋みたいだ/みたいです。

★名詞~~だ~~・ナ形容詞~~だ~~＋みたいだ/みたいです。

例句

1. あのサンダルはきのうから部屋の隅に置きっ放しだから、誰かの忘れ物みたいです。

那雙涼鞋從昨天就一直放在房間的角落一直到現在，好像是某個人忘了帶走的失物。

2. A：あっ、教室の真ん中にハンカチが落ちている。ちょっと不思議だわ。先生のかな？

咦？有條手帕掉在教室的正中央，眞是有點難以想像。是老師的吧？

B：どれどれ、ちょっと見せて、ああ、先生のじゃないみたいだね。ハンカチに赤い糸で「工藤」という名前が刺繍してあるから。

在哪裡？讓我看一下，啊～（這）好像不是老師的喲。因爲手帕上面有用紅色的絲線繡有「工藤」這個名字。（所以囉，應該不是老師的。）

3. A：お嬢（じょう）さんはどんなタイプの男性（だんせい）が好（す）きなんですか。

令千金喜歡哪種類型的男士呢？

B：そうですね。聞（き）いたことがありませんが、本（ほん）をいっぱい読（よ）む人（ひと）が好（す）きみたいです。

這個嘛～，我倒是從沒問過她，不過（她）好像喜歡看書看很多的人。

4. きのうから雪（ゆき）が降（ふ）りつづいていたから、外（そと）は雪（ゆき）がだいぶ積（つ）もっているみたいです。

因爲從昨天開始就一直在下雪，所以外面似乎積了蠻多雪。

單字

※凡加上()之漢字，根據「記者ハンドブック・新聞用語用字集」應以平假名書寫。

1.	サンダル $_{0\ or\ 1}$	【名詞】涼鞋、拖鞋（sandal）
2.	隅（すみ）$_1$	【名詞】角落
3.	置（お）きっ放（ぱな）し $_0$	【名詞】任意放置物品、將一直放著不去動
4.	忘（わす）れ物（もの）$_0$	【名詞】遺忘的東西、待領的失物
5.	真（ま）ん中（なか）$_0$	【名詞】正中央
6.	ハンカチ $_{3\ or\ 0}$	【名詞】手帕（handkerchief）
7.	糸（いと）$_1$	【名詞】線、絲
8.	タイプ $_1$	【名詞】類型（type）
9.	事務所（じむしょ）$_2$	【名詞】辦事處、事務所
10.	カーテン $_1$	【名詞】窗簾、幕（curtain）
11.	以外（いがい）$_1$	【名詞】以外、除…之外
12.	どれどれ $_1$	【代名詞】指不特定的事物
13.	不思議（ふしぎ）$_0$	【ナ形容詞】不可思議的、令人不解的
14.	だいぶ $_0$	【副詞】相當、很
15.	（続（つづ）く）$_0$	【動詞】繼續、相連

16.	積(つ)もる$_{2\ or\ 0}$	【動詞】堆積
17.	移(うつ)る$_{2}$	【動詞】遷移、變遷

學習項目5　…らしい/らしいです。〈推量〉

中文意思　表推測。似乎…。好像…。

用法I. 表推測。

名詞 → 名詞
イ形容詞 → イ形容詞（常体）
ナ形容詞 → ナ形容詞（常体）
動詞 → 動詞（常体）
↑
文（常体）

＋らしい/らしいです。

★名詞だ・ナ形容詞だ＋らしい/らしいです。

例句

1. その歩(ある)き方(かた)から見(み)れば、今(いま)やってきた人(ひと)は息子(むすこ)さんらしいです。（名詞）
従走路的樣子來看，迎面而來的人似乎是你兒子。

2. 口(くち)コミではこれから遊(あそ)びに行(い)く島(しま)ではバスが一日(いちにち)に数本(すうほん)しか走っていないから、レンタカーを借(か)りないと、かなり不便(ふべん)らしいです。（ナ形容詞）
根據風評，即將要去玩的島上一天只有幾班公車而已，所以不租車的話似乎會十分不方便。

3. A：羅先生(らせんせい)、どうしたの？
羅老師，怎麼了？

B：いや、今回(こんかい)の試験結果(しけんけっか)から見(み)れば、自宅(じたく)で講義(こうぎ)の予習(よしゅう)、復習(ふくしゅう)をきちんとする学生(がくせい)は、ちっともしない学生(がくせい)より成績(せいせき)がいいらしいです。（イ形容詞）
沒有啦，從學生這次的考試結果來看，在家有按部就班做好課程預習、複習的學生，比起一點都不會這麼做的學生，似乎成績會來得好些。

A：えっ、そうなの。
哦！是嗎？

B：当(あ)たり前(まえ)といえば、当(あ)たり前(まえ)だけどね。

要說是理所當然的話，還眞是理所當然啦。

A：そうらしいですね。（副詞）

似乎是這樣喔。

4. この空模様(そらもよう)では、雨(あめ)にでもなるらしい。（動詞）

照這個天色看來，似乎是要下雨。

5. 人(ひと)は集中(しゅうちゅう)すると、まばたきが少(すく)なくなるらしいです。（動詞）

人只要注意力集中，似乎眨眼睛的次數會變少。

用法Ⅱ. 表傳聞。

名詞	→	名詞	＋らしい/らしいです。
イ形容詞	→	イ形容詞（常体）	
ナ形容詞	→	ナ形容詞（常体）	
動詞	→	動詞（常体）	
	↑ 文（常体）		

★名詞だ・ナ形容詞だ＋らしい/らしいです。

例句

1. A：さっきテレビの天気予報(てんきよほう)を見(み)たんだけど、あしたから冷(ひ)え込(こ)むそうだよ。

剛剛看了電視的氣象預報，聽說從明天開始氣溫會驟降哦。

B：ええ、そうらしいね。

是啊，似乎是會。

2. A：あっ、そうだ。佐々木(ささき)さんはきょうは用(よう)があって、勉強会(べんきょうかい)に来(こ)られないらしいよ。

啊，對了。佐佐木先生（小姐）好像因爲今天有事，所以沒辦法來參加讀書會哦。

B：そっか。何(なん)で知(し)ってるの。

這樣啊，你怎麼會知道呢？

A：先生(せんせい)がけさ佐々木(ささき)さんから欠席(けっせき)届(とどけ)のメールをもらったそうだから。

據老師說今天早上老師有收到佐佐木先生（小姐）寄給他的請假電子郵件（，所以我才知道）。

單字

1.	口コミ(くちこみ)₀	【名詞】口耳相傳的風評
2.	レンタカー₃	【名詞】出租汽車 ※レンタ（rent-a）→レンタカー(rent-a-car)
3.	自宅(じたく)₀	【名詞】自己家、私宅
4.	予習(よしゅう)₀	【名詞】預習
5.	復習(ふくしゅう)₀	【名詞】複習
6.	当たり前(あたりまえ)₀	【名詞】理所當然
7.	まばたき₂	【名詞】眨眼睛
8.	用(よう)₁	【名詞】事情
9.	勉強会(べんきょうかい)₃	【名詞】讀書會
10.	欠席(けっせき)₀	【名詞】缺席、請假
11.	届(とどけ)₃	【名詞】申請單、申告文書
12.	何で(なんで)₁	【代名詞】爲何、爲什麼
13.	数本(すうほん)₀	【名語】幾個班次
14.	かなり₁	【副詞】相當地、非常地
15.	きちんと₀	【副詞】井然有序地、恰得其分無過與不及地、好好地
16.	ちっとも₃	【副詞】一點都不（後面必須接否定句）
17.	集中する(しゅうちゅうする)₀	【動詞】聚集、收集、集合、專注（於一處）
18.	冷え込む(ひえこむ)₃	【動詞】氣溫驟降

文法解説

學習項目1　…かも知れない／かも知れません。

説明

- 「…かも知れない」（か＋も＋知れ＋ない）是由副助詞「か」＋係助詞「も」＋動詞「知れる」的未然形「知れ-」＋表示否定的助動詞「ない」所構成的連語（詞組）。
- 如以下所示，「…かも知れない」大多會被放在常体的文（句子）之後，表示「推測有…的可能性，但並不確定」、「説不定會…」的意思。
- 因助動詞「だ」有表示「断定」（斷定、確定）的意思。所以，凡是句末會出現「だ」的句子都必須先去掉表示確定的「だ」才能加上表示不確定的「…かも知れない」，也就是「…だ＋知れない」。例如：

1. 伝染病の感染を効果的に防ぐため、電車で通勤している人は、できるだけ定期的に予防注射したほうがいい**かも知れません。**

   爲有效防堵流行性疾病的傳染，搭電車通勤的人最好盡量定期施打預防針説不定情況會好一點。

2. 来年度から学費がさらに上がる**かも知れません。**

   從下年度開始，學費説不定還會再漲。

3. パソコンを使って長時間仕事をするとき、1時間おきに約10分から15分休憩を取れば、より効率的**かも知れません。**　※「効率的だ」

   使用電腦長時間工作時，若能每隔1小時休息個10到15分鐘，説不定工作會更加有效率。

4. ガチャンと音がしたので、窓ガラスが割れた**かも知れません。**

   因爲有聽到發出「碰」的聲音，所以窗户的玻璃説不定破了。

「…かも知れない」如以下例句所示，有時會做爲連体修飾語用來修飾名詞。

例：パソコンの動作がおかしい、大量のウイルスを発見しているなど、ウイルスに感染した**かも知れない**場合の対処方法を教えてください。

請教我當發現電腦的動作有異樣、發現有大量病毒等等，（電腦）有可能已經中毒時的對策。

- 「…かも知れない」與同樣是表示「推測」的助動詞「…だろう」，有以下幾點不同：

1. ウイルスに感染しただろう場合の対処方法を教えてください。×

   請教我（電腦）有可能已經中毒時的對策？？？

   ウイルスに感染した**かも知れない**場合の対処方法を教えてください。○

   請教我（電腦）有可能已經中毒時的對策。

2. 来年度から学費がさらに上がる**かも知れませんか**。×

   從下年度開始，學費還會再漲嗎？？？

   来年度から学費がさらに上がるでしょう**か**。○

   從下年度開始，學費還會再漲嗎？

【補充説明】

對所敘述的內容有把握的程度：（有此一說，僅供參考）

絶対…、きっと…	90% or ↑	例：今年**きっと**日本へ行く**でしょう**。 今年肯定會去日本吧。
おそらく…	80%	例：今年**おそらく**日本へ行く**でしょう**。 今年恐怕是得要去日本吧。
たぶん…	60～70%	例：今年**たぶん**日本へ行く**でしょう**。 今年五成以上會去日本吧。
…かも知れない	50% or ↓	例：今年日本へ行く**かも知れません**。 今年說不定會去日本吧。

たぶん…しない	30% or ↓	例：今年**たぶん**日本へ行かない**でしょう**。 今年五成以上不會去日本吧。
決して…しない	0%	例：今年**決して**日本へ行き**ません**。 今年絕不會去日本。

學習項目2　…そうだ/そうです。〈伝聞〉

説明

- 「そうだ」屬於助動詞，如以下所示，接在動詞・イ形容詞・ナ形容詞及部分助動詞「れる」「られる」「せる」「させる」「ない」「たい」「た」「ぬ（ん）」的終止形後面，表示「根據來自他人的傳聞推測，似乎是…」的意思。
- 表示「伝聞」的「そうだ」沒有過去形。例如：

きのうの話では、試合は中止だそうだった。×
照昨天的説法，過去聽説比賽會取消。？？？

- 表示「伝聞」的「そうだ」的各種用法如以下例句所示：

1. きょうは青木さんの誕生日だ**そうです**。
   據説今天是青木先生（小姐）的生日。

2. きょうは青木さんの誕生日じゃない**そうです**。
   據説今天不是青木先生（小姐）的生日。

3. きのうは青木さんの誕生日だった**そうです**。
   據説昨天是青木先生（小姐）的生日。

4. 日本は米に限らず、食品の安全基準は世界一厳しい**そうです**。
   據説日本不只是白米，食品的安全檢驗標準是全世界最嚴格的。

5. 日本は米に限らず、食品の安全基準は世界一厳しかった**そうです。**

據說日本不只是白米，食品的安全檢驗標準以前是全世界最嚴格的。

6. 日本は米に限らず、食品の安全基準は昔ほど厳しくない**そうです。**

據說日本不只是白米，食品的安全檢驗標準不如以前嚴格了。

7. 2003年の時点で、工業製品の輸出割合が最も大きい国（地域）は台湾で、94パーセントを占めた**そうです。**

據說在2003年那一年，工業產品的出口比例最高的國家（區域）就是台灣，佔94%。

8. 世界で一番のお金持ちはアメリカの著名な投資家であるウォーレン・バフェット（Warren Edward Buffett）氏だ**そうです。**

據說全世界最有錢的人是美國著名的投資專家華倫巴菲特。

【補充説明】

I.明白表示資訊來源的「伝聞」或「推量」的句型：

「によると」、「によれば」、「…の話（or 説明）では」都是用來表示資訊來源，如以下例句所示，句末多會出現表示「伝聞」或「推量」的句型。

新聞、報告書、手紙、 報紙　報告　書信 予想、発表 or 預測　發表 新聞社、気象局、… 報社　氣象局	によれば、 によると、 では、	…そうだ　（伝聞） …ということだ　（伝聞） …とのことだ　（伝聞） …と言われている（伝聞） …んだって（伝聞） …らしい　（推量）

「によると」、「によれば」大多接在如「新聞、報告書、手紙、予想、発表」等表示資訊內容的名詞、或是如「新聞社、気象局」等表示負責發布這些資訊的機構的名詞後面，以明白表示敘事者的根據並非是出於自己的判斷，而是另有根據的。

●「…では」則較常出現在日常會話。但如果是用來表示資訊來源時，

1. 不能接在表示負責發布這些資訊的機構的名詞(めいし)後面，只能接在如「新聞(しんぶん)、報告書(ほうこくしょ)、手紙(てがみ)、予想(よそう)、発表(はっぴょう)」等表示資訊內容的名詞(めいし)後面。

2. 不能單獨使用「…で」表示資訊來源，必須使用「…では」的形式來表示，並且可以代換成「…によると」。

●明白表示敘事者資訊來源的「伝聞(でんぶん)」或「推量(すいりょう)」的例句如以下所示：

1. 天気予報(てんきよほう)によると、あしたは寒(さむ)くなる**そうです**。
根據氣象預報，聽說明天會變冷。

2. アンケート調査(ちょうさ)の結果(けっか)によると、結婚(けっこん)しても仕事(しごと)を続(つづ)けたい女性(じょせい)は半数(はんすう)を超(こ)えた**そうです**。
根據問卷調查的結果顯示，即使結了婚還想繼續工作的女性人數超過半數以上。

3. 新聞(しんぶん)の社説(しゃせつ)によれば、今年(ことし)の失業率(しつぎょうりつ)は予測(よそく)より3倍以上(ばいいじょう)上昇(じょうしょう)する**そうです**。
根據報紙的社論，據說今年的失業率會攀升至預估（數字）的3倍以上。

4. 先生(せんせい)の話(はなし)では、この辞書(じしょ)はなかなかいい**そうです**。
據老師說，這本字典相當不錯。

Ⅱ.表示「伝聞(でんぶん)」的「…ということだ」：

如以下例句所示，表示「伝聞(でんぶん)」時，「…という」不能省略。

吉田(よしだ)さんの話(はなし)では、
據吉田先生（小姐）說

庶務課の鈴木さんは、近く会社をやめて結婚することです。×

庶務課の鈴木さんは、近く会社をやめて結婚する**ということです**。○

總務課的鈴木先生（小姐）最近將會辭職結婚。

如果省略「…という」變成了「…ことだ」，所表示的意思便會成爲告誡對方在某些情況下這麼做會來得好些，屬於口語的表達形式。例如：

日本語が上手になりたければ、毎日５時間以上勉強する**ことだ**。

想學好日文的話，得每天念書5個小時以上。

此外，「…（内容）ということ」這個句型多用來具體表示知識、說話等的內容，簡明扼要地歸納整句話的意涵。例如：

「天地無用」ということばの意味は、この荷物を取り扱うのに、上下を逆にしてはいけない**ということです**。

「天地無用」這個詞彙的意思是指在處理這個貨物時切勿倒置。

學習項目３　…ようだ/ようです。〈推量〉

說明

- 「ようだ」屬於助動詞，是由形式名詞「よう（様）」＋表示斷定的助動詞「だ」所構成的（よう＋だ）。
- 如以下例句所示，接在動詞・イ形容詞・ナ形容詞及部分助動詞「れる」「られる」「せる」「させる」「ない」「たい」「らしい」「ます」的連体形，「体言・部分副詞＋の」以及「コソアド系連体詞」（即この・その・あの・どの/こんな・そんな・あんな・どんな）後面，表示敘事者雖然就某件事無法明確判斷，但是根據直覺，或身體的感覺、視覺、聽覺、味覺等感官上的感覺，以及其個人親身的經驗加以推敲，「這件事給敘事者這種印象」或是「敘事者推測可以這麼想」或是「敘事者推測可以如此認定」的意思。換句話說，這種情形的「…

ようだ」主要是用來表示敘事者不確定的判斷內容的說法。例如：

1. 天気予報によれば、あしたは晴れのよう**ようです**。
根據氣象預報明天似乎是晴天。

2. 天気予報によれば、あしたは晴れじゃない**ようです**。
根據氣象預報明天似乎不是晴天。

3. ゆうべ篠さんは留守だった**ようです**。何回ノックしても誰も出てきませんでしたから。
昨晚篠先生（小姐）好像不在家，因爲敲了幾次門也都沒人出來應門。

4. 風の音が聞こえるから、外は今風が強い**ようです**。
因爲聽得到風聲，所以外面現在似乎風很大。

5. 人の声が聞こえるから、隣の部屋に誰かいる**ようです**。
因爲聽得到人聲，所以隔壁房間好像有人在。

6. 部長は声が高くなったから、怒っている**ようです**。
因爲部長（or 經理）的聲音變高亢了，所以他似乎是在生氣。

如例6所示，表示述敘事者以外的人的意志或感情時，往往會使用「ようだ」。

- 以上表示「推量」（推測）的「ようだ」，在以口語表現時，往往會被代換成「みたいだ」。（請見學習項目4）
- 除上述用法以外，「ようだ」還可用來緩和語氣，以避免語氣太過於武斷。

例如：

この料理はちょっと味が薄すぎる**ようです**ね。
這道菜似乎味道有點太淡了是吧。

- 「ようだ」除了表示「推量」（推測）的用法以外，還可用來表示「例示・比況」（舉例・比喻）的意思。

學習項目4　…みたいだ/みたいです。〈推量〉

説明

- 「みたいだ」屬於助動詞，是由「見た＋よう＋だ」發音產生變化後所形成的助動詞，和「ようだ」同樣都是用來表示「推量」的連語（詞組）。
- 「みたいだ」用來表示「敘事者就某件事雖然無法明確斷定，但認爲可以這麼推測」的意思。而推論的根據，如以下例句所示，不外乎是敘事者所看到的跡象、或聽到的聲音、或是聞到的味道、或者是其親身的經驗。例如：

1. あのサンダルはきのうから部屋の隅に置きっ放しだから、誰かの忘れ物**みたいです**。

   那雙涼鞋從昨天就一直放在房間的角落一直到現在，好像是某個人忘了帶走的失物。

2. A：あっ、教室の真ん中にハンカチが落ちている。ちょっと不思議だわ。先生のかな？

   咦？有條手帕掉在教室的正中央，眞是有點難以想像。是老師的吧？

   B：どれどれ、ちょっと見せて、ああ、先生のじゃない**みたいだ**ね。ハンカチに赤い糸で「工藤」という名前が刺繍してあるから。

   在哪裡？讓我看一下，啊～（這）好像不是老師的喲。因爲手帕上面有用紅色的絲線繡有「工藤」這個名字。（所以囉，應該不是老師的。）

3. A：お嬢さんはどんなタイプの男性が好きなんですか。

   令千金喜歡哪種類型的男士呢？

   B：そうですね。聞いたことがありませんが、本をいっぱい読む人が好き**みたいです**。

   這個嘛～，（我）倒是從沒問過她，不過（她）好像喜歡看書看很多的人。

4. きのうから雪が降りつづいていたから、外は雪がだいぶ積もっている**みたいです**。

   因爲從昨天開始就一直在下雪，所以外面似乎積了蠻多雪。

【補充説明】

「ようだ」&「みたいだ」の違い(ちが)（「ようだ」&「みたいだ」的差異)

「ようだ」：

表示就當時的情境，或是來自他人的資訊所推測的「主觀的判斷」。

「みたいだ」：

表示雖然沒有十分明確的根據，但就當時的情形，可以認定情況是如此這般的，屬於極爲「主觀的判斷」，在表示的意思及用法上與「ようだ」幾乎一致。但是，

1. 一般多用於較日常的對話。
2. 表示述敘事者以外的人的意志或感情時，往往會使用「ようだ」，這時的「ようだ」不可以代換成「みたいだ」。

例：部長(ぶちょう)は声(こえ)が高(たか)くなったから、怒(おこ)っている**みたいです**。×

部長(ぶちょう)は声(こえ)が高(たか)くなったから、怒(おこ)っている**ようです**。○

兩句中譯皆爲：因爲部長（or 經理）的聲音變高亢了，所以他似乎是在生氣。

學習項目5　…らしい/らしいです。〈推量〉

説明

- 「らしい」屬於助動詞(じょどうし)，如以下例句所示，接在動詞(どうし)・イ形容詞(けいようし)・助動詞(じょどうし)「れる」「られる」「せる」「させる」「ない」「たい」「た」「ぬ（ん）」的終止形(しゅうしけい)，体言(たいげん)、ナ形容詞(けいようし)的語幹(ごかん)，以及部分副詞(ふくし)後面，表示敘事者並非單憑自己的想像，而是根據來自他人的資訊，以及能夠觀察得到的跡象推測，雖然無法斷言事實必定是如此，但卻對推測的內容十分有把握。因此，句中大多會把做爲判斷依據的事物與推測的結果一併陳述。

用法Ⅰ. 表推測

名詞：その歩き方から見れば、今やってきた人は息子さん**らしいです**。

從走路的樣子來看，迎面而來的人似乎是你兒子。

イ形容詞：A：羅先生、どうしたの。

羅老師，怎麼了？

B：いや、今回の試験結果から見れば、自宅で講義の予習、復習をきちんとする学生は、ちっともしない学生より成績がいい**らしいです**。

沒有啦，從學生這次的考試結果來看，在家有按部就班做好課程預習、複習的學生比起一點都不會這麼做的學生，似乎成績都會來得好些。

A：えっ、そうなの。

哦！是嗎？

B：当たり前といえば、当たり前だけどね。

要說是理所當然的話，還眞是理所當然啦。

副詞：A：そう**らしいです**ね。

似乎是這樣喔。

ナ形容詞：口コミではこれから遊びに行く島ではバスが一日に数本しか走っていないから、レンタカーを借りないと、かなり不便**らしいです**。

根據風評，即將要去玩的島上一天只有幾班公車而已，所以不租車的話似乎會十分不方便。

動詞：この空模様では、雨にでもなる**らしい**。

照這個天色看來，似乎是要下雨。

動詞：人は 集中すると、まばたきが少なくなる**らしいです**。

人只要注意力集中，似乎眨眼睛的次數會變少。

【補充説明】

「ようだ」&「らしい」の違(ちが)い（「ようだ」&「らしい」的差異）

「ようだ」：

推測的依據較主觀，即同一個推測依據，甲的判斷是A、乙的判斷是B，二人所判斷的結果不一致時使用**「ようだ」**。以下例句的推測的依據是「風(かぜ)の音(おと)」，如果是大家都一定能夠聽得見的，用「ようだ」、「らしい」都可以，不見得大家都一定能夠聽得見用「ようだ」就可以了。

例：風(かぜ)の音(おと)が聞(き)こえるから、外(そと)は今(いま)風(かぜ)が強(つよ)い**ようです**。　○

風(かぜ)の音(おと)が聞(き)こえるから、外(そと)は今(いま)風(かぜ)が強(つよ)い**らしいです**。○

兩句中譯皆爲：因爲聽得到風聲，所以外面現在似乎風很大。

「らしい」：

推測的依據較客觀，即同一個推測依據，甲的判斷是A、乙的判斷也會是A，彼此一致。以下例句的推測的依據是「部長(ぶちょう)は声(こえ)が高(たか)くなった」，即使大家都一定能夠聽得見「部長（or 經理）的聲音變高亢了」，但因情緒的好或壞是只有當事者才能下定論，別人如何認定是別人的主觀認定，所以不能用「らしい」來表述，但可以用主觀認定的「ようだ」來表述。

例：部長(ぶちょう)は声(こえ)が高(たか)くなったから、怒(おこ)っている**らしいです**。×

部長(ぶちょう)は声(こえ)が高(たか)くなったから、怒(おこ)っている**ようです**。○

兩句中譯皆爲：因爲部長（or 經理）的聲音變高亢了，所以他似乎是在生氣。

但是，當十分明確知道敘事者本身以外的人之心情或感受時，因爲心情或感受只有當事者才能下定論、說清楚，所以在十分確定敘事者本身以外的人之心情或感受時，大多還是會使用「らしい」來表述，比較不會使用斷定(だんてい)的句型來表述。

例：鈴木さんは臭豆腐（チョウドウフ）が嫌いな**ようです**。○

鈴木先生（小姐）似乎不喜歡臭豆腐。（不須有客觀依據）

鈴木さんは臭豆腐（チョウドウフ）が嫌い**らしいです**。○

鈴木先生（小姐）似乎不喜歡臭豆腐。（須有客觀依據）

一般來說，若是在有客觀的推測依據的情況，以上兩種說法都是正確的。只是使用「らしい」的說法，前提是必須要有客觀的推測依據；使用「ようだ」的說法則不須要，從這點來看，「ようだ」的使用範圍比「らしい」要來得廣泛。

※除上述用法之外，「らしい」還可做爲接尾語，接在名詞後面（即「名詞+らしい」），形成派生形容詞（衍生形容詞），表示「具備與…（名詞）十分相符的性質」的意思。例如：

男らしい男　　**学生らしい**生活　　**台湾人らしい**考え方

像個男子漢的男人　　像個學生的生活　　像個台灣人的想法

「らしい」還可接在名詞或イ形容詞・ナ形容詞的語幹、副詞後面，表示「令人產生…（名詞等）的感覺」的意思。例如：

ばからしい　　**わざとらしい**

簡直像個傻子　　做作、故意

用法Ⅱ．表傳聞

動詞：A：さっきテレビの天気予報を見たんだけど、あしたから冷え込む**そうだ**よ。

剛剛看了電視的氣象預報，聽說從明天開始氣溫會驟降哦。

副詞：B：ええ、そう**らしい**ね。

是啊，似乎是會如此。

動詞：A：あっ、そうだ。佐々木さんはきょうは用があって、勉強会に来られないらしいよ。or

啊，對了。佐佐木先生（小姐）好像因爲今天有事，所以沒辦法來參加讀書會哦。

動詞：A_1：あっ、そうだ。佐々木さんはきょうは用があって、勉強会に来られないそうだよ。

啊，對了。佐佐木先生（小姐）好像因爲今天有事，所以沒辦法來參加讀書會哦。

B：そっか。何で知ってるの。

這樣啊，你怎麼會知道呢？

動詞：A：先生がけさ佐々木さんから欠席届のメールをもらったそうだから。

據老師說今天早上老師有收到佐佐木先生（小姐）的請假電子郵件（，所以我才會知道）。

【補充説明】

「そうだ」&「らしい」の違い（「そうだ」&「らしい」的差異）

「そうだ」：

表示「伝聞」的「そうだ」是將所見所聞直接轉述給第三者，因此下列例句中的A用「そうだ」表述。而B接收到這個資訊，再加上自己的判斷（此判斷可能有推測的依據、也可能沒有），由於A、B彼此間有「あしたから冷え込む」的共識，所以用「らしい」表述。

不過下列例句還是可以用「そうだ」表述→B_1「ええ、冷え込むそうだね。」。

例）

A：さっきテレビの天気予報を見たんだけど、あしたから冷え込むそうだよ。

剛剛看了電視的氣象預報，聽説從明天開始氣溫會驟降哦。

B：ええ、そうらしいね。or

是啊，似乎是會如此。

B_1：ええ、冷(ひ)え込(こ)むそうだね。
是啊，聽說是會（氣溫驟降）。

「らしい」：

表示「伝聞(でんぶん)」的「らしい」是**將所見所聞，再加上自己的判斷**（自己的判斷可能有推測的依據、也可能沒有），**客觀轉述**給第三者。

因此，下列例句中A推測的依據是「先生(せんせい)の話(はなし)では…そうだから。」，再加上自己的判斷，所以用「らしい」，感覺較客觀。

此句說成A_1「…来(こ)られないそうだよ」，仍然用「そうだ」表示也可以，相較之下，「**そうだ**」就只是把自己所聽到的再二手傳播出去而已，無所謂客不客觀的問題。

例）

A：あっ、そうだ。佐々木(ささき)さんはきょうは用(よう)があって、勉強会(べんきょうかい)に来(こ)られない**らしい**よ。or
啊，對了。佐佐木先生（小姐）好像因爲今天有事，所以沒辦法來參加讀書會哦。

A_1：あっ、そうだ。佐々木(ささき)さんはきょうは用(よう)があって、勉強会(べんきょうかい)に来(こ)られない**そうだ**よ。
啊，對了。聽說佐佐木先生（小姐）因爲今天有事，所以沒辦法來參加讀書會哦。

B：そっか。何(なん)で知(し)ってるの。
這樣啊，你怎麼會知道呢？

A：先生(せんせい)がけさ佐々木(ささき)さんから欠席(けっせき) 届(とどけ) のメールをもらった**そうだ**から。
據老師說今天早上老師有收到佐佐木先生（小姐）的請假電子郵件（，所以我才會知道）。

第十六單元

學習項目1　敬語動詞（尊敬語&丁寧語）

中文意思　對談話的對象（文章的讀者）或是談話（文章）中提到的第三者，就其行爲表示敬意時，所使用的動詞。

用法Ⅰ.置(お)き換(か)え（替換）

常体(じょうたい)	敬体(けいたい)		
辞書形(じしょけい)	丁寧語(ていねいご)	尊敬語(そんけいご)	尊敬語(そんけいご)＋丁寧語(ていねいご)
行(い)く・来(く)る 去　來	行(い)きます・来(き)ます	いらっしゃる おいでになる	いらっしゃいます おいでになります
いる（居(い)る） 在	います（居(い)ます）	いらっしゃる おいでになる	いらっしゃいます おいでになります
食(た)べる・飲(の)む 吃　喝	食(た)べます・飲(の)みます	召(め)し上(あ)がる	召(め)し上(あ)がります
言(い)う 說	言(い)います	おっしゃる	おっしゃいます
する 做	します	なさる	なさいます
見(み)る 看	見(み)ます	ご覧(らん)になる	ご覧(らん)になります
寝(ね)る 睡覺	寝(ね)ます	お休(やす)みになる	お休(やす)みになります
着(き)る 穿	着(き)ます	お召(め)しになる	お召(め)しになります
死(し)ぬ 死	死(し)にます	お亡(な)くなりになる	お亡(な)くなりになります
くれる 給（我）	くれます	くださる（下(くだ)さる）	くださいます（下(くだ)さいます）
知(し)る 知道	知(し)ります	ご存(ぞん)じだ	ご存(ぞん)じです
	知(し)りません	ご存(ぞん)じではない	ご存(ぞん)じではありません

例句

1. 先生は今研究室にいらっしゃいます。
   老師現在在研究室裡。

2. 先輩、「送り人」という映画をご覧になりましたか。
   學長（姊），您看過「送行者」這部電影了嗎？

3. お飲み物は何になさいますか。
   請問您飲料要點什麼呢？

用法Ⅱ. 添加（添加、套用格式）

Ⅱ-1. お（ご）＋動詞~~マス~~形 ＋ になる or

お（ご）＋動詞~~マス~~形 ＋ になります

例句

1. 社長はもうお帰りになりました。
   社長（or 總經理）已經回家了。

2. あれは山本先生がお描きになった絵です。
   那是山本老師所畫的作品。

3. 何かお聞きになりたいことはありませんか。
   是否有什麼（您）想要詢問的事情呢？

Ⅱ-2. お＋動詞~~マス~~形＋です

例句

1. これからお出掛けですか。
   您正要出門嗎？

2. あしたお休みですか。
   明天您放假嗎？

3. 貸し出しカードをお持ちでしょうか。

請問您是否有攜帶借書證呢？

Ⅱ-3.　動詞＋（ら）れる

Ⅰ. 五段動詞	Ⅱ. 上・下一段動詞	Ⅲ. カ変動詞・サ変動詞
V_1＋れる	漢V_2~~る~~ ＋られる	する → される
	漢V_4~~る~~ ＋られる	来る → 来られる

例句

1. 先生は今年の夏休みにどちらかへ行かれますか。

老師您今年暑假會去哪裡呢？

2. 毎日大体何時ごろお宅を出られますか。

您每天大概都會在幾點鐘左右出門呢？

3. 来週のこの時間、来られるでしょうか。

下星期的這個時間，您是否會來呢？

Ⅱ-4.　お＋動詞~~マス~~形＋ください

例句

1. どうぞお入りください。

請進。

2. しばらくこちらでお待ちください。

請暫時在此稍候。

3. 恐れ入りますが、階段をご利用ください。

抱歉，麻煩請使用樓梯。

學習項目2　そのほかの尊敬語

中文意思　敬語動詞以外，其他的尊敬語。對談話的對象（文章的讀者）或是談話（文章）中提到的第三者，就其相關事物、所處狀態等表示敬意時，所使用的敬語。

用法

・事物　名詞　　→　お（ご）＋名詞

・狀態　イ形容詞　→　お（ご）＋イ形容詞

例句

1. ここにお名前(なまえ)とご住所(じゅうしょ)をお書(か)きください。
請在此寫上您的姓名及地址。

2. お忙(いそが)しいところどうもすみません。
您正在忙，實在是不好意思。

3. ボランティアの方々(かたがた)がわたしたちのために頑張(がんば)っていて、ご立派(りっぱ)です。
擔任義工的諸位爲了我們大家的事而一直努力不懈，眞是了不起。

學習項目3　丁寧語

中文意思　鄭重語。對談話的對象（文章的讀者），就其行爲、相關事物、所處狀態等直接表示敬意時，所使用的敬語。

用法

【名詞・イ形容詞・ナ形容詞】＋です

動詞＋ます

例句

1. 休(やす)み明(あ)けは来月(らいげつ)の四日(よっか)です。
收假日是下個月4日。

2. 漫画(まんが)はあまり読(よ)みませんが、ドラマはよく見(み)ます。
漫畫不常看，但日劇倒是常看。

學習項目4　敬語動詞（謙讓語＆丁寧語）

中文意思　爲抬舉談話的對象（文章的讀者）或是談話（文章）中提到的第三者，謙卑地敘述a.自己的行爲、b.針對對方行使的行爲，所使用的動詞。

用法Ⅰ.置(お)き換(か)え（替換）

常体(じょうたい)	敬体(けいたい)		
辞書形(じしょけい)	丁寧語(ていねいご)	謙譲語(けんじょうご)	謙譲語(けんじょうご)+丁寧語(ていねいご)
行(い)く・来(く)る 去　來	行(い)きます・来(き)ます	(参(まい))る	(参(まい))ります
いる 在	います	おる	おります
食(た)べる・飲(の)む 吃　喝	食(た)べます・飲(の)みます	いただく	いただきます
もらう 得到	もらいます	いただく	いただきます
見(み)る 看	見(み)ます	拝見(はいけん)する	拝見(はいけん)します
言(い)う 說	言(い)います	申(もう)す	申(もう)します
する 做	します	致(いた)す	致(いた)します
聞(き)く（訪問(ほうもん)する） 聽（拜訪）	聞(き)きます（訪問(ほうもん)します）	伺(うかが)う	伺(うかが)います
知(し)る 知道	知(し)ります	存(ぞん)じる	存(ぞん)じます or 存(ぞん)じております
	知(し)りません	存(ぞん)じない	存(ぞん)じません
会(あ)う 見面	会(あ)います	お目(め)にかかる	お目(め)にかかります

例句

1. はじめまして。鄭（てい）と申（もう）します。
   初次見面幸會，敝姓鄭。

2. わたくしは台湾（たいわん）からまいりました。
   本人來自於台灣。

3. すみません、ちょっとお伺（うかが）いしますが、基隆駅（ジーロンえき）はどちらでしょうか。
   不好意思請教一下，請問基隆火車站是在哪邊呢？

用法Ⅱ. 添加（てんか）（添加、套用格式）

Ⅱ-1. お（ご）＋ 動詞~~マス~~形 ＋ する　or

お（ご）＋ 動詞~~マス~~形 ＋ します　or

お（ご）＋ 動詞~~マス~~形 ＋ いたします

例句

1. お客（きゃく）さま、そのお荷物（にもつ）、わたくしがお持（も）ちします。
   這位客人，您的行李由我來拿。

2. 先生（せんせい）がお戻（もど）りになるのを研究室（けんきゅうしつ）でお待（ま）ちすることにします。
   決定在研究室恭候老師回來。

3. 皆（みな）さま方（がた）、どうぞよろしくお願（ねが）いいたします。
   諸位先生女士，懇請多多指教。

4. わたくしが本日（ほんじつ）の予定（よてい）をご説明（せつめい）します。
   由本人（爲諸位）說明今天的預定行程。

5. わたくしがこれより工場（こうじょう）をご案内（あんない）いたします。
   接下來由本人（爲諸位）導覽工廠。

6. コーヒーでもお入（い）れしましょうか。
   爲您倒個咖啡之類的飲料好嗎？

Ⅱ-2.　動詞使役形ていただく or

動詞使役形ていただきます

例句

1. それでは、これをもちまして、本日（ほんじつ）の懇親会（こんしんかい）を終（お）わらせていただきます。
   那麼，請容許本人宣布今天的敦睦聚會到此結束。

2. はじめまして、これより簡単（かんたん）に自己紹介（じこしょうかい）させていただきます。
   初次見面幸會，接下來請容許本人簡單地自我介紹。

學習項目5　そのほかの謙譲語

中文意思　敬語動詞以外，其他的謙讓語。

用法

●事物　名詞　→　お（ご）＋　名詞

例句

1. お礼（れい）を申（もう）し上（あ）げたいので、お電話（でんわ）しました。
   爲了想跟您道謝，因此撥電話過來。

2. ご報告（ほうこく）が遅（おそ）くなりまして、申（もう）し訳（わけ）ありません。
   延遲跟您報告，十分抱歉。

文法解説

學習項目1　敬語動詞（尊敬語&丁寧語）

説明

- 日本人説話及寫文章時，往往會視以下兩大因素綜合構成的情況，決定措辭客套的層級以及表達方式（含聲調、肢體語言、使用的字體、書寫工具等等）恭敬、愼重的程度。

1. 人間関係(にんげんかんけい)（人際關係）：

a.口頭：說話者與聽話者，以及談話中所提到的人物（有時是複數個人物）之間的上下、尊卑、親疏、遠近、利害等關係。

b.書面：筆者與讀者，以及文章中所提到的人物（有時是複數個人物）之間的上下、尊卑、親疏、遠近、利害等關係。

2. 場面(ばめん)（場合）：

a.口頭：演講、面試、廣播、產品簡介、論文發表、電話應對等。

b.書面：書信、論文、報告、說明書、請帖等。

※場面(ばめん)（場合）：還可以分爲屬於私人或是公務性質、私下（例如一對一）或是正式公開（例如一對多）等情況。

- 狹義的敬語(けいご)（敬辭、客套話）只有指措辭等語言文字方面的表現；廣義的敬語(けいご)則是除了措辭等語言文字以外，還包括了以上所列舉的各種非語言文字的表現。因此，廣義的敬語(けいご)一般通稱爲敬語表現(けいごひょうげん)。
- 日文的敬語(けいご)（敬辭、客套話）一般都是採三分類，即「尊敬語(そんけいご)（尊敬語、敬辭）・謙讓語(けんじょうご)（謙讓語、謙辭）・丁寧語(ていねいご)（慎重語）」，其定義分別敘述如下：

尊敬語(そんけいご)：

抬舉聽話者（讀者）或是話題中人物之行爲、相關事物、狀態等的言詞，藉以表示說話者（筆者）對聽話者（讀者）或話題中人物的敬重。例如：

行爲：「おっしゃる」、「お書(か)きになる」、…
說　寫

事物：「ご結婚(けっこん)」、「お荷物(にもつ)」、…
結婚　行李

狀態：「ご健勝(けんしょう)」、「お忙(いそが)しい」、…
健壯　繁忙

謙譲語（けんじょうご）：

刻意低下地表示說話者（敘事者）會涉及聽話者（讀者）或是話題中人物之行爲、相關事物等的言詞；或是刻意低下地表示與說話者（筆者）本身相關之行爲、相關事物等的言詞，藉以表示說話者（敘事者）對聽話者（讀者）或話題中人物的敬重。例如：

行爲：「申し上げる（もうしあげる）」、「いただく」、「お借り（か）する」、…

說　　　吃、喝　　　借用

事物：「お返事（へんじ）」、「ご案内（あんない）」、「弊社（へいしゃ）」、…

回覆　　　導覽　　　敝公司

丁寧語（ていねいご）：

說話者（筆者）針對聽話者（讀者）刻意講究的言詞，藉以表示說話者（敘事者）對聽話者（讀者）的尊重。例如：

動詞（どうし）：「…ます」、…

動詞以外（どうしいがい）：「…です」、「…でございます」、…

● 一般將語言文字轉變成敬語（けいご）（敬辭、客套話）有以下兩種方法，分別敘述如下：

Ⅰ.置き換え（おきかえ）（替換）　　例）食べる（たべる）　→　召し上がる（めしあがる）

吃、喝

※其他請參考「用法Ⅰ.置き換え（おきかえ）（替換）」

Ⅱ.添加（てんか）（添加、套用格式）例）出かける（でかける）　→　お出かけになる

外出

→　お出かけです

● 有的詞彙可以採取 I 或 II 的方法轉變成敬語（敬辭、客套話），例如：

「聞く」的謙讓語　I. 置き換え（替換）　→　伺う
問

II. 添加（添加、套用格式）→　お聞きする

● 有的詞彙就只能採取 I 或 II 兩種方法的其中之一轉變成敬語（敬辭、客套話），例如：

「言う」的尊敬語　I. 置き換え（替換）　→　おっしゃる
說

II. 添加（添加、套用格式）→　？？？

「待つ」的尊敬語　I. 置き換え（替換）　→　？？？
等待

II. 添加（添加、套用格式）→　お待ちになる

● 本單元中先就日文的敬語（敬辭、客套話）中的尊敬語・丁寧語分別敘述如下，首先是尊敬語的動詞部分。

用法 I. 置き換え（替換）

常体	敬体		
辞書形	丁寧語	尊敬語	尊敬語＋丁寧語
行く・来る 去　　來	行きます・来ます	いらっしゃる おいでになる	いらっしゃいます おいでになります
いる（居る） 在	います（居ます）	いらっしゃる おいでになる	いらっしゃいます おいでになります
食べる・飲む 吃　　喝	食べます・飲みます	召し上がる	召し上がります

言(い)う 說	言(い)います	おっしゃる	おっしゃいます
する 做	します	なさる	なさいます
見(み)る 看	見(み)ます	ご覧(らん)になる	ご覧(らん)になります
寝(ね)る 睡覺	寝(ね)ます	お休(やす)みになる	お休(やす)みになります
着(き)る 穿	着(き)ます	お召(め)しになる	お召(め)しになります
死(し)ぬ 死	死(し)にます	お亡(な)くなりになる	お亡(な)くなりになります
くれる 給（我）	くれます	くださる（下(くだ)さる）	くださいます（下(くだ)さいます）
知(し)る 知道	知(し)ります	ご存(ぞん)じだ	ご存(ぞん)じです
	知(し)りません	ご存(ぞん)じではない	ご存(ぞん)じではありません

1. 先生(せんせい)<u>は</u>今(いま)研究室(けんきゅうしつ)<u>に</u>**いらっしゃいます**。

   老師現在在研究室裡。

2. 先輩(せんぱい)、「送(おく)り人(びと)」という映画(えいが)<u>を</u>**ご覧(らん)になりました**<u>か</u>。

   學長（姊），您看過「送行者」這部電影了嗎？

3. お飲(の)み物(もの)<u>は</u>何(なに)<u>に</u>**なさいます**<u>か</u>。

   請問您飲料要點什麼呢？

用法Ⅱ. 添加(てんか)（添加、套用格式）

①お（ご）＋ 動詞(どうし)~~マス~~形(けい) ＋ になる　or

　お（ご）＋ 動詞(どうし)~~マス~~形(けい) ＋ になります

1. 社長（しゃちょう）はもう**お**帰（かえ）り**になりました**。
社長（or 總經理）已經回家了。

2. あれは山本先生（やまもとせんせい）が**お**描（か）き**になった**絵（え）です。
那是山本老師所畫的作品。

3. 何（なに）か**お**聞（き）き**になりたい**ことはありませんか。
是否有什麼（您）想要詢問的事情呢？

②お ＋ 動詞（どうし）~~マス~~形（けい） ＋ だ or
お ＋ 動詞（どうし）~~マス~~形（けい） ＋ です

1. これから**お**出掛（でか）け**です**か。
您正要出門嗎？

2. あした**お**休（やす）み**です**か。
明天您放假嗎？

3. 貸（か）し出（だ）しカードを**お**持（も）ち**でしょう**か。
請問您是否有攜帶借書證呢？

※其實會套用「お（ご）…だ」的動詞蠻固定的，不外乎下列動詞。

集（あつ）まる、	急（いそ）ぐ、	帰（かえ）る、	決（き）まる、	探（さが）す、	使（つか）う、	出（で）かける、	持（も）つ、…
聚集	趕…	回…	定案	尋找	使用	外出	拿

③動詞（どうし）＋（ら）れる

※五段動詞（ごだんどうし） V_1 ＋ れる
上一段動詞（かみいちだんどうし） 漢（かん）V_2~~る~~ ＋ られる
下一段動詞（しもいちだんどうし） 漢（かん）V_4~~る~~ ＋ られる
カ変動詞（へんどうし） 来（く）る → 来（こ）られる
サ変動詞（へんどうし） する → される

1. 先生は今年の夏休みにどちらかへ行か**れます**か。

老師您今年暑假會去哪裡呢？

2. 毎日大体何時ごろお宅を出**られます**か。

您每天大概都會在幾點鐘出門呢？

3. 来週のこの時間、来**られる**でしょうか。

下星期的這個時間，您是否會來呢？

④お（ご） ＋ 動詞~~マス~~形 ＋ ください

1. どうぞ**お**入り**ください**。

請進。

2. しばらくこちらで**お**待ち**ください**。

請暫時在此稍候。

3. 恐れ入りますが、階段を**ご**利用**ください**。

抱歉，麻煩請使用樓梯。

● 通常面對「長輩」（例如老師或公司的上司）、「初次見面的人」、「不熟的人」、「客人」以及在「公開場合」、「正式場合」時，較會使用敬語。而使用敬語時，除了文法及用法要正確，同時也必須注意說話的方式及態度。

【補充説明】

Ⅰ.形が特別な敬語動詞（詞形特殊的敬語動詞）

1. (行く・来る・いる) いらっしゃる → いらっしゃります ×

いらっしゃ**い**ます ○

2. (言う) おっしゃる → おっしゃります ×

おっしゃ**い**ます ○

3. (する) なさる → なさります ×

なさ**い**ます ○

4. (くれる) くださる → くださります ×

くださ**い**ます ○

Ⅱ.根據「記者ハンドブック・新聞用語用字集第10版」（共同出版社2005.4.30.）的規範，「いる (居る)」&「くださる (下さる)」之表記（書寫型式）如以下所示。

1. 「居る」：當本動詞「在」。

主要動詞

「いる」：當補助動詞「…ている（正…）」。

補助動詞

2. 「下さる」：當本動詞「給（我）」。

主要動詞

「くださる」：當補助動詞「…てくださる（請…）」。

補助動詞

Ⅲ.「敬語の指針」中所列舉的敬語動詞添加、套用格式有以下幾種：
敬語指南

1. お（ご）…になる

和語動詞　例：読む → **お**読み**になる**・

出掛ける → **お**出掛け**になる**

漢語サ変動詞　例：利用する → **ご**利用**になる**

出席する → **ご**出席**になる**

※その他　例：見る → **ご覧になる**

行く・来る・いる → **おいでになる**

寝る → **お休みになる**

着る → **お召しになる**

死ぬ → **お**死に**になる**　×

お亡くなりになる・亡くなられる　○

失敗する → **ご**失敗**になる**　×

失敗**なさる**・失敗**される**　○

運転する → **ご**運転**になる**　×

運転**なさる**・運転**される**　○

2. …（ら）れる

和語動詞　例：読む → 読ま**れる**

始める → 始め**られる**

漢語カ変動詞　例：来る → 来**られる**

漢語サ変動詞　例：利用する → 利用**される**

3. …なさる　※漢語サ変動詞「…する」→「…なさる」

漢語サ変動詞　例：利用する　→　利用**なさる**

早起きする　→　早起き**なさる**

4. ご……なさる　※漢語サ変動詞オ能套用「ご…なさる」

漢語サ変動詞　例：利用する　→　**ご**利用**なさる**　○

早起きする　→　**ご**早起き**なさる**　×

5. お（ご）……だ

和語動詞　例：読む →　**お**読み**だ**

漢語サ変動詞　例：利用する　→　**ご**利用**だ**

6. お（ご）……くださる

和語動詞　例：読む →　**お**読み**くださる**

漢語サ変動詞　例：指導する　→　**ご**指導**くださる**

附註

1.「敬語の指針」是由文化庁的文化審議会国語分科会於2007年2月2日所提出的。

2. 所謂「指針」是種指南，並非法條，不具有強制力。

※「敬語の指針」：敬語指南

文化庁是文部科学省轄下主管文化及藝術等相關行政事務的機構。

文化審議会：文化審議會，隸屬於文化庁的諮詢審議單位。

国語分科会：國語部會

學習項目２　そのほかの尊敬語

說明

- 如以上所述，「尊敬語」主要用來表示致敬對象的行爲、相關事物、狀態。其中尊敬動詞用來表示行爲。表示事物、狀態的詞彙（例如名詞、イ形容詞、ナ形容動詞、副詞等）則大多數是藉加上接頭語（接頭詞）「お（ご）」形成「尊敬語」以表示敬意。

事物：名詞　　→　お（ご）＋名詞

狀態：イ形容詞 →　お（ご）＋イ形容詞

　　　ナ形容詞 →　お（ご）＋ナ形容詞

名詞：ここに**お**名前と**ご**住所を**お**書き**ください**。

請在此寫上您的姓名及地址。

イ形容詞：**お**忙しいところどうもすみません。

您正在忙，實在是不好意思。

ナ形容詞：ボランティアの方々が私たちのために頑張っていて、**ご**立派**です**。

擔任義工的諸位爲了我們大家的事而一直努力不懈，眞是了不起。

副詞：どうぞ**ご**ゆっくり**ご**覧**ください**。

敬請慢慢觀賞。

- 原則上　お＋和語（以訓読發音的詞彙）

例：**お**荷物、　**お**体、　**お**気持ち、…

行李、包裹　　身體　　心情

ご ＋ 漢語（かんご）（以音読（おんどく）發音的詞彙）

例：**ご**依頼（いらい）、**ご**自宅（じたく）、…
委託　自宅

例外：**お**時間（じかん）、**お**勉強（べんきょう）、**お**食事（しょくじ）、**お**料理（りょうり）
時間　學習　用餐　餐點

【補充説明】

1. 有些名詞（めいし）加上「お（ご）」和不加上「お（ご）」，意思會變得不一樣，但是並不多。

例：**お**かず → かず、**お**なか → なか、…
配飯吃的菜　數字　肚子　裡面

2. 有些名詞（めいし）加上「お（ご）」和不加上「お（ご）」，意思差不多，但是通常都會加上。

例：**お**祝（いわ）い、**お**見舞（みま）い、**お**かし、**お**金（かね）、**お**茶（ちゃ）、**お**手洗（てあら）い、…
祝賀、賀禮　慰問、探病　點心　錢　茶　洗手間

3. 有些名詞（めいし）通常是不加「お（ご）」的。例如：

a. カタカナ語（ご）：ケイタイ、パソコン、タクシー、…
以片假名書寫的詞彙　手機　電腦　計程車

b. 大家共有、共用的事物：駅（えき）、学校（がっこう）、新年（しんねん）、…
車站　學校　新年

c. 自然現象：風（かぜ）、雨（あめ）、晴（は）れ、…
風　雨　晴天

學習項目3　丁寧語

説明

- 如以上所述，「丁寧語」主要是用來直接表示説話者（敘事者）對聽話者（讀者）的尊重。例如：

動詞 ＋ ます

動詞以外 ＋ です、でございます、…

1. 休み明けは来月の四日**です**。
   收假日是下個月4日。

2. 漫画はあまり読み**ません**が、ドラマはよく見**ます**。
   不常看漫畫，但日劇倒是常看。

學習項目4　敬語動詞（謙讓語&丁寧語）

説明

- 以上針對敬語（尊敬語・丁寧語）語言形式上的結構概略説明以後，以下將就謙讓語（謙讓語、謙辭）在語言形式上的轉換模式分別敘述。
- 首先是屬於謙讓語的敬語動詞，也就是爲抬舉談話的對象（文章的讀者）或是談話（文章）中提到的第三者，謙卑地表示：

①説話者（敘事者）會涉及聽話者（讀者）或是話題中人物之行爲。

②與説話者（敘事者）本身相關之行爲時所使用的動詞。

用法Ⅰ.置(お)き換(か)え（替換）

常体(じょうたい)	敬体(けいたい)		
辞書形(じしょけい)	丁寧語(ていねいご)	謙譲語(けんじょうご)	謙譲語(けんじょうご)＋丁寧語(ていねいご)
行(い)く・来(く)る 去　來	行(い)きます・来(き)ます	（参(まい)）る	（参(まい)）ります
いる 在	います	おる	おります
食(た)べる・飲(の)む 吃　喝	食(た)べます・飲(の)みます	いただく	いただきます
もらう 得到	もらいます	いただく	いただきます
見(み)る 看	見(み)ます	拝見(はいけん)する	拝見(はいけん)します
言(い)う 說	言(い)います	申(もう)す	申(もう)します
する 做	します	（致(いた)）す	（致(いた)）します
聞(き)く（訪問(ほうもん)する） 聽（拜訪）	聞(き)きます（訪問(ほうもん)します）	伺(うかが)う	伺(うかが)います
知(し)る 知道	知(し)ります	存(ぞん)じる	存(ぞん)じます or 存(ぞん)じております
	知(し)りません	存(ぞん)じない	存(ぞん)じません
会(あ)う 見面	会(あ)います	お目(め)にかかる	お目(め)にかかります

1. はじめまして。鄭(てい)と**申(もう)します**。

   初次見面幸會，敝姓鄭。

2. わたくしは台湾(たいわん)から**まいりました**。

   本人來自於台灣。

3. すみません、ちょっと**お**伺(うかが)い**します**が、基隆駅(ジーロンえき)はどちらでしょうか。

不好意思請教一下，請問基隆火車站是在哪邊呢？

用法Ⅱ. 添加(てんか)（添加、套用格式）

①お（ご）＋ 動詞(どうし)~~マス~~形(けい) ＋ する　or

お（ご）＋ 動詞(どうし)~~マス~~形(けい) ＋ します

お（ご）＋ 動詞(どうし)~~マス~~形(けい) ＋ いたします

1. **お**客(きゃく)**さま**、そのお荷物(にもつ)、わたくしが**お**持(も)ち**します**。

   這位客人，您的行李由我來拿。

2. 先生(せんせい)が**お**戻(もど)り**になる**のを研究室(けんきゅうしつ)で**お**待(ま)ち**する**ことにします。

   決定在研究室恭候老師回來。

3. 皆(みな)さま方(がた)、どうぞよろしく**お**願(ねが)い**いたします**。

   諸位先生女士，懇請多多指教。

4. わたくしが本日(ほんじつ)の予定(よてい)を**ご**説明(せつめい)**します**。

   由本人（爲諸位）説明今天的預定行程。

5. わたくしがこれより工場(こうじょう)をご案内(あんない)いたします。

   接下來由本人（爲諸位）導覽工廠。

6. コーヒーでも**お**入(い)れ**しましょう**か。

   爲您倒個咖啡之類的飲料好嗎？

②動詞使役形(どうししえきけい)ていただく　or

動詞使役形(どうししえきけい)ていただきます

1. …。それでは、これをもちまして、本日(ほんじつ)の懇親会(こんしんかい)を終(お)わら**せていただきます**。

   那麼，請容許本人宣布今天的敦睦聚會到此結束。

2. はじめまして、これより簡単に自己紹介させていただきます。

初次見面幸會，接下來請容許本人簡單地自我介紹。

● 面對認定屬於「外」（外部）的人，談起「內」（內部）的人，例如自己家裡的人或是同事（也就是自己人）的事情時，即使是自己的長輩或是長官，如以下例句所示，也必須使用謙讓語表現。換句話說，説話者（敘事者）就與聽話者（讀者）或是話題中人物之人間関係（人際關係）判斷是否該使用尊敬語或是謙讓語時，「内・外」（屬於内部或是外部）關係優先於「上・下」（屬於長輩或是晚輩）關係。當不論聽話者（讀者）或話題中人物都是自己人的時候，才會以彼此間的「上・下」關係做爲是否該使用尊敬語或謙讓語的判斷依據。例如：

1. (先生に)

父が「よろしく」とおっしゃっていました。×

父が「よろしく」と申しておりました。○

家父有説「問候老師好」。

2. (客に)

社長は出張で大阪にいらっしゃっています。×

社長は出張で大阪に行っております。○

社長目前到大阪出差。

學習項目5　そのほかの謙譲語

說明

● 説話者（敘事者）會涉及聽話者（讀者）或是話題中人物之相關事物的名詞。如以下所示，都是藉加上接頭語（接頭詞）「お（ご）」形成「謙讓語」，藉以表示説話者（敘事者）對聽話者（讀者）或話題中人物的敬重。例如：

事物：名詞 → お（ご） ＋ 名詞

1. **お**礼を**申し上げたい**ので、**お**電話**しました**。

為了想跟您道謝，因此撥電話過來。

2. **ご**報告が遅くなりまして、**申し訳ありません**。

延遲跟您報告，十分抱歉。

【補充說明】

Ⅰ.敬語の種類（敬語的種類）

日文的敬語一直以來，一般都是採「尊敬語・謙譲語・丁寧語」三種分類，但是根據文化庁的文化審議会国語分科会於2007年2月2日所提出的「敬語の指針」如以下所示，把「謙譲語・丁寧語」又再加以分類，於是敬語的種類成爲五種分類。

三種類	五種類	
尊敬語	尊敬語	「いらっしゃる・おっしゃる」型
謙譲語	謙譲語Ⅰ	「伺う・申し上げる」型
	謙譲語Ⅱ（丁重語）	「参る・申す」型
丁寧語	丁寧語	「です・ます」型
	美化語	「お酒・お料理」型

資料來源：文化審議会答申（2007.2.2.）「敬語の指針」

五分類的敬語分別爲「尊敬語（尊敬語、敬辭）・謙譲語（謙讓語、謙辭）・丁重語（鄭重語）・丁寧語（愼重語）・美化語（美化語）」，其定義如下：

❖尊敬語：

抬舉聽話者（讀者）或是話題中人物之行爲、相關事物、狀態等的言詞，藉以表示說話者（敘事者）對聽話者（讀者）或話題中人物的敬重。

例：言(い)う　→　**おっしゃる**
說

❖謙讓語(けんじょうご)：

刻意低下地表示說話者（敘事者）會涉及聽話者（讀者）或是話題中人物之行爲、相關事物等的言詞，藉以表示說話者（敘事者）對聽話者（讀者）或話題中人物的敬重。

例：言(い)う　→　**申(もう)し上(あ)げる**（動作、行爲）
說

お返事(へんじ)、**ご**案内(あんない)、**弊**社(へいしゃ)（事物）
回覆　導覽　敝公司

❖丁重語(ていちょうご)：

刻意鄭重地表示與說話者（敘事者）本身相關之行爲、相關事物等的言詞，藉以表示說話者（筆者）對聽話者（讀者）或話題中人物的敬重。

例：（動作、行爲）

いる　→　おる　／　する　→　いたす　／　言う　→　申す
在　做　說

思う・知っている　→　存じる　／　行く・来る　→　参る
想　知道　去　來

今(いま)は、雨(あめ)が降(ふ)っています。　→　今(いま)は、雨(あめ)が降(ふ)って**おります**。
現在正在下雨。

❖丁寧語（ていねいご）：

説話者（敘事者）針對聽話者（讀者）刻意講究的言詞，藉以表示說話者（敘事者）對聽話者（讀者）的尊重。

例：「…**です**」、「…**ます**」

❖美化語（びかご）：

說話者（敘事者）爲顯示教養或提升美感所使用的優雅言詞，與聽話者（讀者）或是話題中人物等因素並無直接關連，女性較常使用。

例：**お**酒（さけ）、**お**茶（ちゃ）、**お**料理（りょうり）、…
酒　茶　料理

從下表中的例句應該能夠看出將敬語的種類「三分類 → 五分類」的理由。

		対者敬語	
		使う	使わない
素材敬語	使う	1. 田中さんは夕方の6時に駅に**お**着き**になります**。 2. 私は駅まで田中さんを**お**送り**しました**。	1. 田中さんは夕方の6時に駅に**お**着き**になる**。 2. 私は駅まで田中さんを**お**送り**した**。
	使わない	1. 田中さんは夕方の6時に駅に着き**ます**。 2. 私は駅まで田中さんを送り**ました**。	1. 田中さんは夕方の6時に駅に**着く**。 2. 私は駅まで田中さんを**送った**。

※「対者敬語（たいしゃけいご）」：

說話者（敘事者）針對聽話者（讀者）之行爲、相關事物、狀態等所使用的敬語（けいご）。

「素材敬語（そざいけいご）」：

說話者（敘事者）針對話題中人物之行爲、相關事物、狀態等所使用的敬語（けいご）。

Ⅱ.より改(あらた)まった丁寧語(ていねいご)（更客套的慎重語）

- イ形容詞(けいようし) → お＋（…う）ございます
- あります → ございます
- …です → …でございます

例）

早(はや)い → **お** ＋ 早(はや)い → **お** ＋ 早(はよ)う**ございます** → **お**早(はよ)う**ございます**

早安

※ありがたい → ありがとう**ございます**

謝謝

※おいしい → おいしゅう**ございます**

好吃

※軽(かる)い → 軽(かる)う**ございます**

輕

※重(おも)い → 重(おも)う**ございます**

重

1. サイズはいろいろ**ございます**。どうぞ**お**試(ため)し**ください**。
   有各種尺寸，請試穿。

2. はい、外語(がいご)センター**でございます**。
   喂，這裡是外語中心。

國家圖書館出版品預行編目資料

海洋基礎科技日語-N4篇／陳慧珍編著.

－－初版.－－臺北市：五南，2013.08

面；　公分.

ISBN 978-957-11-7184-5（平裝）

1.日語 2.科學技術 3.讀本

803.18　　　　102012227

1AK4

海洋基礎科技日語-N4篇

作　　者 — 陳慧珍

發 行 人 — 楊榮川

總 編 輯 — 王翠華

主　　編 — 朱曉蘋

封面設計 — 董子瑈

出 版 者 — 五南圖書出版股份有限公司

地　　址：106台北市大安區和平東路二段339號4樓

電　　話：(02)2705-5066　　傳　　真：(02)2706-6100

網　　址：http://www.wunan.com.tw

電子郵件：wunan@wunan.com.tw

劃撥帳號：01068953

戶　　名：五南圖書出版股份有限公司

台中市駐區辦公室/台中市中區中山路6號

電　　話：(04)2223-0891　　傳　　真：(04)2223-3549

高雄市駐區辦公室/高雄市新興區中山一路290號

電　　話：(07)2358-702　　傳　　真：(07)2350-236

法律顧問　林勝安律師事務所　林勝安律師

出版日期　2013年8月初版一刷

定　　價　新臺幣420元